Daniel Pichler

Sonne, Schnee und Märchenprinzen Winter '98

Roman

Daniel Pichler

Sonne, Schnee
und Märchenprinzen
Winter '98

Roman

Bibliografische Information der Deutschen Bibliothek:
Die Deutsche Bibliothek verzeichnet diese Publikation in der
Deutschen Nationalbibliografie; detaillierte bibliografische
Daten sind im Internet unter <http://dnb.ddb.de> abrufbar.

Impressum
© 2024 Daniel Pichler
Satz, Layout und Umschlaggestaltung:
   burcom | *kommunikation unternehmen*,
   München
Abbildungen Cover:
   Wild Orchid
   Rinat Khairitdinov
Verlag:
   BoD · Books on Demand GmbH,
   In de Tarpen 42, 22848 Norderstedt
Druck:
   Libri Plureos GmbH, Friedensallee 273,
   22763 Hamburg
ISBN: 978-3-7693-0498-5

Inhaltsverzeichnis

Der erste Schnee

Der Regen ging langsam in Schneefall über. Immer öfter mischte sich eine dicke, behäbige Schneeflocke unter die schweren Regentropfen, die gegen das einzige Fenster im Raum klatschten. Auf dem kahlen Apfelbaum vor dem Fenster stritten sich zwei Meisen um eine Nuss, die eine von ihnen aus einem Futterhäuschen stibitzt haben musste. Es kam von draußen gerade noch genug Tageslicht herein, sodass neben dem flimmernden Computerbildschirm eine kleine Schreibtischlampe ausreichte. Der nervöse Cursor verharrte blinkend auf derselben Stelle einer Tabelle, die noch völlig leer war. Martin starrte den Cursor leicht verzweifelt an und wusste nicht weiter. Er blickte auf die Uhr an der Wand gegenüber. Er hatte noch immer über eine Stunde im Büro abzusitzen, bevor er sich endlich auf den Heimweg machen konnte. Das zog sich noch hin.

Ein Urschrei durchbrach die Stille des Nichtstuns. Martin zuckte zusammen, es beutelte ihn regelrecht durch. Nach etwa drei Sekunden Pause der nächste Schrei. Er kam aus dem Nachbarbüro und die Stimme dazu gehörte seinem Chef. Herr Winkler Junior konnte sich offenbar nicht mehr halten. Er brüllte, fluchte und fauchte. Winkler Junior schrie die beiden Kollegen von Martin aus dem Nachbarbüro dermaßen nieder, dass selbst die zwei Meisen draußen auf dem Baum erschraken. Martin atmete schwer und tippte schnell irgendwelche Artikelnummern in die Tabelle. Egal ob sie zusammenpassten oder nicht, denn er fürchtete das nächste Anschreiobjekt seines Chefs zu werden.

Ein dumpfer Knall direkt neben Martins Bildschirm. Der Chef musste etwas gegen die Wand geschmettert haben, vermutlich den schweren Katalog mit den neuesten Komponenten für Klimaanlagen. Auf den Tuscher folgte noch ein Brüller und ein heftiges Scheppern, diesmal von der zugeschleuderten Bürotür. Martin schloss die Augen und hoffte, der Chef würde nach rechts abbiegen und in sein eigenes Büro gehen. Doch er bog nach links ab und baute sich hinter Martin auf.

Johann Winkler Junior war kein großer Mann, dafür etwas dicklich. Mit seinem Bürstenhaarschnitt wirkte er etwas lächerlich, fast wie ein Lausbub. Das mochte aber nicht lange verbergen, dass er ein Choleriker wie aus einem Märchenbuch für Albträume war. Seine Haut bekam überall rote Flecken, wenn er sich aufregte. Sein Stiernacken schien sich noch weiter zu wölben, wenn er in Fahrt kam. Und seine Stimme überschlug sich gern beim Schreien, was sich zwar lustig anhörte, aber niemandem im Büro war dann zum Lachen zumute.

Winkler Junior errichtete im Büro ein Terrorregime, gleich nachdem er vor einem halben Jahr das Geschäft von seinem Vater Johann Winkler Senior übernommen hatte. Melanie vom Empfang hatte Martin mehr als einmal davon erzählt, welch nobler Herr der Senior war. Ein Gentleman, der nie seine Stimme erhoben und trotzdem genug Autorität ausgestrahlt hatte, um seine Belegschaft gut zu führen. Martin war erst seit zwei Wochen hier. Er wünschte, es gäbe noch den Senior als Chef. Doch den hatte er verpasst und bisher auch nicht zu Gesicht bekommen.

Stattdessen spürte er nun hinter seinem Rücken regelrecht die Blicke des Juniors. Martin verkrampfte sich sekündlich mehr. Angestrengt dachte er darüber nach, was er noch schnell in den Computer tippen könnte. Stattdessen entschied er, in der Preisliste zu blättern und so zu tun, als ob er etwas nachschauen musste.

»Hofer, das ist ein Blödsinn«, hörte er seinen Chef grunzen. »Du kombinierst die Eckteile vom Flachrohrsystem mit den Schellen für die normalen Rohre.«

Martin verstand nicht, blickte aber schnell von der Preisliste auf und sah ein rotfleckiges Gesicht vor sich. Doch der Chef schien sich wieder im Griff zu haben. Er nickte nur in Richtung des Bildschirms und meinte erneut:

»Diese Kombi ist ein Quatsch.«

Martin begriff jetzt. Der Chef meinte die Artikelnummern, die er vorhin in Panik in die Tabelle geklopft hatte.

»Ok. Tut mir leid. Ich werd's gleich korrigieren«, beeilte sich Martin zu sagen, ohne zu wissen, was er überhaupt ändern musste.

Er blickte nach zwei Wochen noch immer nicht durch, was er überhaupt hier machen sollte und was genau sein Job war. Die Einschulung hatte am ersten Tag genau zwei Stunden gedauert, danach war der Junior verschwunden und den ganzen Nachmittag nicht mehr aufgetaucht. An den nächsten Tagen wurden ihm einfach Anfragen auf den Tisch gelegt, die er bearbeiten sollte. Er sollte Klimaanlagen für Firmen konzipieren und Angebote erstellen. Doch er hatte keinen Tau, welche Komponenten wofür waren, und die Preisliste war ihm sowieso ein großes Rätsel. Der Chef deutete ein Kopfschütteln an und presste die Lippen aufeinander.

»Gut, wir werden die Einschulung wohl am Montag wiederholen müssen. Vielleicht kapierst du es ja dann endlich, wie du eine Klimaanlage zusammenbaust.«

Martin wusste nicht, ob er erleichtert sein oder ob er sich fürchten sollte. Er hoffte nur, dass die Einschulung einer der Kollegen übernahm und nicht wieder der Chef selbst. Martin nickte demütig.

»Ja, das wäre super. Gerade die technischen Details machen mir noch zu schaffen.«

Der Junior hatte sich für heute offenbar genug aufgeregt. Die Gesichtsfarbe normalisierte sich wieder. Nun schüttelte er beim Kehrtmachen wirklich den Kopf und ging. »Schönes Wochenende«, brummte er zum Abschied.

Martin war noch immer gestresst von dem Aufeinandertreffen, nur langsam wurde er wieder lockerer. Er war froh, dass er einer Schimpftirade entgangen war. Alles in allem fühlte er sich aber gerade ziemlich klein und verloren. Er schaute wieder dorthin, wo die Uhr hing. Noch immer eine Stunde bis Dienstschluss. Er fragte sich, was er hier überhaupt machte und warum. Eigentlich wollte er ja Journalist werden und jetzt saß er hier in diesem Büro und tat so, als würde er Klimaanlagen planen. Es war bis jetzt ein sonderbares Jahr.

Im Frühsommer war er mit der Schule fertig geworden. Er war knapp an einem Zeugnis mit einem guten Erfolg vorbeigeschrammt. Das hatte ihn zumindest ein bisschen gewurmt, wobei er sich selbst eingestehen musste, dass er als Schüler eher in die Kategorie faul einzustufen war. Er mogelte sich durch die Schulzeit. Sein Englisch war ziemlich ausbaufähig, sein Italienisch unterirdisch. Betriebswirtschaft konnte man zumindest auswendig lernen, wenn man schnell eine gute Note für eine Schularbeit brauchte. So richtig gut war er eigentlich nur in den beiden Fächern, die ihn auch wirklich interessierten, in Deutsch und in Geschichte.

Die Schule war jedenfalls vorbei und vor Martin lag ein Sommer, der das große Potential hatte, für ihn ein legendärer zu werden. Er freute sich auf Grillpartys und auf Ausflüge mit dem Auto, nachdem er gerade erst den Führerschein bekommen hatte. Und vielleicht würde er ja auch eine Freundin finden, wenn er endlich mehr Zeit zum Ausgehen hatte. Doch er vergaß, seine Mutter in die Gleichung einzubauen. Sie hatte wenig Verständnis fürs faul daheim Liegen. Sie trieb ihn an, Bewerbungen zu schreiben. So leierte er sich fast jeden Tag ein neues Bewerbungsschreiben aus den Fingern. Meist schrieb er Banken an. Martin graute allerdings vor einem Bankenjob. Er konnte sich nichts vorstellen, was für ihn langweiliger wäre. Bei jeder Absage spielte er recht überzeugend den Enttäuschten und zuckte mit den Schultern. »Es gibt halt zu viele Bewerber für zu wenige Jobs!« Seine Mutter hingegen schüttelte verständnislos den Kopf, warum ihr Sohn wieder nicht zum Zug kam. »Wie willst du denn ein geregeltes Leben hinkriegen, wenn dich keiner nimmt? Du brauchst Arbeit!«

Arbeit ja, dachte sich Martin. Aber eine, die er auch wollte. Er recherchierte im Stillen, ob und wo es die Möglichkeit gab, als Journalist zu arbeiten. Er wollte für eine Zeitung schreiben, doch da gab es in Tirol nicht so viele Möglichkeiten. Die Redaktionen der großen Tageszeitungen waren entweder in Innsbruck oder in Salzburg oder gar in Wien. Alles zu weit weg, um sich für ein Praktikum zu bewerben.

Seine Eltern wussten, dass er sich eine Karriere im Journalismus erhoffte. Seinem Vater war das eher egal, doch seine Mutter war dagegen. Martin schmorte also mehr in seinem eigenen Saft dahin. Die Aussicht auf einen Job, der seinen Vorstellungen entsprach, war gleich null. Dieser Sommer verlief somit ganz und gar nicht legendär, sondern eher frustrierend. Bis ihm eines Nachmittags sein Vater die Rundschau hinlangte, während er auf der Couch lümmelte.

»Da. Du wolltest doch Schreiberling werden oder so was.«

»Journalist, Papa!«, verbesserte ihn Martin.

»Ja, was auch immer. Die suchen Leute, die für sie schreiben.«

Martin starrte auf das eingerahmte Inserat, in dem stand, dass die Kitzbüheler Rundschau freie Mitarbeiter suchte. Die Rundschau war die Bezirkszeitung und für Martin eher mäßig spannend. Ein Abbild der Bussi-Bussi-Gesellschaft mit ein paar lokalen Berichten, die aber alle schon wieder alt waren, nachdem die Rundschau nur einmal im Monat erschien. Vor allem aber war die Zeitung, wenn man sie so nennen wollte, zugekleistert mit Werbung.

Neugierig war er jetzt trotzdem. Er ging zum Telefon in die Küche und wählte, ohne lange nachzudenken, die angegebene Nummer. Ein Mann mit einer freundlichen Stimme hob ab.

»Hallo, hier ist die Rundschau, was kann ich für sie tun?«

»Äh, ich rufe an wegen ihrer Anzeige, dass sie Leute suchen. Zum Schreiben.«

»Ah, jaaa. Das freut mich, dass sie sich melden. Es geht um ein bisschen mehr als nur ums Schreiben. Wir brauchen auch jemanden fürs Marketing sozusagen. Jemanden, der den Laden am Laufen hält. Hätten sie Interesse, dass wir uns treffen und unsere Möglichkeiten erörtern?«

Der Mann säuselte fast etwas schrullig ins Telefon und wollte von Martin wenig bis gar nichts wissen. Das ging jetzt alles ein bisschen schnell für Martin, aber er willigte ein, am nächsten Nachmittag in die Redaktion zu kommen.

Die Redaktion war, wie sich herausstellte, das Privathaus des Chefredakteurs Bernd Prechtl. Der Mann war der klassische Typ eines Verkäufers. Er trug einen dunkel-

blauen Anzug, eine rote Krawatte und zerfranste Haussandalen. Sein Vollbart war penibel gestutzt und adrett an
den richtigen Stellen ausrasiert. Martin durfte sich auf die
braune Ledercouch setzen. Auf dem gekachelten Couch-
tisch stapelten sich die letzten sechs oder sieben Ausgaben
der Rundschau. Im Gegensatz zum Telefonat kam Prechtl
jetzt gleich zur Sache und wollte alles Mögliche von Martin wissen. Martin erzählte von der Schule, seiner Leidenschaft fürs Schreiben und dass er Führerschein und Auto
hatte. Zwar nur den peinlichen Opel Corsa in violett, den
ihm seine Mutter vermacht hatte. Aber das Ding fuhr, und
es brachte ihn und seine Freunde auch hin, wohin sie
wollten. Den Teil mit dem peinlichen Auto verschwieg
Martin freilich.

Es wurde ihm nur sehr langsam klar, wie das hier lief.
Bernd hatte ihm gleich das Du angeboten und pries in
seinem besten Verkaufsjargon die Vorzüge an, für die
Rundschau zu arbeiten. Man konnte irrsinnig viel Geld
verdienen mit Provisionen, wenn man sich ordentlich
reinhängte.

»Provisionen?«, fragte Martin etwas verdutzt nach.

»Ja, Provisionen. Du verkaufst den Firmen Inserate
und vom Umsatz gehören bis zu zwanzig Prozent dir.«

Es hätte bei Martin eigentlich an dieser Stelle klick machen müssen, dass die Rundschau mehr nach einem Ver-
käufer denn nach einem Journalisten suchte. Irgendwie
ließ er sich von der freundlich-sonoren Stimme einlullen,
nur einmal fragte er dann doch nach.

»Aber wie ist das mit dem journalistischen Teil? Ich
will ja Artikel schreiben.«

»Das kannst du auch. Du kannst schreiben, worüber du
willst. Bezahlt wirst du aber für die Inserate, die du mir
bringst. Wollen wir es miteinander versuchen?«

Martin dachte nicht weiter darüber nach, was das eigentlich bedeutete, und brachte nur mehr ein »ja, gerne« heraus.

Ausstaffiert mit Rundschau-Ausgaben, einer Preisliste und der Einladung zur nächsten Redaktionssitzung, ging er zu seinem violetten Kleinwagen. Der Anflug eines Hochgefühls durchströmte ihn auf der Heimfahrt. Immerhin, er konnte jetzt Artikel verfassen. Und nicht nur das, er konnte über alles schreiben, worüber er wollte. Bezahlt wurde er für seine journalistische Arbeit zwar nicht, aber wie schwer würde es schon sein, ein paar Inserate zu verkaufen? Endlich ein erstes Erfolgserlebnis.

Seine Mutter war skeptischer.

»Und wie viel Zeit musst du da investieren?«

»Das weiß ich noch nicht.«

»Aber dir ist klar, dass das nur ein Nebenjob sein kann? Du bist ja noch nicht mal richtig versichert.«

»Ja, ja das weiß ich«, sagte Martin und dachte sich insgeheim aber schon, dass er zunächst einmal davon leben konnte. Immerhin musste er keine Miete bezahlen, da er ja noch bei seinen Eltern wohnte. Sein Vater sah das einmal mehr pragmatischer.

»Lass ihn doch probieren. Wenn es nicht funktioniert, kann er immer noch was anderes machen.«

Die Mutter grummelte etwas vor sich hin, und Martin schien es so, als ließe sie ihr Unverständnis an dem Pizzateig aus, den sie gerade auswalkte. Das Nudelholz wurde jetzt um eine Spur aggressiver hin und her gerollt.

Der Anblick des Nudelholzes sollte ihn den restlichen Sommer in Gedanken verfolgen. Immer dann, wenn er wieder ein Geschäft verließ, nachdem er mit seinem Angebot für ein Inserat abgeblitzt war. Hin und wieder konnte er eine Anzeige verkaufen, allerdings viel zu billig, weil er mit Rabatten nur so um sich schleuderte. So verdiente er in seinen ersten beiden Monaten bei der Rundschau ganze viertausend Schilling und ein bisschen was. Mit der Provisionsabrechnung in der Hand dachte er wieder an das Nudelholz. Immerhin hatte er aber wenigstens drei Artikel geschrieben, die, neutral betrachtet, für einen Anfänger halbwegs passabel waren. Er selbst hielt sie für den Nabel der Journalistenwelt, ohne das aber laut auszusprechen. Mit einem weiteren Artikel wollte er groß rauskommen, über eine Schrottdeponie im Wald.

Das Waldstück am Fuße der Loferer Steinberge gehörte zu einem Firmengelände. Eine Schotterstraße schlängelte sich um Fichtenbäume herum ein paar hundert Meter zurück bis zum schleißigen Bürogebäude. Neben dem Weg lagerten zwischen Baumstümpfen rostige Gerippe von ausgeschlachteten Autos, das Gestrüpp überwucherte zerbeulte Puch-Mopeds, daneben uralte Blechfässer, die schon Moos angesetzt hatten. Was da mal drin gewesen sein mochte, ließ sich wohl nicht mehr feststellen. All das wollte Martin dokumentieren. Er machte eines Abends Fotos mit seiner Spiegelreflexkamera, die er sich extra für den Job bei der Rundschau angeschafft hatte.

Er ging gerade vor einer zerfallenen Traktorruine in die Hocke, um das Ungetüm im richtigen Winkel abzulichten, da hörte er hinter sich ein Geräusch. Er erschrak so heftig, dass er beinahe das Gleichgewicht verloren hätte. Hinter ihm stand die alte Firmenchefin in ihrer Hausschürze. Er hatte den alten Drachen nicht kommen hören.

»Was machst denn du da?«, bellte sie ihn grantig an. Er sammelte sich so schnell er konnte.

»Ich fotografiere nur die Berge im Abendlicht«, log er und spürte, wie ihn der Mut verließ.

»Schau, dass du weiterkommst«, schimpfte die Alte und spuckte ihm braunen Kautabak vor die Füße.

Martin machte alibihalber noch ein Foto vom rötlich schimmernden Geiselhorn, setzte sich auf sein Mountainbike und radelte davon. Das war es für ihn mit dem investigativen Journalismus, zumindest fürs Erste. Er sollte sich noch lange dafür schämen.

Wenn er schon kein Aufdecker-Journalist war, dann wollte er wenigstens Sportreporter sein.

»Wir brauchen einen Sportteil«, schlug er seinem Chefredakteur gleich bei der ersten Redaktionssitzung vor, bei der er dabei war. Sein Energieanfall war ihm im nächsten Augenblick schon wieder etwas peinlich, aber unerwarteterweise fanden den Vorschlag alle ganz brauchbar.

»Eigentlich eine gute Idee«, meinte Prechtl und beauftragte Martin mit dem Einrichten einer Sportseite. »Schreiben kannst ja, mein Junge«, meinte Prechtl und wischte sich mit dem Zeigefinger den Bierschaum aus dem Bart, »aber beim Inserate Verkaufen hapert es noch. Da musst dich noch mehr reinhängen.«

Martin dachte an das Nudelholz und nickte etwas zögerlich. Er ahnte mittlerweile, dass er niemals das Zeug zu einem guten Anzeigenverkäufer haben würde. Das hatte seine Mutter schon gewusst, noch bevor er überhaupt mit dem Job begonnen hatte. Sie saß an diesem Oktoberabend am Küchentisch und trank eine Tasse Tee, als er nach Hause kam.

»Ich habe auf dich gewartet.«

»Wieso?«

»Weil wir uns unterhalten müssen. Das mit der Rundschau funktioniert nicht«, mahnte sie.

»Aber das kannst du ja nach zwei Monaten noch gar nicht wissen«, protestierte er halbwegs energisch.

Er glaubte allerdings selbst nicht an das, was er da von sich gab. Das schien auch seine Mutter zu spüren, sie durchschaute ihn.

»Schau, sieh es ein. Du bist kein Vertreter. Das Schreiben kannst ja als Hobby weitermachen, aber du brauchst einen richtigen Job.«

Er schwieg einen Augenblick zu lange diesmal. Seine Mutter nutzte diesen Moment und schob ihm die Tageszeitung hin. Ein Stelleninserat von der Firma Klima- und Lüftungstechnik Winkler in St. Johann. Sie suchten einen Mitarbeiter mit einer kaufmännischen Ausbildung. Martin wusste, worauf das hinauslief.

»Morgen schreibst du denen eine Bewerbung.«

Martin war zu müde. Zu oft hatte er in den letzten Monaten mit seiner Mutter über das Thema ordentliche Arbeit diskutiert. Er willigte ein und ging frustriert in sein Zimmer auf den Dachboden, den er für sich allein hatte.

Wie versprochen setzte sich Martin am nächsten Tag nach dem Frühstück vor den Computer und tippte den Bewerbungsbrief. Seinen Lebenslauf musste er nicht überarbeiten, der war ja ohnehin noch auf dem neuesten Stand vom Sommer. So viel hatte sich inzwischen nicht getan. Die Arbeit bei der Rundschau kam ihm jetzt nicht wichtig genug vor, um damit im Lebenslauf anzugeben. Martin rechnete sich keine allzu großen Chancen aus. Umso erstaunlicher war es für ihn, dass er nach einigen Tagen die Einladung zu einem Gespräch bekam. So lernte er wenig später Herrn Winkler Junior kennen, ein bizarres Erlebnis.

Als Martin vom Foyer abgeholt wurde, hatte Herr Winkler überall rote Flecken im Gesicht. Er trug einen roten Pulli, dessen Farbton sich aber mit der Gesichtsfarbe schlug. Der Pulli hatte augenscheinlich schon ein paar

Jahre auf dem Buckel, neu und ganz frisch hingegen war der Kaffeefleck auf dem rechten Ärmel. Martin hatte den leichten Geruch von kaltem Schweiß in der Nase. Er hoffte, dass dieser Geruch nicht von ihm stammte. Bei Bewerbungsgesprächen war er immer nervös und schwitzte ein bisschen. In einem unbeobachteten Moment schnüffelte Martin in Richtung seiner Achsel. Nein, er roch nach Seife und Parfüm. Martin folgte Herrn Winkler in dessen Büro im ersten Stock.

Dann wurden Martin zwar die üblichen Fragen gestellt, aber es schien so, als wären Winkler Junior die Antworten ziemlich egal. Stattdessen bekam Martin einen halbstündigen Monolog zu hören über die Erfolge der Firma und wo nicht überall Winkler-Klimaanlagen eingebaut worden waren. Martin driftete in Gedanken schon weg, als ihn eine Frage unvermittelt wieder ins Hier und Jetzt zurückbeförderte.

»Haben sie eine Freundin?«, fragte Herr Winkler und schnäuzte dann laut in ein Taschentuch. Das gab Martin ein paar Sekunden Zeit, um sich zu sammeln.

»Äh … nein?«, sagte er mehr zögerlich fragend als geradlinig antwortend.

»Das ist gut so!«

»Aha?«

»Ja, dann jammern sie mich wenigstens nicht voll, wenn sie Überstunden machen müssen.«

Martin hatte offenbar einen Pluspunkt gesammelt, mit einer Eigenschaft, die nicht im Lebenslauf stand. Herr Winkler hielt Martin die Hand hin, mit der er sich noch eben geschnäuzt hatte, und verabschiedete sich. Martin hatte keine Ahnung, ob und wie es jetzt weitergehen sollte. Die Empfangsdame schenkte ihm beim Hinausgehen noch ein aufmunterndes Lächeln. Das war's dann.

Nach zwei Wochen hatte Martin noch immer nichts gehört und dachte sich eigentlich schon, das Thema hätte sich erledigt. Doch seine Mutter bestand darauf, dass er noch einmal bei der Firma anrufen sollte. Mit dem dritten Versuch erwischte er schließlich Winkler Junior am Telefon. Es war wieder etwas grotesk.

»Entschuldigung für die Störung. Ich wollte mich nur mal melden und fragen, ob sie sich schon entschieden haben?«, sagte Martin.

»Mhm. Worum geht es gleich noch einmal?«

»Äh … um den Bürojob mit der kaufmännischen Ausbildung.«

»Ah ja. Stimmt.« Stille. Martin wartete und wusste nicht recht, ob er jetzt etwas sagen sollte und wenn ja, was. Stille. »Hmmm«, hörte er von Herrn Winkler. Stille. Es war kaum auszuhalten. Stille. »Naja«, rührte sich endlich wieder etwas. »Dann probieren wir es halt.«

Begeisterung klang mitunter anders, was in dem Moment aber auch egal war. Es war nicht der Job, den er eigentlich haben wollte, aber er hatte eine Zusage, und es fühlte sich trotzdem nicht schlecht an. Irgendwie eine eigenartige Situation.

Endlich war es fünf am Abend. Martin wartete noch zwei Minuten, ehe er den Computer abdrehte. Er packte seine Sachen und winkte Melanie beim Rausgehen noch zu, die ebenfalls im Begriff war zu gehen. Es schneite nun ziemlich stark. Über sein Auto hatte sich schon eine weiße Schicht gelegt. Abputzen wollte er den Schnee nicht, das sollte der Scheibenwischer erledigen.

Wie jeden Abend, war der Verkehr in und rund um St. Johann sehr dicht. Erst als er schon etwas außerhalb war, konnte er schneller fahren. Er schob eine Kassette in das Kassettendeck des Autoradios. Er hatte sie selbst aufgenommen und sie enthielt vor allem Lieder aus den 80ern. Die 90er fand er musikalisch ziemlich mau, mit wenigen Ausnahmen. *These Days* von Bon Jovi lief bei ihm in Dauerschleife. Das Lied über Träume und Hoffnungen half ihm durch die späten Teenagerjahre und vermochte ihm noch immer Trost zu spenden. Schon das zaghafte, fast schüchterne Intro mit dem Piano schickte ihm Schauer über den Rücken. Mit dem Einsatz der Gitarre verschmolz dieses Lied bereits zu Beginn zu einer großartigen Klangsymbiose. Er drehte auf volle Lautstärke und sang hingebungsvoll mit, wenn Jon Bon Jovi darüber philosophierte, dass dieser Tage jeder von uns sein Kreuz zu tragen hätte. Halbwegs im Takt befreite der Scheibenwischer die Windschutzscheibe des kleinen Corsa von zerplatzten Schneeflocken.

So fuhr er die letzten Kurven durch die Öfenschlucht, ehe es auf die kleine Anhöhe ging, wo sich der Blick auf den Pillersee öffnete. Das Wasser lag in der Dunkelheit glatt da wie ein Spiegel, eingerahmt von angezuckerten Wiesen und Bäumen, die von den Autoscheinwerfern angestrahlt wurden. Am anderen Ende des Sees konnte man an den spiegelnden Lichtern den Heimatort von Martin erkennen. St. Ulrich am Pillersee, von den Einheimischen auch liebevoll Nuarach genannt. Der Nuarach war der Legende nach ein Seeungeheuer, das im Pillersee gehaust hatte. Nicht nur Schottland hat seine mysteriösen Seeungeheuer. Allerdings, anders als Nessie, konnte sich der Nuarach bei nur vier Metern Wassertiefe im Pillersee wohl nicht mehr gut verstecken, weshalb er ausgewandert sein dürfte. Seinen Namen ließ er aber hier.

Martin fuhr vorbei an der romanischen Dorfkirche mit dem markanten roten Zwiebelturm beim Ortseingang und den beiden großen Hotels, danach der beschauliche Dorfplatz und das Gemeindeamt. Wenige Meter später bog er rechts ein in die Stichstraße zu seinem Elternhaus. Er blieb auf dem großen Parkplatz vor dem Haus stehen und seufzte erleichtert. Endlich Wochenende und endlich zwei Tage Pause von dem Irrenhaus namens Winkler Klima- und Lüftungstechnik.

Als Martin in die Küche kam, stand zu seiner Überraschung sein Vater am Herd. Also gab es Geschnetzeltes mit Reis. Sein Vater war zwar ein begnadeter Bäcker, aber beim Kochen stellte er sich patschert an.

»Mama, ist noch in der Arbeit. Es dauert heute wohl länger im Frisiersalon.«

Martin nickte und ließ sich auf die Holzbank beim Esstisch nieder, es war fast mehr ein Fallen.

»Harten Tag gehabt?«

»Ja«, sagte Martin und erzählte beim Tisch decken, was in der Firma passiert war. Sein Vater hörte meistens aufmerksam zu, außer wenn er gerade die Sauce abschmecken musste. Ansonsten schüttelte er den Kopf, denn er konnte schreiende Menschen nicht ausstehen.

Am selben Abend traf sich die Nuaracher Dorfjugend im Wildschütz, der örtlichen Disco. Der rustikale Charme der 60er-Jahre-Discothek war Ende der 90er schon etwas aus der Zeit gefallen. An den Wänden hingen Gämsenschädel samt Geweih, die zu Lampen umfunktioniert worden waren und für die schummrige Beleuchtung sorgten. Die Disco bestand aus einem einzigen großen Raum mit einer großen Bar, vielen Sitztischen und einer Tanzfläche in der Mitte. Die Discokugel über der Tanzfläche glitzerte im Takt der Musik, weil sie sich je nach Lied schneller oder langsamer drehen ließ. Ein technisches Wunderwerk, auf das Graserl furchtbar stolz war. Graserl war der Besitzer der Disco. Zugleich war er im Winter Skilehrer, im Sommer Jungbauer und das ganze Jahr über Frauenheld.

Graserl war ein Typ der gechillten Sorte. Das mochte auch daran liegen, dass er hin und wieder gerne Gras rauchte. Den Spitznamen Graserl hatte er aber nicht deswegen, sondern weil er sich als Bauernbub immer am liebsten im Heu versteckt hatte.

Martin kannte nur einen einzigen Grund, wie man bei Graserl den Dauergrinser abschalten konnte. Man musste ihn mit seinem eigentlichen Namen Benjamin anreden. Er hasste sämtliche Varianten davon, die Langform genauso wie Benni, Benji oder auch nur Ben. Am schlimmsten war Benny Bunny. Im Suff machten sich die Einheimischen manchmal einen Spaß daraus, ihn mit seinem Namen zu pflanzen. Einmal warf Graserl drei Burschen auf einmal aus dem Wildschütz. Er war zwar einen Kopf kleiner als seine Kontrahenten, aber man durfte nicht unterschätzen, wie stark er war. Abgesehen davon war er ein liebenswürdiger Kerl, den die Frauen tatsächlich nur so umschwärmten. Martin vermutete, dass es an seiner Rocker-Mähne liegen musste.

Und wie auf Geheiß, schüttelte sich Graserl mit einer schwunghaften Kopfbewegung die Haare aus dem Gesicht, als er Martin und seinen drei besten Freunden die Gläser mit Cola-Rum an den Tisch brachte.

»Viel Spaß heute«, raunte er ihnen grinsend zu, »aber ihr wisst eh, nur anschauen und nicht antatschen!« Er zwinkerte und verschwand mit seinem Tablett wieder in Richtung Bar.

An diesem Abend fand im Wildschütz eine Vorausscheidung zur Miss-Tirol-Wahl statt. Maxi und Flo wollten unbedingt »Hasen schauen«. Martin wollte das im

Prinzip auch, traute es sich aber nicht auszusprechen. Andi war das eher egal. Er wollte nur die Gelegenheit nutzen, um zu rauchen. Daheim durfte er nicht, also qualmte er in der Disco. Andi bildete sich ein, dass er erwachsener wirkte, seit er rauchte. Er war noch 17 und somit der Jüngste in der Gruppe.

Martin schlürfte an seiner Cola und hörte Maxi und Flo beim Flachsen zu. Sie hatten schon zwei oder drei Kandidatinnen entdeckt, die auf dem Weg zum Hinterzimmer an ihrem Tisch vorbeigekommen waren. Eine von ihnen hatte Maxis Arm gestreift, freilich zufällig. Er tat aber so, als wollte sie bei ihm anbandeln. Gerade als Martin im Begriff war, sich in das Gespräch einzumischen, wurde er seitlich angestupst.

»Rutsch mal!«, befahl ihm eine selbstbewusste Frauenstimme.

Es war Rosi, die Tochter des Chefs der Skischule. Sie war ein Jahr jünger als Martin und ging mit Andi in die Schule. Martin war ein bisschen perplex, warum Rosi zu ihnen an den Tisch wollte. Sie kannten sich natürlich, weil in dem kleinen Dorf jeder jeden kannte, aber sie hatten eigentlich wenig miteinander zu tun. Trotzdem tat er wie befohlen und machte Platz auf der mit Brandlöchern gemusterten Bank.

»Fallen euch schon die Glubscher raus?«, fragte sie mit einem frechen Grinsen im Gesicht und deutete auf eine Miss-Tirol-Kandidatin, die gerade mit einer Parfümwolke an ihnen vorbeischwebte.

Martin grinste ein bisschen verlegen, Andi versuchte, kreisrunde Rauchschwaden aufsteigen zu lassen und Flo konterte.

»Machst halt auch mit. Du hast doch sicher einen feschen Badeanzug daheim.«

Rosi lachte dreckig.

»Das würdet ihr doch gar nicht aushalten, wenn ihr mich im Badeanzug sehen würdet. Da kriegt ihr nur Stiel-augen.«

Martin dachte darüber nach, dass sie doch ohnehin alle schon mal Rosi im Badeanzug gesehen hatten. Und zwar im Sommer auf der Liegewiese hinter dem See. Er ver-suchte sich in Erinnerung zu rufen, was er damals gese-hen hatte. Rosi hatte keine schlechte Figur, aber mit ihren eher kurzen Beinen war sie wohl zu klein für eine Lauf-stegschönheit. Und sie hatte für eine junge Frau ein recht kantiges Gesicht. Durchaus ausdrucksstark und hübsch, aber nicht der Mainstream-Definition eines Modelgesich-tes folgend.

Martin mochte Rosi zwar, aber er hatte insgeheim auch etwas Angst vor ihr. Sie konnte gnadenlos gemein sein, wenn sie wollte, und sie war hin und wieder auch ein biss-chen vulgär. Wohl gerade so viel, um einen bestimmten Schlag Männer scharf zu machen.

»Schau dir die geile Alte da drüben an«, frotzelte sie Martin und zeigte unverhohlen auf eine Kandidatin im hautengen Abendkleid.

Die Alte war wohl kaum älter als Rosi, aber es stimm-te. Sie sah verdammt gut aus und winkte gerade der joh-lenden Schar zu. Martin entfuhr ein »ja, eh«, weil er sonst nicht wusste, was er antworten sollte, und grinste wieder etwas dümmlich. Rosi grinste ebenfalls, aber wis-send.

»Du bist ja echt so schüchtern, wie alle sagen.«

Spürte sie wohl, dass er sich ein bisschen vor ihr fürch-tete? Er wusste es nicht und trank schnell einen Schluck, um die für ihn peinliche Situation zu überspielen. Rosi aber machte keine Anstalten, wieder gehen zu wollen. Sie richtete sich am Tisch mit den vier Burschen gemütlich ein. Martin war zunächst noch etwas verkrampft, entspannte sich aber langsam.

Während die Kandidatinnen gerade ihre Talente vorführten, geschah dann das Unverhoffte für ihn. Rosi rutschte enger an Martin heran und lehnte sich mit ihrem Rücken an seine Brust. Ihre lockigen Haare kitzelten ihn im Gesicht. Martin fiel das regelmäßige Atmen schwer. Es lastete gar nicht so sehr Rosis Gewicht auf seinem Oberkörper, sondern vielmehr diese für ihn unbegreifliche Situation. Warum tat sie das? Er überlegte, ob er etwas sagen sollte. Er ließ es dann einfach geschehen, denn unangenehm war das Gefühl ja nicht. Fremd schon, aber eben nicht ungut.

Nach ungefähr zehn Minuten hatte er das Problem, dass sein linker Arm langsam taub wurde, weil Rosi mehr oder weniger direkt darauf saß. Er versuchte den Arm in eine andere Position zu bringen. Rosi ahnte wohl, warum er unruhig wurde. Sie schnappte seinen Arm, legte ihn sich um den Bauch und schmiegte sich noch enger an Martin. Spätestens jetzt war das Kuscheln der beiden offensichtlich. Martin sah aus dem Augenwinkel, wie Maxi und Flo tuschelten, und Andi saß nur da und machte Rauchzeichen.

Graserl balancierte ein Tablett mit Getränken an ihnen vorbei und grinste Martin an. Er konnte es selbst nicht glauben, aber es war Realität. Schüchtern hin oder her, irgendwie genoss er diese Nähe. Rosi sprach währenddessen kein einziges Wort. Er konnte leider nicht sehen, ob sie lächelte oder welchen Gesichtsausdruck sie sonst hatte. Aber er nahm an, dass es ihr in diesem Moment auch so gefiel, wie es gerade war. Sonst würde sie ja nicht so sitzen bleiben.

Nun war auch endlich der Teil des Abends gekommen, auf den zumindest die männliche Hälfte der Zuschauer schon die ganze Zeit gewartet hatte. Die zwölf Kandidatinnen stolzierten zunächst zu Blurs *Song 2* und anschließend zu Discobeats im Badeanzug über die Tanzfläche. Wenn es ihnen unangenehm war, dann ließen sie es sich zumindest nicht anmerken. Maxi und Flo hatten sichtlich Spaß am Glotzen. Zum ersten Mal seit einer Stunde machte Rosi den Mund auf, um sich über die zwei lustig zu machen.

»Ihr Spanner«, höhnte sie.

»Miss Kuschlerin«, gab Flo zurück und tat so, als würde er ihr ein Krönchen überreichen.

»Er mag's«, sagte sie in normalem Tonfall und streichelte kurz Martins Hand, die weiter auf ihrem Bauch ruhte.

Ja, Martin mochte das mittlerweile sogar sehr und hoffte irgendwie, dass Rosi nie wieder gehen würde. Doch justament ein paar Minuten später war es vorbei. Rosi löste sich langsam von ihm, stand auf und ging Richtung Toilette. Als sie zurückkam, setzte sie sich normal neben Martin auf die Bank, als ob vorhin nichts gewesen wäre. Sie schenkte ihm nur einen kurzen, neckischen Blick. Martin überlegte, ob er jetzt die Initiative ergreifen sollte. Einerseits war da diese Gier nach mehr Zärtlichkeiten, andererseits befürchtete er, vor aller Augen eine Abfuhr zu bekommen.

Während er haderte, wurde die Siegerin dieser Miss-Wahl ausgerufen. Es war die geile Alte, wie sie Rosi bezeichnet hatte. Die scharfe Blondine bekam eine Schärpe übergestreift und ein billiges Plastikdiadem aufgesetzt. Die Strasssteine glitzerten im Discolicht trotzdem, als wäre es eine diamantenbesetze Krone, die man der Miss Kitzbühel 1997 überreicht hatte.

Er hatte zu lange gezaudert. Rosi trank ihr Bier aus, winkte in die Runde und verabschiedete sich.

»Ciao, Buben!«, sagte sie und drehte sich noch kurz zu Martin um. »Nicht immer so schüchtern sein«, flüsterte sie und danach war sie weg.

Die anderen drei nutzten ihre Chance, um Martin aufzuziehen.

»Oh, das neue Traumpaar von Nuarach!«

»Oh, aber sie hat ihn sitzen lassen!«

»Oh, vielleicht will sie nur erobert werden!«

»Idioten«, antwortete Martin einsilbig und wusste nicht, was ihn mehr ärgerte. Die blöden Sprüche seiner Freunde, oder dass er möglicherweise eine Chance ausgelassen hatte.

Es gab für ihn eigentlich keinen Grund mehr, noch länger in der Disco zu bleiben. Die Show war vorbei, Rosi war fort und seine Freunde nervten. Außerdem war er müde und es war schon fast Mitternacht. Also verabschiedete er sich und drängte zum Ausgang. An der Bar lehnte Graserl lässig mit einem Geschirrtuch über der Schulter. Er schäkerte mit der neuen Miss. Wie machte er das bloß? Martin war es ein Rätsel.

Beim Rausgehen kam ihm ein eiskalter Luftschwall entgegen. Es hatte aufgehört zu schneien und dafür aufgeklart. Es war frostig. Martin musste den Reißverschluss seiner Winterjacke ganz zumachen. Er hatte zwar nur zehn Minuten zu Fuß nach Hause, aber das reichte aus, um wieder einen klaren Kopf zu bekommen.

Schneeluft

Der Montag war ein Fiasko. Martin hatte verschlafen und kam zehn Minuten zu spät in die Arbeit. Das brachte ihm den ersten Rüffel vom Chef ein. Der nächste folgte bei der Einschulung, weil Martin aus Sicht von Winkler Junior begriffsstutzig war. Die Einschulung war so abgelaufen, dass sich der Chef an den Computer setzte und Martin danebenstand. Dann wurden irgendwelche Artikelnummern in die Tasten gehämmert, wobei es ein Wunder war, dass die Tastatur dem Zorn dieses Mannes standhielt. Dazwischen grunzte er ein »siehst du?« oder auch ein »so gehört das!« Martin strengte sich an, zu folgen. Doch er schaffte es nicht, diese ungefilterte und vor allem nicht erklärte Vielzahl an Information zu verarbeiten.

Martin wurde aufgefordert, nun eine Klimaanlage für eine große Tischlerei zu berechnen. Er scheiterte nicht nur kläglich, er wusste nicht einmal, wo er anfangen sollte.

»Hofer, du Volltrottel«, setzte sein Chef zu einer Schreiorgie an. Das Gesicht war schon startklar mit den roten Flecken. Gerettet wurde Martin von Melanie. Sie kam gerade ins Büro herein und verkündete, dass der 10-Uhr-Termin schon da war. Ein Großauftrag für ein Speditions-Unternehmen, das der Firma einen schönen Umsatz bescheren würde. Winkler Junior hustete zweimal, um seine durch den Hass verschleimten Stimmbänder wieder freizukriegen.

»Wir reden am Nachmittag weiter«, zischte er. »Inzwischen lernst du den Katalog auswendig!«

Martin fühlte sich wie ein geprügelter Hund und versuchte, seine Würde wieder zu finden. In diesem Büro schien das nicht zu gehen. Also ging er für ein paar Minuten raus vor die Tür, um frische Luft zu bekommen. Den mitleidigen Blick von Melanie hatte er beim Rausgehen sehr wohl bemerkt, doch Mitleid zog seine Gemütslage nur noch mehr runter.

Die frische Schneeluft tat ihm gut, er atmete diesen klaren Geruch von Schnee, den er so sehr liebte, mehrfach tief ein und wieder aus. Tief ein und wieder aus. Tief ein und beim nächsten Ausatmen stürzte Melanie zu ihm ins Freie. Ihr Blick war fahrig und ernst.

»Der Chef sagt, wenn du nicht sofort wieder ins Büro gehst, kannst gleich heimgehen.«

Er drehte sich um, blickte nach oben und sah seinen Chef am Fenster stehen. Die Augenlider zusammengekniffen und ein scharfer Blick, mit dem er Martin von oben herab maßregelte. Martin senkte den Kopf und ließ sich von Melanie die Tür aufhalten. Die Demütigung saß. Er schlich zurück ins Büro, setze sich an den Schreibtisch und begann damit, die Produkte und Artikelnummern im Katalog auswendig zu lernen. Allerdings konnte er sich kaum konzentrieren, weil er noch immer zu aufgewühlt war. Und vor allem drohte am Nachmittag noch ein weiteres Aufeinandertreffen mit dem Chef.

Die Mittagsjause ließ er aus. Er hatte sowieso keinen Hunger und lernte stattdessen weiter. Teil um Teil und Artikelnummer um Artikelnummer trichterte er sich bestmöglich ein. Kurz nach der Mittagspause wurde Martin ins Chefbüro zitiert. Melanie, die gute Seele, gab ihm noch ein paar aufmunternde Worte mit auf den Weg.

»So schlimm wird‘s schon nicht werden. Vielleicht ist er ja besser gelaunt, weil der Vormittagstermin gut gelaufen ist.«

Martin klopfte an die Bürotür. Dem Tonfall des Chefs zufolge wurde er vielmehr hereinbefohlen als hereingebeten. Zum ersten Mal seit dem Vorstellungsgespräch war Martin wieder in diesem Büro. Es roch wieder süßlich nach kaltem Schweiß. Wobei Martin ahnte, dass es sich möglicherweise diesmal um seinen Angstschweiß handeln konnte, der ihm hier in die Nase stieg. Martin musste vor dem Schreibtisch stehen bleiben, wie ein Schulkind. Und ganz der gestrenge Lehrer schlug Winkler Junior den dicken Klimaanlagenkatalog auf.

»Artikelnummer 35 60!«, bellte er.

»Das sind Verbindungsmanschetten«, erwiderte Martin schnell und war dankbar, dass er es wusste.

»Für?«

»Äh, für Lüftungsrohre?«, war sich Martin schon nicht mehr ganz so sicher.

»Für?«

Martin hatte keine Ahnung, was sein Chef meinte.

»Für?«, wiederholte der nun schon recht grantig seine knappe Frage.

»Ich weiß nicht, was sie wissen möchten«, versuchte Martin nicht allzu kleinlaut zu klingen.

»Für welche Rohrdimension, du Depp!«

»Hunderter?«

Mit einem Urschrei drosch Winkler Junior mit beiden Fäusten auf seinen Schreibtisch.

»Du unfähiges Arschloch, du hirnloses Sauvieh, du Vollidiot!«

Gleichzeitig mit den Worten wurde Martin auch von Spucketröpfchen im Gesicht getroffen. Spitze, nasse Nadeln hagelten gegen seine Wange, seinen Mund und seine Nase. Martin versuchte standhaft zu bleiben, obwohl er knapp vor einem Zusammenbruch stand. Winkler Junior schrie noch lauter, bis sich seine Stimme komplett überschlug. So würde man sich ein brüllendes Heinzelmännchen vorstellen. Klein, dick und mit einer gellenden Kopf-stimme, nur die Zipfelmütze fehlte.

Martin war unfähig sich zu rühren, bis der Chef den Katalog schnappte und auf Martin schleuderte. Er konnte sich gerade noch ducken, weshalb der Katalog durch die offene Bürotür auf den Gang flog. Martin türmte aus dem Chefbüro. Winkler Junior schrie ihm noch nach, dass er gefälligst den Scheiß-Katalog inhalieren solle.

Wenn der Vormittag schon eine Demütigung war, was war das dann jetzt? Alle Bürotüren waren aufgegangen, alle starrten sie Martin an, der so schnell wie möglich zurück in sein eigenes Kämmerchen huschte. Dort angekommen, stand Melanie unter der Tür. Sie brachte ihm ein Glas Was-ser und streichelte ihm kurz über die Schulter, dann ging sie wieder. Er fühlte, wie sein Herzschlag bis in den Hals hi-nauf klopfte, und das Atmen fiel ihm schwer. Es dauerte ei-nige Zeit, bis er wieder normal Luft bekam.

Eine halbe Stunde später klopfte Ferdinand am Türrah-men und kam herein, ohne auf eine Antwort von Martin zu warten. Ferdinand war einer der beiden Arbeitskollegen, die vor dem Wochenende vom Chef niedergemacht wor-den waren. Er bot Martin an, mit ihm ein bisschen zu üben, wie man das Planungstool am Computer benutzte. Sie arbeiteten gut zwei Stunden miteinander und erstellten fiktiv auch eine Lüftungsanlage für eine Lackiererei. Mar-tin lernte in diesen zwei Stunden mehr als in den gesamten vergangenen zwei Wochen. Dann meinte Ferdinand aber, er müsse sich selbst wieder an die Arbeit machen, weil die sonst liegen blieb. Martin probierte noch ein wenig am Computer herum und beschäftigte sich den Rest des Büro-tages mit dem Katalog. Pünktlich um fünf ging er.

Beim Heimfahren fuhr dieser Tag im Rückspiegel mit. Diesmal blieb das Radio stumm, Martin hing seinen

Gedanken nach. Er wunderte sich über sich selbst, dass er den Anfall des Chefs mehr oder weniger stoisch ertragen hatte. Bloß war die Frage, würde er es weiter ertragen können oder würde er daran zerbrechen. In der Nachbetrachtung schüttelte es ihn jetzt mehr als während der Schreiattacke. Da war er eigentlich nur fassungslos gewesen, dass das wirklich passierte. Obwohl er mittlerweile ja wusste, wie der Chef war, war er trotzdem überrascht. Überrascht und überfordert.

Beim Abendessen erzählte er seinen Eltern, was passiert war. Sie sagten erst einmal gar nichts. Sie hörten zu, legten ihr Besteck zur Seite und es schien, als müssten sie sich an ihren Gläsern festklammern, um irgendeinen Halt zu finden.

»Das gibt's doch alles nicht!«, sagte seine Mutter leise.

»Warum bist du nicht gleich abgehauen? Warum bist du noch geblieben?«, wollte sein Vater wissen.

»Ich weiß es nicht, ich bin nicht mal auf die Idee gekommen zu gehen.«

»Du darfst dir nicht alles gefallen lassen. So etwas sollte sich niemand gefallen lassen, so etwas ist eine Sauerei!« Der Tonfall des Vaters bekam spürbar eine zornige Note. Martins Mutter nickte zustimmend.

»Morgen ist dein letzter Tag. Du bist in der Probezeit und kannst jederzeit aufhören. Und morgen gehst du nur mehr hin, um dem feinen Herrn Winkler zu sagen, dass Schluss ist.«

»Und sollte er wieder schreien oder gar mit Katalogen um sich werfen, dann komm ich ihn besuchen. Sag ihm das.«

Sein Vater war in Fahrt gekommen. Martin musste bei dem Gedanken in sich hinein grinsen, wie der kleine Winkler Junior von seinem Vater, der mindestens einen

Kopf größer war, zusammengestaucht werden würde. Andererseits, er war erwachsen und wollte sich nicht mehr wie ein kleines Kind von seinem Vater beschützen lassen. Das ärgerte Martin jetzt doch etwas, weshalb er so lässig wie möglich antwortete.

»Passt schon, Papa. Ich krieg das allein hin.«

Sein Vater schien sich zu beruhigen und aß seine inzwischen kalten Nudeln weiter. Seine Mutter hielt sich noch immer verkrampft an ihrem Wasserglas fest und schüttelte weiter den Kopf.

»Es tut mir leid, dass ich dir eingeredet habe, dass du dich dort bewerben sollst.«

Oha. Eine Entschuldigung von seiner Mutter, so etwas kam selten vor. Und eigentlich müsste man so ein seltenes Geschenk auch gebührend zelebrieren. Doch Martin gab weiter die coole Socke.

»Das hast du ja auch nicht wissen können.«

Zu spät fiel ihm ein, dass er diesen Zeitpunkt nicht ungenutzt verstreichen hätte lassen sollen. Er hätte sich darauf berufen können, dass er es ja mit einem Bürojob versucht hatte und das Experiment gescheitert war. Ergo konnte er ja nun wohl seiner journalistischen Leidenschaft nachgehen. Das dachte er sich alles, hätte er es nur laut ausgesprochen. Denn in dem Moment hatte sich seine Mutter wieder gefangen und trug ihren Angriff mit einer mehr oder weniger rhetorischen Frage vor.

»Gut, was machen wir jetzt mit dir? Nur von der Rundschau kannst du nicht leben. Du brauchst einen Job, der dir Geld einbringt. Also, wie soll es weitergehen?«

Martin wollte gerade zu einem genervten und langgezogenen »Maaamaaa« ansetzen, als sein Vater dazwischenging.

»Jetzt lass den Buben doch erst mal verdauen, was er da erlebt hat! Wie es weitergeht, das können wir uns morgen überlegen.«

Martin war mit der Intervention seines Vaters zufrieden und wickelte sich eine Portion Spaghetti auf seine Gabel. Auch die Mutter schien ein Einsehen zu haben. Sie ließ das Glas los.

Am nächsten Tag fuhr Martin mit einem flauen Gefühl in die Arbeit. Er legte seine Sachen in sein kleines Büro, ging dann zurück zum Empfang und fragte Melanie, ob der Chef Zeit hätte für ein Gespräch. Er musste warten, der Junior war noch nicht da. Also setzte sich Martin im Büro in den Drehsessel, der immer quietschte, wenn man damit eine Runde drehte. Während der Sessel vor sich hin wieherte, ließ Martin das kleine Kämmerchen im Rundflug auf sich wirken. Es war in den vergangenen zweieinhalb Wochen gleichermaßen seine schützende Höhle und der Hort der Verzweiflung. Als er gerade noch eine schnelle, quietschende Runde absolvierte, stand plötzlich Melanie vor ihm. Er hatte Mühe, sich einzubremsen und sah aus dem Augenwinkel, wie sich Melanie einen Schmunzler nicht wirklich verkniff. Er hatte aber nicht lange Zeit, sich peinlich ertappt zu fühlen. Denn wie er nun erfuhr, wartete der Chef auf ihn.

Der Gang nach oben war schwer, aber immerhin leichter als am Tag zuvor. Diesmal würde es enden, egal wie, aber es würde vorbei sein. Er klopfte an der Bürotür, durch die er vor nicht einmal vierundzwanzig Stunden geflüchtet war. Er wurde hineingebeten. Winkler Junior saß in seinem Chefsessel und hing gedankenverloren über irgendwelche Zettel. Die Hautfarbe schien normal zu sein, nichts Rotfleckiges zu sehen. Der Stiernacken war zwar da, aber bei einem Wutausbruch hatte er gut und gerne die doppelte Dimension. Der Junior schaute auf.

»Worum geht's, Hofer?«

Martin sagte seine Sätze auf, die er sich zurechtgelegt hatte.

»Chef, ich glaube, dieser Job ist nichts für mich. Ich glaube, es ist für uns beide besser, wenn wir die Probezeit beenden.« Stille. Martin achtete auf Anzeichen für einen Ausbruch, doch es kam keiner.

»Hmmm … soso … schade … irgendwie!« Schade? Martin dachte schon, sich verhört zu haben. »Ich war mir sicher, dass das mit dir funktioniert.« Martin war perplex. Damit hatte er nicht gerechnet. Er versuchte, sich an seine weiteren Textbausteine zu erinnern, die er vorsorglich auch für den Fall einer neuerlichen Schimpftirade eingeübt hatte.

»Chef, ich glaube sie brauchen für diesen Job einen Techniker und keinen von einer Wirtschaftsschule. Ich kann mich noch so sehr anstrengen, ich blicke da nicht durch, was ich machen soll.«

Stille. Winkler Junior legte den Kopf ein wenig schief und nickte offensichtlich zustimmend. Er sah dabei ins Leere und Martin wünschte sich, dass er einen Einblick in seine Gedankenwelt hätte. Schließlich sprach Winkler Junior doch noch.

»Na gut, dann belassen wir es dabei. Danke für den Versuch und alles Gute weiterhin.«

Er stand dabei auf, um Martin die Hand zu schütteln. Das war's. Kein Wort über den Wutausbruch, weder von Martin noch von seinem nunmehrigen ehemaligen Chef. Martin verließ das Büro, diesmal normalen Schrittes. Ihm war nun leichter, und so ging er noch die Runde durch die anderen Räume, um sich zu verabschieden. Zumindest von den paar Leuten, die da waren. Melanie war ein bisschen traurig, dass er ging, aber sie konnte es verstehen. Martin dankte ihr für ihre fürsorgliche Hilfe und hoffte für sie, dass es besser werden möge mit dem cholerischen Winkler Junior.

Endlich daheim, legte er sich auf die Couch und döste ein. Die ins Schloss krachende Haustüre riss ihn aus seinem Schlummer. Seine Mutter kam vom Einkaufen zurück und schleppte vier Taschen, zwei in jeder Hand. Da hatte sie keine Hand frei gehabt, um die Tür sanft zu schließen. Sie fiel stattdessen wortwörtlich und dann auch noch im übertragenen Sinn mit der Tür ins Haus.

»Ah, du bist schon daheim. Sehr gut. Ich hab super Neuigkeiten für dich.«

»Aha. Ok. Willst du gar nicht wissen, wie es gelaufen ist?«

»Ach, du bist doch daheim und du schaust nicht so geknickt aus wie gestern. Also wird er diesmal nicht so mit dir umgesprungen sein.«

Martin erzählte trotzdem von dem kurzen Gespräch und der Conclusio seines Ex-Chefs, dass er ihm zugetraut hätte, den Job zu schaffen.

»Trotzdem gut, dass du von dort weg bist. Wer weiß, wann der seinen nächsten Wutanfall kriegt. Aber bist du jetzt bereit für die guten Neuigkeiten?« Martin verdrehte unmerklich die Augen, was seiner Mutter jedoch nicht entging. »Hey, tu nicht so. Es sind wirklich gute Nachrichten.«

»Ok, sag schon.«

»Also, ich hab beim Einkaufen gerade Manfred getroffen …« »Manfred? Welchen Manfred?«

»Na den Chef der Skischule.« Martin wusste jetzt zumindest, dass es um den Vater von Rosi ging. Er sah aber den Lastwagen nicht, der auf ihn zufuhr. Am Steuer: seine

Mutter. »Also der Manfred sucht dringend Skilehrer für den Winter.« Der Lastwagen war schon ums Eck.

»Ok, und was ist die gute Nachricht dran?«

»Du wirst Skilehrer!«

Rumms. Martin war überfahren worden von dieser Nachricht.

»Wieso? Warum? Äh … wieso?«

Geistreicheres brachte er im Moment nicht raus.

»Du musst Geld verdienen, das ist wenigstens mal was über den Winter. Und Skifahren magst du ja.«

»Ja schon, aber deswegen muss ich doch nicht gleich ein eitler Gockel in einem roten Skianzug werden.«

»Geh, wer sagt denn was von Gockeln?«

»Jeder! Das sind doch nur die Aufreißertypen.«

»So ein Blödsinn. Und selbst wenn, du musst ja kein Gockel sein. Bist du halt ein friedliches Hendl.«

»Und wieso machst du so was einfach an der Supermarktkassa aus und fragst mich nicht vorher?«

»Weil es sich grad angeboten hat, und es war nicht an der Kassa, es war vor der Fleischtheke. Passend zu deinem Hendl.« Diese Zusatzinformation verwirrte Martin, weshalb er nicht gleich eine bessere Antwort auf seine Frage einforderte. »Schau, es sind fünf bis sechs Stunden Arbeit am Tag. Dann hast daneben noch Zeit für deine Rundschau!«

Ok. Das war ein Argument. Vor allem war es tatsächlich kein langweiliger Bürojob. Und er wusste, dass seine Mutter keine Ruhe geben würde, ehe er nicht ein fixes Einkommen hatte. Er war nun innerhalb von wenigen Sekunden überzeugt davon, dass das tatsächlich eine gute Idee sein konnte. Zugeben wollte er das aber nicht. Zu sehr ärgerte er sich darüber, dass er wie ein Stück Vieh verkauft worden war.

»Na gut, ich denk darüber nach. Und wie soll das jetzt ablaufen?«, fragte er schließlich.

»Super. Der Manfred will noch mit dir reden und wird dir alles erklären. Ruf ihn an und mach dir mit ihm was aus.«

Martin blies mit gewölbten Lippen die überschüssige Luft aus, die sich anscheinend in seinem Körper angesammelt hatte. Es mussten Unmengen an Luft gewesen sein. Nachdem seine Mutter die Theatralik ignorierte, schnappte er sich das Telefonbuch. Bei Manfred zu Hause hob niemand ab, also versuchte er es im Büro der Skischule. Tatsächlich, nach zweimaligem Klingeln meldete sich Manfred. Während seine Mutter geräuschvoll den Kühlschrank einräumte, vereinbarte Martin für den Nachmittag einen Termin.

»Na, siehst du«, strahlte ihn seine Mutter an, »das wird super!« Währenddessen packte sie ein Hühnerfilet aus.

Manfred Kramer war ein sportlicher Kerl in seinen Vierzigern. Er war mit Martins Vater zusammen in die Schule gegangen, zumindest die ersten vier Jahre in der Volksschule. Danach ging Manfred auf das renommierte Skigymnasium in Stams, der Eliteschmiede für österreichische Skitalente. Und Manfred galt als riesiges Talent, dem man eine glorreiche Zukunft vorausgesagt hatte. In den Jugendjahren matchte er sich mit Franz Klammer um die Siege bei den Nachwuchsrennen. Doch während der eine 1976 Olympiasieger und zum Helden einer Nation wurde, zerstörte ein schwerer Trainingssturz Manfreds Karriere. Das Knie war kaputt und für Skirennen nicht mehr zu gebrauchen. Die Karriere war tot, noch bevor sie begonnen hatte. Manfred musste seinen Lebensplan ändern und gründete seinerzeit die Skischule Nuarach.

Das Büro der Skischule befand sich direkt bei der Talstation des Sesselliftes, der auf die Buchensteinwand führte. Das Skigebiet war klein und überschaubar. Neben dem Sessellift gab es noch fünf Schlepplifte. Für Familien war das Skigebiet optimal, man konnte sich hier wahrlich nicht aus den Augen verlieren. Auch Martin hatte hier Skifahren gelernt. Mit drei Jahren hatten ihn die Eltern auf Skier gestellt, was dem Knirps sichtlich Spaß gemacht hatte. »Idon«, hatte er immer wieder begeistert gerufen, weil Skifahren zu schwer zu artikulieren gewesen war. Das Wort war für ihn tatsächlich komplizierter als der Sport selbst. Am Ende des Winters konnte er allein die schwarze Piste runterfahren, aber es blieb noch beim Begriff »Idon«.

Das alles wusste Martin nur von Erzählungen, erinnern konnte er sich daran freilich nicht mehr. Aber ihm fiel diese Geschichte ein, als er den Corsa auf dem großen Schotterparkplatz abstellte und über Wasserpfützen sprang, um zum Büro der Skischule zu gelangen.

Als er die Tür öffnete, kam ihm ein fröhliches »Servus, Martin« entgegen. Martin mochte Manfred. Er hatte etwas Gütiges und vor allem auch etwas Schelmisches, obwohl er aus Martins Sicht doch schon zur gesetzteren Generation gehörte. Sie begrüßten sich mit einem festen Händedruck.

»Die Mama hat für dich einen Job ausgehandelt«, zwinkerte Manfred ihm zu.

»Ja, scheint so.«

»Interessiert's dich?«

»Ich hab ehrlicherweise bis heute nie darüber nachgedacht, aber wenn du mich jetzt direkt fragst, dann ja.«

»Das ist sehr fein, ich hätte dich nämlich gerne in der Mannschaft«, meinte Manfred und erklärte ihm ein paar

Abläufe. »Es sind meistens fünfeinhalb Stunden Arbeit und dafür kriegst du elftausend Schilling im Monat.«

»Elftausend?«

»Ja, außer du machst die Skilehrerprüfung, dann kriegst im Monat dreizehntausend! Dann darfst du nämlich auch Erwachsene unterrichten und musst nicht nur Kinderkurse geben.«

Oh Mann, Kinder? Daran hatte Martin noch gar nicht gedacht. Kindern Skifahren beizubringen, war auf seiner To-do-Liste nicht unbedingt im oberen Drittel angesiedelt. Bei näherer Betrachtung der Liste wohl gar nicht.

»Hmmm«, überspielte Martin seine kleinen Bedenken, »ich glaub, dann würde ich die Prüfung machen!«

»Davon wär ich bei dir sowieso ausgegangen«, nickte Manfred.

Letztlich verließ Martin mit einem Job das Büro. Er würde im kommenden Winter Skilehrer sein. Damit hätte er heute in der Früh nicht gerechnet, und doch kam es ihm nun wie eine spannende Idee vor. Die Saison würde kurz vor Weihnachten beginnen. Bis dahin stand ihm noch ein Skilehrertraining bevor und dann natürlich die richtige Ausbildungswoche samt Prüfung zum Skilehrer. Er sinnierte darüber nach, was ihn da wohl erwarten würde. Auf dem Weg zum Auto sah er eine junge Frau, zunächst nur aus dem Augenwinkel. Sie kam von rechts aus dem Büro, das zur Liftgesellschaft gehörte.

Unter einer bunten Pudelhaube quollen ihre langen, blonden Haare heraus. Sie stapfte mit ihren hohen, plüschigen Stiefeln durch die Reste des gatschigen Schnees und steuerte einen alten Audi an, der neben Martins Corsa parkte. Alles an ihr war irgendwie extrovertiert, und in seinen Augen war jede Miss-Wahl-Siegerin gegen diese Frau eine Vogelscheuche.

Er versuchte, nicht zu starren, war sich aber selbst nicht sicher, ob ihm das gelang. Also versuchte er es mit einem zaghaften Lächeln, wobei er eher ein nervöses Zucken in seinen Mundwinkeln spürte. Ihr Schmollmund lächelte zurück und sie sang ihm ein fröhliches »Hallo« entgegen. So viele verschiedene Töne in einem einfachen Grußwort hatte er noch nie gehört. Es klang mehr nach einem »H-a-a-l-l-o-o«, wobei jedem Vokal eine eigene Note gehörte.

Martin fühlte sich gehemmt, grüßte aber schüchtern zurück. Er sah ihr zu, wie sie mit ihrem dicken Parka, der natürlich pink war, in ihr Auto einstieg. Dabei schenkte sie ihm noch einen freundlichen Blick. Martin hatte sie noch nie gesehen. Er hatte keine Ahnung, wer diese Frau war, aber sie hatte auf ihn eine faszinierende Ausstrahlung.

Als er selbst im Auto saß, beschloss er, nicht nach Hause zu fahren. Er wollte noch in der Rundschau-Redaktion vorbeischauen, um sich mal wieder bei Bernd Prechtl blicken zu lassen. Prechtl trug diesmal einen schwarzsilbernen Nadelstreifanzug und dazu die obligatorischen Haussandalen, als er ihm die Tür öffnete.

»Ja schau an, wer da ist!«, wurde Martin mit einer Prise Spott in der Stimme begrüßt.

Martin hatte ohnehin ein schlechtes Gewissen, weil er in den letzten Wochen nichts für die Rundschau getan hatte. Er hatte weder Artikel geschrieben, noch hatte er irgendwelche neuen Anzeigenkunden angeworben. Wobei letzteres Prechtl mehr zu ärgern schien.

»Wann kommt denn von dir endlich ein bisschen ein Umsatz?«, fragte er Martin, als beide in der Redaktion der Rundschau saßen.

Die Redaktion bestand aus den zwei Kellerzimmern in Prechtls Wohnhaus. Ein Zimmer hatte sogar ein normales

Fenster, mit zwei Schreibtischen und zwei Computern. Das zweite Zimmer war ein kleiner, dunkler Raum mit einem klassischen Kellerfenster mit Lichtschacht. Diese Kammer wurde vor allem als Archiv genutzt. Der braune Fliesenboden war eiskalt, weshalb sich Martin wünschte, er hätte das Angebot angenommen, Hausschuhe zu nehmen. Martin verstand jetzt, warum Prechtl immer die zerfransten Sandalen trug. Und er selbst saß nun mit Socken da und stemmte seine Füße mit den Zehen vom Boden ab, damit er die kalten Kacheln so wenig wie nötig berühren musste.

»Also?«, wiederholte Prechtl, »wann bringst du mir neue Inserate? Du hast ja gar nichts mehr von dir hören lassen.«

Martin hatte auf die erste Frage nicht geantwortet, sondern nur verschämt den Blick etwas gesenkt. Er entschuldigte sich dafür, dass er sich so rargemacht hatte, und erklärte Prechtl, welche Probleme er in der Arbeit gehabt hatte. Prechtl hörte zu, ohne Martin zu unterbrechen. Er nickte nur hin und wieder und zündete sich eine Pfeife an. Der süßliche Tabakqualm zog durch den Raum und sorgte tatsächlich für eine etwas behaglichere Atmosphäre. Martin wurde nun mutiger und versprach Prechtl, dass er sich wieder mehr um die Rundschau kümmern würde. In den nächsten Wochen sowieso und auch im Winter, weil er da neben seinem neuen Job als Skilehrer auch noch genügend Zeit für die Zeitung haben würde. Da war wieder dieses gewinnende Lächeln eines Profiverkäufers. Nachdem Prechtl die Pfeife zur Seite gelegt hatte, meinte er:

»Das freut mich zu hören, wenn du dich wieder mehr reinhängst!«

»Ja, versprochen. Das geht sich aus.«

»Wenn du mir für die nächste Ausgabe einen guten Umsatz bringst, dann hab ich eine Belohnung für dich!«

»Was denn?«

»Dann wirst du von mir fürs Hahnenkammrennen als Reporter akkreditiert. Berichterstattung mit allem Drum und Dran. Von den Rennen bis zu den Promifeiern.«

Martin versuchte, sich seine Aufregung nicht allzu sehr anmerken zu lassen. Er würde vom Hahnenkammrennen berichten, vom berühmtesten Skirennen der Welt, und von den Partys der Reichen und Schönen. Prechtl strich sich über seinen Bart und lachte.

»Oh, da leuchten die Äuglein.«

»Ja, ein bisschen«, sagte Martin und konnte nun ein Grinsen nicht verbergen.

Konnte dieser Tag, der mit einem vorzeitigen Ende seiner Karriere als Klimaanlagen-Konstrukteur begonnen hatte, noch besser werden? Er konnte. Es gab Lasagne, Martin liebte Lasagne. Seine Eltern wollten im Gegenzug dafür alles erfahren, wie es mit Manfred gelaufen war.

»Mein Sohn, der Skilehrer«, blödelte sein Vater und fuhr mit der Gabel auf seinem Teller Slalom rund um die zerteilte Lasagne.

Im Wandel der Zeit hatte Martin die Blödeleien seines Vaters unterschiedlich bewertet. Als Kind konnte er sich zerkugeln. Mit zwölf blieb ihm dann schon das Lachen irgendwie im Hals stecken. Und ab dann war es nur mehr peinlich, vor allem wenn es in der Öffentlichkeit geschah. Mittlerweile konnte Martin zumindest wieder darüber schmunzeln, also wenn das Blödeln daheim und ohne Publikum stattfand. Doch seine Mutter beendete den Lasagne-Slalom mit einem bösen Blick.

»Jetzt tu nicht so blöd und lass den Buben in Ruhe. Hauptsache er hat mal ein paar Monate ein fixes Einkommen.«

Am Abend traf er sich im Wildschütz noch mit seinen Freunden. Auch ihnen erzählte er von diesem seltsamen Tag, der sich auf wunderbare Weise entwickelt hatte.

»Sei bloß froh, dass du den Job los bist«, meinte Maxi, der selbst nicht so recht glücklich war im Schlossereibetrieb seines Vaters. Er sollte irgendwann die Firma übernehmen, aber ob er das auch tatsächlich wollte, das wusste er noch nicht.

»Als Skilehrer kannst jetzt viele Mädels aufreißen«, meinte Flo und grinste Martin direkt ins Gesicht. »Schau dir an, wie viele Hasen der Graserl jede Woche abschleppt!«

Martin hatte sich am Vormittag noch über die Aufreißertypen echauffiert. Jetzt hoffte er trotz eines Schamgefühls inständig, dass die Worte seines Freundes wahr werden würden. Das Gefühl von Scham sollte sich aber noch weiter steigern, als Flo rüber zur Bar deutete und in der Luft mit den Fingern Gänsefüßchen zeichnete.

»Schau, dein Schmusibu.«

Martin drehte sich um und sah Rosi, wie sie mit einer Freundin tratschte. Gerade wollte er sich darüber ärgern, dass er überhaupt reagiert hatte, da trafen sich im halbschummrigen Licht ihre Blicke. Rosi hob zum Gruß ihr Kinn, Martin tat es ihr gleich, und Rosi schnappte sich tatsächlich ihr Bier und kam rüber an den Tisch.

»Servus. Na? Seid ihr schon fix zusammen?«, säuselte Flo frech.

Rosi zeigte ihm die Zunge und verzog ihr Gesicht zu einer Grimasse, ansonsten ignorierte sie ihn.

»Hab vom Papa gehört, dass du im Winter skilehrerst!«

»Das stimmt wohl.«

»Warum hast du letztens nichts davon gesagt?«

»Weil ich es da selbst noch nicht gewusst hab.«

»Ich bin in den Ferien auch beim Skilehrern«, erklärte sie und schaute dann zu Flo. »Das ist immer so geil, wenn mich die braven Familienväter anglotzen wie lüsterne alte Säcke. Ich mag das, wenn die da neben ihren Ehefrauen stehen und scharf auf meinen Arsch sind.« Alle vier starrten sie jetzt fassungslos an. »Scherzerl«, lachte sie, stand auf und ging wieder.

Gekuschelt wurde heute offenbar nicht. Martin war ein bisschen enttäuscht.

Schwerer Schnee

Die Skipiste war das, was man hinlänglich als kompakt bezeichnete. Es hatte tagelang nass geschneit. Es war relativ warm gewesen, weshalb die fetten und mit Wasser vollgesogenen Flocken eine schwere Schneedecke gebildet hatten. Anschließend hatte es zu schneien aufgehört, dafür wurde es bitterkalt. Der schwere Schneestock wurde durch den Frost noch einmal verdichtet. Kurz gesagt, es waren optimale Bedingungen für die Pistenraupen, um harte Pisten auf die Buchensteinwand zu walzen. All das war rechtzeitig vor dem zweiten Adventwochenende passiert, und an diesem Wochenende begann für Martin das Skilehrertraining.

Der Skilift absolvierte seinen Wintertest, und die Skischule durfte den Probebetrieb und die traumhaften Pistenbedingungen ausnutzen. Martin war etwas nervös, als er am Samstag in der Früh seine Skiausrüstung in den kleinen Corsa lud. Skifahren konnte er, das war nicht das Problem. Er war sich nur nicht sicher, was ihn beim Training mit seinen zukünftigen Kollegen erwarten würde.

Zufällig empfangen wurde er am Parkplatz von Joe, der eigentlich Josef hieß und ein paar Jahre älter war. Er war der klassische Snowboarder und Surfer-Typ, was er auch zu seinem Beruf gemacht hatte. Im Winter war er Skilehrer, im Sommer trieb er sich auf den Kanarischen Inseln herum und brachte den Touristinnen das Surfen bei. Möglicherweise beließ er es nicht nur dabei. Das waren zwar Gerüchte, doch erfahrungsgemäß war an Gerüchten um Joe meistens etwas dran.

Joe hatte sich mit seinem neuen VW Beetle gerade eingeparkt, als Martin ankam und sich neben den Käfer stellte. Joe lachte so laut, als müsste man ihn auf dem Gipfelkreuz der Buchensteinwand noch hören können.

»Hast du das Auto deiner Mutti gefladert? Hui, was für eine schöne Farbe. Ein super Altweiberauto hast du da!«

Martin war zu verdutzt, um eine schlagfertige Antwort parat zu haben. Erstens stimmte es ja leider, dass er das Auto von seiner Mutter bekommen hatte. Und zweitens, was konnte man schon Abfälliges über Joes Auto sagen, um einen Treffer zu landen?

»Und du hast ein Tussi-Auto. Hast den von deiner letzten Sugar Mommy geschenkt bekommen?«, fragte Rosi aus dem Hinterhalt und übernahm die Rolle als Martins Rächerin.

Joe lachte wieder.

»Die kleine Kramer würde wohl gerne mal wieder bei mir mitfahren«, sagte er und streichelte den schwarzen Lack, der von einer weißlichen Salzkruste überzogen war.

»Ganz sicher«, ätzte Rosi und drehte ab.

Martin hatte noch immer nichts erwidert und beließ es nun auch dabei. Er hing sich die Skischuhe über die linke Schulter und hievte seine Skier auf die rechte Schulter. So stapfte er mit den Stöcken in der Hand in Richtung Skilehrergarderobe, einem gar nicht so kleinen Raum direkt neben dem Skischulbüro. Joe trottete mit einem Grinsen im Gesicht hinterher. Martin versuchte, ihn nicht zu beachten, sondern begrüßte der Reihe nach die Kolleginnen und Kollegen. Vom Sehen her kannte er sie alle, sie waren entweder aus St. Ulrich selbst oder einem der Nachbardörfer.

Da war zum Beispiel Ilse, eine Hausfrau in ihren späten Vierzigern, die sich mit dem Skilehrerjob etwas Geld dazu verdiente. Da war Sigi, ein Oberösterreicher, den es vor vielen Jahren nach Tirol verschlagen hatte und der schon lange in Pension war. Er hatte ein schlichtes Gemüt, weshalb ihn eigentlich niemand so richtig ernst nahm. Berühmt und berüchtigt war er dafür, dass er die Leute in seinen Skikursen gerne wüst beschimpfte, dafür wurde er allerdings von ihnen geliebt und als uriges Original gefeiert. Und dann gab es noch Franz, den örtlichen Jäger.

Das waren die drei Oldies, die anderen hatten alle deutlich weniger Jahre auf dem Buckel. Martin gehörte überhaupt zu den Jüngsten in diesem Winter. Jünger waren ansonsten nur noch Rosi und der Maurerlehrling Sebastian. Insgesamt gab es mit Martin fünf Neulinge, die ihre erste Saison bei der Skischule vor sich hatten. Alles in allem war die Garderobe bummvoll, weil sich etwa fünfundzwanzig Frauen und Männer gleichzeitig in ihre steifen Skischuhe quälten. Nur Joe spielte den Alleinunterhalter und bespaßte mit Gran-Canaria-Anekdoten vom Sommer den ganzen Raum.

»Der Sommer ist vorbei, jetzt kommt der Winter und wird neue Geschichten schreiben!« Hubert hatte den Raum betreten und verschaffte sich gleich einmal Gehör.

Hubert war der Vizechef und offensichtlich auch für das Skilehrer-Training an diesem Wochenende verantwortlich, denn er teilte die Truppe in zwei Gruppen auf. Alle, die schon einmal als Skilehrer gearbeitet hatten, kamen in eine Gruppe, und alle, die neu waren, bildeten das zweite Team. Die Teamleitung der Neulinge übernahm Hubert selbst. Sie fuhren gemeinsam den Berg hoch, saßen zu viert im Liftsessel und hatten sich viel zu erzählen. Zumindest die drei anderen. Martin wippte mit seinem linken Ski in der Luft und verlor sich in seinen Gedanken.

Er hatte in den vergangenen Wochen bei der Rundschau abgesahnt wie noch nie. Gut, das war nicht weiter schwierig zu erreichen, nachdem die Messlatte dafür bisher irgendwo zwischen null und ein bisschen was gelegen war. Jedenfalls hatte er schon fast zehn Werbekunden für die Rundschau an Land gezogen. Er war jetzt mit mehr Eifer dabei und ließ sich nicht mehr so leicht mit Ausreden vertrösten. In erster Linie verhalf ihm aber wohl die Jahreszeit zu mehr Abschlüssen. Kurz vor dem Advent wurden die Geschäftsleute bei ihren Werbeausgaben freizügiger, immerhin wollte doch jeder ein großes Stück vom Christstollen namens Weihnachtsgeschäft. Die Adventausgabe verkaufte sich also wunderbar, weshalb Martin mit sich selbst im Reinen war.

Bernd Prechtl meinte zwar, es hätte ruhig noch mehr sein können, aber unterm Strich war auch er mit dem Werbeumsatz seines jüngsten Freiberuflers zufrieden. Prechtl hielt also sein Versprechen und meldete Martin als Reporter für das Hahnenkammrennen an. Daran musste er auch gerade im Sessellift denken, als er von der Seite angequatscht wurde.

»Hey, Martin. Wie siehst du das?«, fragte Hubert.

»Was?«

»Carver oder normale Ski? Was ist besser?«

»Hmmm. Ich bin mir nicht sicher. Die Carver sollen super sein zum Kurvenfahren. Aber beim Wedeln und beim Schussfahren sollen sie nicht so toll sein.«

»Hast denn die Carver schon mal ausprobiert?«

»Äh, nein«, gab Martin zu.

»Die Carver sind die Zukunft, das sag ich euch. Skifahren wird noch einmal einfacher, weil die mit ihrer Taille praktisch von allein die Kurve fahren. Und wer Skilehrer sein will, der muss auch das Neue annehmen. Überlegt es euch, ob ihr euch nicht neue Arbeitsgeräte zulegt!«

Martin schaute rüber zu Hubert. Nun fiel ihm auf, dass der schon diese neuartigen Skier hatte. Vorne und hinten breit, in der Mitte schmal, und vor allem waren sie ziemlich kurz. Martin selbst hatte noch die langen Latten ohne Wespentaille, mit denen man sich mehr plagen musste, damit man ums Eck kam. Dafür war das ehrlicheres Skifahren, dachte sich Martin. Abgesehen davon hatte er kein Geld übrig, um sich eine neue Skiausrüstung zuzulegen. Das Thema war automatisch von allein beendet, weil sie in die Bergstation einfuhren.

Oben angekommen schnitt ihnen der scharfe Wind ins Gesicht. Alle zogen ihre Hauben etwas tiefer, um die Ohren zu schützen. Nur Hubert trug keine Haube, sondern nur eine verspiegelte Sonnenbrille, obwohl gar keine Sonne schien. Die Wolken waren ziemlich dicht, weshalb man die Konturen im Schnee nicht besonders gut sah.

Los ging's nach unten über die schwarze Abfahrt zum Einfahren, die unter den Nuarachern nur die Dreier genannt wurde. Die Einser war die blaue Abfahrt, also die leichteste. Die Zweier war die rote Abfahrt, die als mittelschwer eingestuft wurde. Das besondere an der Dreier war recht weit oben ein enger Hals, eine schmale und steil abfallende Schrägfahrt, die meistens im Winter vereist war. Diesmal aber nicht. Sie waren die Ersten, die über den frisch gewalzten Schnee fahren konnten. Die Piste war hart und griffig zugleich. Die Kanten von Martins Skiern frästen eine saubere Spur in die Schrägfahrt. Danach kam der Steilhang, wo ihn Hubert von hinten überholte und perfekte Kurzschwünge zeigte. Hubert wedelte mit den Carvern den Steilhang runter, als würde er nie etwas anderes tun. Martin war durchaus beeindruckt und zog selbst etwas weitere Schwünge.

Am Ende des Steilhanges versammelten sich alle in einer Reihe, während Hubert vor ihnen Aufstellung bezog. Sie bekamen selbst eine Art Skikurs. Eigentlich hatte sich Martin noch nie Gedanken darüber gemacht, was man beim Skifahren zu tun hatte. Er stellte sich einfach auf die Bretter und fuhr los. Der Rest passierte automatisch, so wie er es wollte. Zum ersten Mal wurde ihm bewusst, dass man für eine Kurve die Skier entlasten musste. Man ging hoch auf die Zehenspitzen und ließ die Skier somit frei, damit sie sich in Richtung Tal drehen konnten. Um den Schwung fertig zu fahren, musste man danach das Gewicht auf den Außenski legen. »Der Außenski ist immer der Chef«, dozierte Hubert, nachdem sich Martin beim Vorfahren einmal zu sehr auf den Innenski gelehnt hatte und prompt Schwierigkeiten mit dem Gleichgewicht bekam.

Sie übten das Pflugfahren und den Stemmschwung. Der Stemmschung war quasi die zweite Phase nach dem reinen Pflugfahren, wenn man jemandem das Skifahren beibringen wollte. Man fuhr schräg zum Hang mit den Skiern parallel, vor der Kurve öffnete man mit dem Hochgehen auf die Zehenspitzen hinten die Skier, um einen Pflug zu formen. Mit dem Pflug fuhr man um die Kurve, und nach dem Schwung ließ man die Skier wieder parallel zusammenlaufen. Dann ging es noch um die richtige Körperhaltung. Knie leicht angewinkelt, der Oberkörper aufrecht und mit den Armen sollte man ein U formen.

»Man kommt als Skilehrer also ein bisschen so daher, wie ein Gorilla«, folgerte Sebastian und alle kicherten. Hubert grinste und nickte nur.

Sie fuhren und übten bis zum frühen Nachmittag, dann wurde das Wetter zu schlecht. Ein Sturm zog auf, weshalb die Seilbahn abgestellt werden musste. Das Restaurant neben der Talstation hatte bereits geöffnet. Dort traf sich nun die ganze Truppe. Die meisten bestellten Bier. Martin durfte nicht als Führerscheinneuling, weil er noch mit dem Auto fahren musste. Also trank Martin eine Cola, weswegen ihm Joe von hinten auf die Schulter klopfte.

»Immer schön nüchtern bleiben, Milchbubi, immer schön nüchtern bleiben.«

Wieder fiel ihm auf die Schnelle keine passende Retourkutsche ein, was ihn noch mehr wurmte als der blöde Spruch selbst. Rosi kam und setzte sich neben ihm an die Bar.

»Vergiss den Deppen!«, raunte sie und stellte ihr eigenes Glas mit Cola auf den Tresen.

»Heute kein Bier?«, wollte Martin wissen.

»Nein, heute kein Bier. Es ist noch Nachmittag und mein Papa sitzt da hinten.«

»Ich glaub, das wär ihm egal.«

»Sag das nicht. Nach meinen letzten Noten ist Feuer am Dach.«

Martin dachte immer, dass Rosi eine Einser-Schülerin war. Das war sie im Prinzip auch, doch heuer brachte sie statt Einsern eher Zweier und manchmal sogar Dreier nach Hause. Und das im Abschlussjahr auf dem Gymnasium. Martin hörte zu, wie sich Rosi bei ihm auskotzte. Die ewige Lernerei ging ihr auf die Nerven, stattdessen ging sie am Abend lieber aus und traf sich mit ihren Freundinnen. Ihre Mutter hatte ihr daraufhin letztens verboten, am Wochenende in den Wildschütz zu gehen.

»Mama ist so gemein! Und mit meinem Freund will ich mich ja auch treffen.«

Rosi hatte einen Freund. In Martin zerbrach etwas. Mit Wehmut dachte er an die Kuscheleinheit in der Disco.

»Seit … äh … seit wann hast du denn einen Freund?«

»Oh, erst seit zwei Wochen. Einer aus meiner Klasse. Er ist so süß und er kann fast so gut zuhören wie du.« Das saß. Martin war also nur ein guter Zuhörer und sonst offenbar uninteressant. »Mama und Papa wissen aber noch nichts von ihm. Also bitte, pssst!«, redete Rosi inzwischen weiter. Martin trank einen Schluck und nickte. Das war ihm doch jetzt völlig egal, ob und wer aller davon wusste, dass Rosi nicht mehr solo war. »Wie war dein erstes Training?«, wollte sie wissen.

»Äh, halb so wild, Skifahren ist immer noch Skifahren«, schwindelte Martin ein bisschen.

In Wahrheit hatte ihn das alles mehr angestrengt, als er es sich selbst eingestehen wollte. Wobei er von Hubert durchaus das eine oder andere Lob bekommen hatte und schließlich wohl auch der Beste der Fünfergruppe gewesen sein mochte. Für den nächsten Tag war noch einmal ein Training angesetzt und übermorgen ging dann der Skilehrerkurs in Kitzbühel los.

»Sehen wir uns heute am Abend?«, wollte Rosi wissen und rutschte von ihrem Hocker.

»Vielleicht, mal schauen«, sagte er etwas gleichgültig.

»Ach komm! Das wird sicher lustig! Mein Freund kommt auch.« Noch ein Schwinger in die Magengrube.

Am Abend fand im Dorf der traditionelle Krampuslauf statt. Burschen setzten sich Fratzenmasken mit Hörnern auf und hüllten sich in schwarz gefärbte Schafspelze, um einen auf Teufel zu machen. Martin mochte den Krampuslauf nicht, seit er als Kind von einem Krampus mit einer Rute regelrecht verdroschen worden war. Seit Jahren war so etwas aber schon nicht mehr passiert beim Teufellaufen, wie es die Einheimischen nannten. Trotzdem war er nur mehr selten dabei gewesen, wenn die Möchtegern-

Krampusse am Dorfplatz ihr Unwesen trieben. Eigentlich hatte er heute noch viel weniger Lust auf das teuflische Schaulaufen, nachdem ihm Rosi unbewusst, aber eben doch eine Abfuhr erteilt hatte. Seine Freunde mussten ihn schließlich überreden, mitzukommen.

Flo war selbst als Krampus unterwegs und die zwei anderen hatten bei der Punschhütte schon vorgeglüht, als Martin eintraf. Er war am Nachmittag auf der Couch eingeschlafen und hätte sich am liebsten noch einmal umgedreht, ging dann aber doch widerwillig runter zum Dorfplatz.

Es war jedoch recht stimmig. Die mit Lichtergirlanden geschmückten Bäume wogten im Wind des abgeflauten Sturms und das prasselnde Lagerfeuer in der Platzmitte sorgte für vorweihnachtliche Stimmung. Rundherum nervöse Kinderaugen, denen man die Vorfreude auf den Nikolaus genauso ansehen konnte wie die Furcht vor dem Krampus. Der Sage nach hatten freche Kinder zu befürchten, dass sie die Rute zu spüren bekommen würden. Die braven Kinder hingegen würden vom Nikolaus belohnt werden mit Schokolade, Erdnüssen und Mandarinen. Nachdem alle Kinder insgeheim wussten, dass sie nicht ausschließlich brav gewesen waren, waren sie doch am Zweifeln, wie dieser Abend für sie ausgehen mochte.

Am Ende des Dorfplatzes wurde die große Flügeltür der Volksschule aufgeworfen. Heraus schritt der weißbärtige Nikolaus mit seinem Bischofsstab in der rechten Hand und einem großen Jutesack über der linken Schulter. Flankiert wurde er bereits von den ersten teuflischen Gestalten, die flinke und gebückte Bewegungen in alle Richtungen vollzogen. Die Kinder gingen schutzsuchend hinter ihren Eltern in Deckung. In diesem Moment stand

Rosi neben Martin, eng umschlungen mit einem Kerl, der nicht aus dem Ort war.

»Hi! Das ist mein Freund Tom! Tom, das ist mein guter Freund Martin!«

Martin war zwar nicht klar, wann sie beide Freunde geworden waren und noch dazu gute. Aber er beließ es dabei und schüttelte Tom höflich die Hand. Tom war der Optik nach kein Jugendlicher, das war ein junger Mann Marke Modellathlet, mit breitem Brustkorb und einen Kopf größer als Martin. Mit seinem Zahnpasta-Lächeln hatte er noch dazu eine gewinnende Ausstrahlung. Doch das Lächeln erstarb wenige Augenblicke später. Die ersten Krampusse waren auf ihrer Höhe und machten bereits wortwörtlich einen Höllenlärm mit ihren Glocken. Noch ehe sich Rosi umdrehen konnte, drosch ihr ein Krampus mit voller Wucht die Rute auf den Hintern. Rosi jaulte auf, der brennende Schmerz trieb ihr die Tränen in die Augen.

»Das ist für Schlampen!«, schnaubte der Krampus mit tiefer Stimme.

In der nächsten Sekunde sprang Tom über das Absperrband und stürzte sich auf den Krampus. Der Kerl im Teufelskostüm verlor auf der glatten Schneeschicht das Gleichgewicht und knallte mit der Fratze voraus auf den Boden. Tom kam schneller wieder vom Boden auf und trat dem Krampus mit voller Wucht in die Seite. Der schrie gellend auf.

»Duu Arschloooch«, brüllte er, und spätestens jetzt hatten alle auf dem Dorfplatz den Tumult mitbekommen.

Ein paar andere Krampusse liefen sofort zu ihrem gefallenen Kollegen und gingen auf Tom los. Sie hieben mit ihren Ruten auf ihn ein, weshalb einige Männer sich ebenfalls ins Getümmel warfen, um Tom beizustehen.

Insgesamt wohl an die zehn Kerle verdroschen sich jetzt gegenseitig. Einige Mütter flüchteten mit ihren Kindern an der Hand. Die meisten Leute aber sahen entgeistert zu, auch Martin, Maxi und Andi. Rosi schrie hysterisch hinein, sie sollten Tom in Ruhe lassen.

Die Keilerei dauerte lediglich eine gute Minute. Die Krampusse hatten zwar ihre Ruten als Waffen, im Nahkampf waren sie aber aufgrund ihrer schweren Kostüme im Nachteil. Alle an der Rauferei beteiligten Krampusse lagen fixiert am Boden, bis sich zwei Gendarmen endlich durch die Menschenmenge durchgekämpft hatten. Tom blutete. Er hatte von den Hieben mit den Ruten Schnittwunden im Gesicht und eine aufgeplatzte Lippe. Rosi rannte zu ihm und schrie ihn an, warum er denn so blöd gewesen war. Im nächsten Moment tupfte sie ihn aber bereits wieder halbwegs zärtlich mit einem Taschentuch ab. Toms Kontrahent stöhnte und zog sich jammernd die Maske vom Gesicht.

»Du hast mir die Nase gebrochen, du blöde Sau, du depperte!«, schrie er und erst jetzt wurde klar, wer in dem Kostüm steckte. Es war Joe, dem das Blut aus der Nase strömte.

Rosi entkam nur ein langgestrecktes: »Duuu?«

Auch Martin war überrascht. So ein Verhalten passte eigentlich nicht zu Joe, der zwar ein Arsch sein konnte, aber bisher nicht als Schläger aufgefallen war. Die Gendarmen nahmen die Personalien der beteiligten Keiler auf und stellten der Reihe nach Anzeigen aus. Flo war nicht unter den Streithanseln gewesen, er hatte sich rausgehalten und von weiter hinten alles beobachtet. Jetzt kam er in voller Montur angeschnauft. Er schwitzte unter der Maske und dem Fell, schien aber nicht ganz unglücklich über den Verlauf des Abends zu sein.

»Da war ja endlich mal wieder was los«, resümierte er mit einem Schmunzler in Richtung Martin. »Da hättest die Show verpasst, wennst heute nicht gekommen wärst.«

Die sogenannte Show war gelaufen. Die Nikolaussackerl wurden schnell an die Kinder verteilt, die noch da waren. Danach ging es ab nach Hause. Tom wurde von seinem Vater abgeholt und bekam offenbar einiges zu hören, während Joe in den Rettungswagen verladen wurde. Einige Erwachsene und ein paar Jugendliche waren noch beim Punschstand geblieben und rekapitulierten den Verlauf der Schlacht. Es wurden auch bereits blöde Scherze auf Kosten der Verlierer gemacht.

»Den Teufeln ist die Hölle heiß gemacht worden.«

»Nein, nein. In Nuarach ist die Hölle heute zugefroren!« Dazu wurde kindisch gekichert.

Martin und seine Freunde standen etwas abseits beim großen Lagerfeuer. Rosi kam mit ihrer besten Freundin zu ihnen und rieb sich den Hintern.

»Tut immer noch weh, hm?«, fragte Martin und dachte an sein eigenes Kindheitserlebnis.

»Wie Sau!«, lächelte Rosi gequält.

»Ich versteh noch immer nicht, warum Joe so auf dich losgegangen ist. War das, weil du ihm heute auf dem Parkplatz einen blöden Spruch rüberwachsen hast lassen?«

»Rüberwachsen!«, spöttelte Rosi. »So redest auch nur du!« Martin rollte mit den Augen. »Na gut, da steckt mehr dahinter«, sagte sie jetzt und trank einen Schluck aus ihrer dampfenden Tasse.

»Hab's fast vermutet.«

»Ich war seit dem Frühling mit ihm zusammen.«

»Du? Mit Joe?«

»Ja, ich. Er ist ja nicht nur ein Trottel. Wobei, er war schließlich doch ein Trottel. Im Herbst bin ich ihm draufgekommen, dass er auf Gran Canaria mit anderen Mädels rumgemacht hat. Blöd halt, wenn man denen seine Telefonnummer gibt und die dann auch noch tatsächlich anrufen.«

»Mhm, blöd«, antwortete Martin wortkarg, weil er nicht wusste, was er sonst sagen hätte können.

»Ja, sehr blöd. Ich hab dann Schluss gemacht.«

»War das ungefähr da, wo im Wildschütz die Misswahl gewesen ist?«

»Hmmm. Stimmt. Woher weißt du das?«

»Nur so eine Vermutung.«

Er sah in ihren Augen, dass ihr jetzt ein Licht aufging. Sie lächelte kurz und knuffte ihm in die Seite. Er zuckte zusammen, weil er auf den neckischen Angriff nicht gefasst war.

»Das Kuscheln hab ich an dem Abend gebraucht. Das war schön«, sagte sie leise.

»Ich hab's auch schön gefunden.«

»Irgendwie bist du schnuckelig!«, sagte sie, gab ihm ein Bussi auf die Wange und hakte sich bei ihrer Freundin unter. Mit ihr gemeinsam verließ sie den Dorfplatz. Die drei anderen grinsten wieder, und Flo schwitzte auch bei dem eiskalten Wind noch immer unter seiner Fellkutte. Martin war jetzt aber mindestens genauso heiß.

Der Krampuslauf war natürlich am nächsten Tag auch unter den Skilehrern das große Thema. Joe war nicht dabei, er war offenbar noch nicht fit genug, um wieder Ski zu fahren.

»Vielleicht sollte der Joe zu den Roten Teufeln gehen«, kommentierte Franz und alle lachten. Die Roten Teufel, so hieß die Skischule in Kitzbühel. Martin hielt sich mit

Sprüchen zurück, hatte aber noch am Abend einen ausführlichen Artikel über den Krampuslauf geschrieben und an Bernd Prechtl gefaxt. Der Text trug den Titel »Krampus-Schlägerei am Pillersee« und sparte nicht mit Details. Lediglich den Auslöser für die teuflische Schlacht, nämlich Rosi, verschwieg er.

Hubert kam in die Garderobe und klatschte in die Hände. »Auf geht's. Rauf auf den Berg mit euch. Tratschen könnt ihr im Lift.«

Martin bekam am zweiten Tag langsam ein Gespür dafür, welche Techniken man als Skilehrer beherrschen musste. Lediglich für die Haltung wurde er noch manchmal von Hubert getadelt. Das U sehe bei ihm nicht wie ein U aus, sondern eher wie ein lasches O. Also winkelte Martin die Arme etwas weniger an und Hubert war zufrieden. Außerdem musste die Bergschulter immer leicht vorne sein. Der Oberkörper sollte also leicht schräg sein und immer in Richtung Tal blicken. Schließlich übten sie noch einmal die Gewichtsverlagerung beim Pflugfahren. Den Stemmschwung würde Martin ohnehin nie mehr vergessen. Er hatte also alles intus, was es für den Skilehrerkurs brauchte, dachte er zumindest.

Am nächsten Tag ging es gleich in der Früh nach Kitzbühel. Martin und Sebastian waren die einzigen in diesem Jahr, die von der Skischule Nuarach an dem Kurs teilnahmen. Aber sie waren bei Weitem nicht allein. Direkt vor der Hahnenkammbahn standen mehr als hundert zukünftige Skilehrerinnen und Skilehrer aus dem ganzen Bezirk. Die zwei Nuaracher kamen in unterschiedliche Gruppen. Es waren fünf Leute pro Gruppe, und zumindest bei Martin war es ein recht bunter Haufen. Eine Woche lang würden sie Leidensgenossen sein, was sie aber zu dem Zeitpunkt noch nicht wussten. Denn ihr Ausbilder

Fritz hatte zwar einen guten Schmäh, war aber zugleich ein Schleifer sondergleichen, der auch gut und gerne Offizier beim Militär hätte sein können.

In der Gondel lernte man sich gegenseitig kennen. Da war Günther, der ursprünglich aus Bayern kam und der unbedingt Goofy genannt werden wollte. Das Maskottchen der Truppe wurde trotzdem nicht er, sondern Ivan, der Russe. Er sollte die vielen russischen Gäste unterrichten, die im Winter zum Skifahren nach Kitzbühel kamen. Ivan konnte zwar nicht viel Deutsch, aber immerhin deutlich mehr als Martin Russisch. Nach Glasnost und Nastrovje war es bei Martin schon wieder vorbei. Ivan kannte neben dem Wort Prost auch ein paar Fachbegriffe zum Skifahren. Außerdem dürfte ihm jemand lustige Sprüche beigebracht haben, die er zu allen passenden oder auch unpassenden Gelegenheiten raushaute: »Ganz große Scheiße.« »Alles gut und wunderbar.« Und sein Lieblingsspruch: »Nach dem Kaka, vor dem Essen, Hände waschen nicht vergessen.« Freilich klang das mit seinem russischen Akzent alles noch einmal putziger. Darüber hinaus entsprach er dem Klischee eines Russen. Er hatte immer einen Flachmann mit Wodka in seinem Anorak verstaut.

Veronika war eine lebenslustige Witwe, die mit sechzig noch einmal etwas Neues ausprobieren wollte. Sie hatte sich im Herbst Vorlesungen auf der Universität angehört, was ihr auf Dauer dann aber doch zu langweilig geworden war. Sie brauchte den direkten Kontakt zu anderen Menschen, wie sie meinte. Und dann gab es noch Maria. Sie war gleich alt wie Martin, war im Nachwuchskader des österreichischen Skiverbandes und fuhr jedes Wochenende ein Rennen. Sie hatte ein feengleiches Lächeln, tiefblaue Augen und sie war im wahrsten Sinne des Wortes bildhübsch. Ihre Schwünge beim Einfahren waren außerdem einfach bezaubernd und von einer Leichtigkeit, wie sie Martin noch selten gesehen hatte. Er war auf Anhieb ein bisschen verliebt, aber auch wieder einmal total eingeschüchtert.

Ausbilder Fritz war die engelsgleiche Leichtigkeit wohl nicht aufgefallen. Nach dem Einfahren ging es gleich los mit dem Üben der Haltung bei Schrägfahrten.

»Maria, Haxen hüftbreit und Oberkörper aufrecht. Sonst schaut's aus, wie wenn du auf dem Klo sitzen würdest«, rief er ihr zu.

»Chanz chrosä Scheißä«, kommentierte der Russe.

»Groß nicht, aber kleine Scheiße«, gab Fritz zurück.

Die Schrägfahrten von Ivan und von Goofy wurden überhaupt zerpflückt bis ins letzte Detail. Nur bei Veronika war Fritz gnädiger. Martin kam als Letzter an die Reihe und versuchte, alles richtig zu machen. Es gelang ihm mit ein paar Abstrichen. Es war wieder die Armhaltung, die kritisiert wurde. Ansonsten war Martin der Einzige, der ein Lob bekam. Dafür erntete er auch anerkennende Blicke vom Rest der Gruppe. Sie übten die Schrägfahrten noch mindestens ein dutzend Mal, ehe es zum Stemmschwung weiterging.

Nun war es Maria, die einmal für die Schrägfahrt und den anschließenden Stemmschwung ein paar nette Worte von Fritz bekam. »Endlich hast du es.« Martin freute sich zwar mit Maria, wollte jedoch seine Vormachtstellung als Gruppenbester nicht kampflos aufgeben, und er wollte ihr auch imponieren. Er zeigte die edelste Haltung bei der Schrägfahrt, die er nur zeigen konnte. Alles war perfekt bis zum Ausscheren zum Schneepflug. Martin verlagerte beim Hochgehen auf die Zehenspitzen für eine Sekunde das Gewicht falsch, was ihm beim Skilehrertraining auf der Buchensteinwand ja auch schon einmal passiert war. Die Kante des Außenskis fraß sich diesmal tief in den Schnee und fuhr geradeaus, anstatt in eine Kurve einzubiegen. Statt ein schönes V zu bilden wurde es ein X, die Skier überkreuzten sich wie bei einem Anfänger und Martin konnte nur mit Mühe einen Bauchfleck verhindern.

»Alläs chut und wundärbar?« Großes Gelächter und Martin lachte mit, um seine Scham zu überspielen. Er hätte sich beinahe vor den Augen aller hingelegt, noch dazu vor den Augen von Maria.

Allerdings hatte das Malheur doch einen positiven Effekt. Martin war jetzt weniger verkrampft, denn wie viel schlimmer hätte es denn noch werden können? Der restliche Vormittag war mal besser und mal schlechter, aber insgesamt recht brauchbar. Die Einheiten unter Fritz waren anstrengend und ausnahmslos alle kehrten zu Mittag geschlaucht in der nächsten Skihütte ein.

»Nach däm Kchackcha, vor däm Ässän, Händä waschän nicht värchässän.«

Am Nachmittag übten sie auf einem Hang mit einem langen Schlepplift. Es ergab sich die Möglichkeit für Martin, öfter mit Maria im Lift zu fahren. Anfangs war er noch sehr still, er hatte einen Kloß im Hals und konnte nicht reden. Doch sie half ihm mit ihrer lockeren Art beim Auftauen. Irgendwann überwand er seine Ängste und plauderte für seine Verhältnisse dann sogar ungewöhnlich viel mit Maria. Sie lernten sich besser kennen und freundeten sich an. Sie machten sich einen Spaß daraus, die Ivan-Sprüche zu interpretierten oder den Befehlston von Fritz nachzuahmen. Er erfuhr außerdem, dass sich Maria vor einem Jahr das Kreuzband gerissen hatte. Sie stand erst seit ein paar Wochen wieder auf Skiern und hatte noch Trainingsrückstand. Sie war wohl in ihrer Altersklasse bei den Rennen immer unter den besten zehn, aber selten am Stockerl. Gewonnen hatte sie erst ein Rennen, aber darauf war sie besonders stolz. Es war ausgerechnet das letzte Rennen vor dem fatalen Sturz mit der schweren Verletzung.

In der restlichen Woche gab es keine gröberen Zwischenfälle, niemand blamierte sich mehr beim Vorfahren. Sie wurden allesamt besser mit ihrer Technik, denn der Schliff durch Fritz machte sich bezahlt. Sogar Ivan, der am längsten von allen geschwächelt hatte, machte seine Sache jetzt so ordentlich, dass ihm der Skilehreroffizier nach einer Übungsfahrt gratulierte. »Alles gut und wunderbar«, meinte Fritz und alle grinsten, auch der Russe.

Nach den Trainingseinheiten auf Schnee hieß es dann noch Theorie lernen. Denn die Skilehrerprüfung bestand aus zwei Teilen, einem schriftlichen Test und dem Vorfahren. Am lockersten war Veronika, sie hatte ja auch nichts zu verlieren. Ob sie die Prüfung schaffen würde oder nicht, davon hing für sie nicht allzu viel ab. Auch Martin, Goofy und Maria hatten ihre Winterjobs sicher, nur hätten sie dann halt Kinder hüten müssen. Bei wem es wirklich ans Eingemachte ging, das war bei Ivan. Sollte er durchfallen, durfte er keine russischen Landsleute unterrichten. Dann musste er zurück in sein Dorf am Ural.

Insofern zitterte die ganze Gruppe, ob es Ivan denn schaffen würde. Vor allem der Test auf Deutsch war für ihn besonders schwierig. Zum Glück für ihn, waren es hauptsächlich Multiple-Choice-Fragen, bei denen er nur die Antworten ankreuzen musste. Nach dem Test erfuhren sie noch nicht, ob sie bestanden hatten. Es ging gleich auf den Berg zum Vorfahren. Nun waren trotzdem alle ein wenig nervös. Ivan nahm einen Schluck aus seinem Flachmann und bot ihn der Runde an, doch keiner sonst wollte. Veronika startete mit dem Vorfahren. Sie wackelte einmal in der Schrägfahrt, zog dann aber doch relativ sauber ihre Stemmbögen bis nach unten. Auch Goofy und Ivan kamen ohne Probleme runter, Maria sowieso. Martin war an der Reihe. Durch das viele Rutschen und die Stemmbögen der anderen Prüflinge war die Piste teilweise vereist. Jetzt wusste er auch, warum Veronika vorhin diesen Wackler gehabt hatte. Martin versuchte, nicht zu verkrampft zu sein. Letztlich machte er sich umsonst Sorgen, er fuhr wie auf Schienen über die Eisplatten und auch die Kurven waren technisch tadellos. Unten wurden sie von einem Fritz mit einem breiten Grinser im Gesicht erwartet.

»Also bei der Theorie habt ihr alle bestanden, auch du, Ivan! Gratulation! Und bei der Vorfahrt hätte ich jetzt bei niemandem etwas Schlechtes gesehen.«

Im Nachhinein erfuhren sie, dass unter den Ausbildern eine Wette lief. Es ging darum, wer die meisten Leute durch die Prüfung brachte, und Fritz hatte einen Rekord zu verteidigen. Bei ihm waren in den letzten Jahren immer alle durchgekommen. Ein Wert, auf den kein anderer gekommen war. Die ganze Gruppe war in Feierstimmung, musste aber noch auf die offiziellen Ergebnisse warten. Die wurden nach dem Mittagessen verkündet.

»Nach däm Kchackcha, vor däm Ässän, Händä waschän nicht värchässän«, sang Ivan laut und losgelöst.

Tatsächlich wurde auf der Skihütte dann allen aus dem Team Fritz zur bestandenen Prüfung gratuliert. Alle fünf beklatschten und bejubelten sich gegenseitig. Im Hochgefühl nahm Martin allen Mut zusammen, um Maria die eine Frage zu stellen, die er schon die ganze Woche mit sich herumtrug.

»Gibst du mir deine Telefonnummer? Dann könnten wir mal auf einen Kaffee gehen oder so …«

»Oh. Hmmm. Eigentlich gern, aber ich hab einen Freund. Hab ich dir das nicht erzählt?«

Nein, hatte sie nicht. »Chanz chrosä Scheißä!«

Schneeluft

Der 22. Dezember war ein Montag. Quasi der Beginn der Wintersaison, denn die ersten Gäste waren schon in St. Ulrich. Somit war das auch der erste offizielle Arbeitstag von Martin, den er mit einem mulmigen Gefühl begann. Das hatte nur bedingt etwas damit zu tun, dass er nicht wusste, was auf ihn zukommen würde. Er hoffte, dass sich Joe beruhigt hatte.

Am Wochenende bei der Einkleidung mit den klassisch roten Skianzügen, hatte es ein seltsames Aufeinandertreffen mit Joe gegeben. Er regte sich fürchterlich über den Artikel auf, den Martin in der Rundschau über den Nuaracher Krampuslauf geschrieben hatte.

»Das ist ja alles gelogen, ich bin attackiert worden. Ich bin hier das Opfer!«

Martin wurde von der Schimpftirade zunächst am falschen Fuß erwischt und starrte Joe ungläubig an. Dann wollte er ihm antworten, dass er schließlich selbst dabei gewesen war. Aber er kam nicht mehr dazu, denn Manfred wurde sauer.

»Joe, pass auf, was du sagst. Immerhin könntest du dich bei meiner Tochter entschuldigen. Du hast sie gehauen, das wollen wir mal nicht vergessen.«

Joe war plötzlich still. Seine noch immer in mehreren Farben schillernden Augen blickten auf den Boden. Erstmals seit Langem kamen von ihm keine coolen Sprüche oder wie zuletzt eben Schuldzuweisungen. Er war vor versammelter Mannschaft abgekanzelt worden und ging jetzt rüber zu Rosi.

»Tut mir leid«, murmelte er.

»Entschuldigung akzeptiert«, murmelte Rosi zurück.

»Damit ist die Sache hoffentlich erledigt«, schlussfolgerte Manfred und verteilte weiter die Skianzüge.

Hose und Anorak passten bei Martin auf Anhieb. Zum ersten Mal sah er sich selbst im Spiegel in der roten Arbeitsuniform. Irgendwie stand sie ihm gut, wie er selbst fand. »Ein fescher Lauser!«, meinte Manfred und gab ihm noch die Instruktion mit, dass der Anzug immer sauber zu sein hatte.

Im frisch gewaschenen Outfit und mit seiner Skiausrüstung beladen, stapfte Martin nun um halb neun auf das Büro der Skischule zu. Das Büro hatte schon geöffnet und Manfred verkaufte Kurse an einige Gäste. Für Martin hob er die Hand zum Gruß und redete weiterhin auf eine Frau ein, die sich und ihren Sohn anmelden wollte. Sie war sich offenbar noch nicht sicher, welches Paket das richtige für sie war. Martin wartete das Ende des Gesprächs nicht ab und ging aus dem überheizten Büro wieder nach draußen. Er war zu früh dran, das wusste er. Dienstbeginn war erst in einer halben Stunde.

Er schlenderte vor der Talstation herum, um sich die Zeit zu vertreiben. Plötzlich hörte er von hinten einen dumpfen aber trotzdem unverkennbaren »H-a-a-l-l-o-o«-Singsang. Er drehte sich um und sah die fesche Blondine von letztens hinter dem Ticketschalter. Er war sich zunächst nicht sicher, ob sie ihn gemeint hatte. Aber es war sonst niemand da, sie winkte ihm fröhlich zu und strahlte ihn an. Er ging rüber zu ihr und begrüßte sie mit einem »Servus?«, das mehr nach einer unsicheren Frage klang als nach einem selbstbewussten Gruß.

»Du bist der Martin, oder?«

»Äh, ja.«

»Von dir haben sie mir schon erzählt. Du bist der neue Skilehrer, stimmt's?«

»Äh, ja stimmt.«

Er wollte sich jetzt nicht die Blöße geben, die Blondine zu fragen, wie sie hieß. Dann hätte er zugeben müssen, dass er im Gegensatz zu ihr nicht wusste, wer sie war. Doch sie nahm ihm das Fragen und überhaupt das Reden ab.

»Ich bin die Nicole. Du darfst gern Niki zu mir sagen. Nicole klingt so geschwollen. Ich komm aus Innsbruck und bin bald mit dem Studieren fertig. Ich wollte mir aber eine Auszeit nehmen und bin jetzt im Winter bei euch am Pillersee beim Lift. Schön ist es hier. Echt schön. Vielleicht bleib ich nach dem Studium überhaupt hier. Ich studiere übrigens Betriebswirtschaft und schreibe meine Diplomarbeit über Organisation und Mitarbeiterstruktur bei Seilbahnen. Deswegen bin ich auch hier, falls ich das noch nicht gesagt hab. Magst du auch einen Kaffee? Hab ihn grad frisch aufgebrüht.«

Martin reagierte auf die unvermittelte Frage etwas verspätet.

»Hmmm … danke, nein. Ich mag keinen Kaffee.«

»Der Martin ist unser Milchbubi, der trinkt in der Früh noch Kakao, gell?«

Joe war da und musste gleich wieder einen Spruch schieben. Aber immerhin schien er wieder auf der schnippisch-coolen Schiene unterwegs zu sein und nicht mehr auf der aggressiv-beleidigten.

»Na, ist doch auch ok, wenn du lieber Kakao magst. Meine Mama trinkt zum Beispiel nur Milch in der Früh. Die mag auch keinen Kaffee.«

Niki ließ sich offensichtlich von Joe nicht beeinflussen und plauderte munter weiter. Das gefiel Martin, das gefiel ihm sogar sehr. Trotzdem wollte er das mit dem Kakao so nicht stehen lassen und erklärte noch schnell zwischen zwei von Nikis Sätzen, dass er in der Früh Tee trinken würde.

»Ah, Tee ist natürlich auch gut. Aber ich vertrage ja keinen Früchtetee. Davon krieg ich immer Sodbrennen. Wenn, dann geht nur Kräutertee, oder am liebsten mag ich schwarzen Tee. Welchen trinkst du?«

»Äh, auch schwarz.«

Hinter Martin wollte ein Skifahrer eine Liftkarte kaufen, weshalb das etwas einseitige Gespräch nun sein natürliches Ende fand. Niki ließ aber noch anklingen, dass sie sich über ein baldiges Tratschen freuen würde.

»Wennst ein bisschen plaudern magst, dann kommst einfach einen Sprung bei mir vorbei.«

Etwas übersättigt mit Informationen, aber irgendwie fröhlich, ging er zum Garderobenraum. Manfred hatte ihn inzwischen aufgesperrt. Neben dem kleinen Waschbecken saß Joe und putzte sich die Zähne. Martin sagte nichts, wunderte sich aber, warum er das nicht zu Hause gemacht hatte.

»Servus Mädels, servus Burschen!« sagte Joe, ohne die Zahnbürste aus dem Mund zu nehmen. Denn hinter Martin waren jetzt einige Leute zur Tür hereingekommen.

Es wurde laut im Raum, beim Anziehen der Skischuhe wurde viel gequatscht. Dabei war nur ein Viertel der Truppe anwesend, denn so richtig würde es mit der Saison erst nach Weihnachten losgehen. Hubert kam herein und verteilte die Aufträge. Martin hoffte bloß, dass er keine Kindergruppe zu betreuen hatte. Er bekam für den Beginn eine überschaubare Aufgabe. Einer Mutter und deren Sohn sollte er das Skifahren beibringen. Er hatte schon den Verdacht, dass es sich um die Frau aus dem Büro handeln würde. So war es auch. Sie hieß Silke, kam aus Bergisch Gladbach und war mit ihrem achtjährigen Sohn

Kevin schon in den Weihnachtsurlaub vorausgefahren. Ihr Mann war ein wichtiger Lokalpolitiker und sollte am Heiligen Abend nachkommen.

Am großen Sammelplatz vor dem Büro führte Hubert Martin und seine ersten beiden Lehrlinge zusammen. Sie waren ihm auf Anhieb recht sympathisch. Der Sohn schien halbwegs gut erzogen zu sein und die Mutter war anscheinend keine Glucke. Einziges Problem: Beide hatten noch nie in ihrem Leben Skier unter den Füßen gehabt. So mussten sie zuerst einmal üben, wie man sich so einen Ski überhaupt anschnallte. Zusätzliche Schwierigkeiten bereitete ihnen der Schneestock, der an den Sohlen ihrer Skischuhe haftete. Martin musste ihnen also auch noch zeigen, wie man den Schnee mithilfe des Skistockes abklopfen konnte.

Nach gut zehn Minuten hatten sie es geschafft und waren endlich bereit. Sie stapften los in Richtung Kinderparadies, denn hier im flachen Gelände würden die Anfänger ihre ersten Schwünge fabrizieren. Martin watete absichtlich mit den beiden noch ein paar Runden durch den Tiefschnee, damit sie sich an die Skier gewöhnen konnten. Beide fielen sie um, aber Kevin schaffte es schon, allein aufzustehen. Silke musste von Martin hochgehievt werden. Schließlich ging es zum Babylift, der so hieß, weil hier vor allem die kleinen Kinder fuhren. Der Babylift bestand aus einem großen Drahtseil mit Haltegriffen, an denen man sich festhalten und dann ziehen lassen konnte. Man konnte, wenn man es auch richtig machte. Silke brauchte einige Versuche, ehe sie zumindest beim Anfahren nicht wieder umkippte. Kevin amüsierte sich darüber sehr, seine Mutter weniger.

Schließlich wurde die dreißig Meter lange Liftstrecke doch noch überwunden und sie standen auf dem Babyhügel, den man wegen des geringen Gefälles gerne Idiotenhügel oder kindertauglich auch Märchenwiese nannte. Martin zeigte ihnen, wie man in die Pflugstellung ging und wie man anhand der Gewichtsverlagerung einen Schwung fahren konnte.

»Wir legen beide Hände auf das linke Knie, dann fahren wir nach rechts. Danach legen wir beide Hände auf das rechte Knie und fahren nach links. Also immer gegengleich«, instruierte Martin.

Los ging's mit Silke. Sie schaffte zwar den Schneepflug, kam aber mit der Koordination durcheinander, auf welches Knie sie ihre Hände legen sollte. Statt einer Linkskurve, fuhr sie eine Rechtskurve und rauschte in die Absperrplane der Pistenbegrenzung. Sie fluchte, laut. Martin seufzte, gedanklich. Kevin kicherte, fröhlich. Es sollte ein langer Vormittag werden. Kurz vor der Mittagspause hatte es Martin aber geschafft. Beide konnten unfallfrei mit dem Lift rauffahren und schafften es sturzlos im Schneepflug wieder runter. »Das ist doch schon ein schöner Erfolg«, munterte Martin Silke auf, die geschafft dreinschaute.

Nach dem Mittagessen übten sie noch ein bisschen am Babylift, bis Martin das Gefühl hatte, dass es an der Zeit war für den nächsten Schritt. Der nächste Schritt war der Hochleitenlift, ein Schlepplift direkt daneben. Überraschenderweise klappte das diesmal mit Silke recht gut. Sie schaffte es bereits beim zweiten Versuch, dass sie sich vom Liftbügel ziehen ließ und nicht umfiel. Dafür brauchte hier Kevin länger, bis es funktionierte. Zwar fühlte seine Mutter mit ihm, aber irgendwie dürfte sie sich insgeheim auch gefreut haben, dass sie mal etwas schneller konnte als ihr Sohn. Mit dem Schlepplift fuhren sie ungefähr bis zur Hälfte und stiegen aus, bevor der Hang deutlich steiler wurde. Das Aussteigen hatte nur deswegen so gut geklappt, weil Martin auf sie wartete und ihnen den Bügel unter dem Hintern wegzog. Für Silke war es jetzt trotzdem wieder an der Zeit, sich umfallen zu lassen, wie ein Sack.

Es war das gleiche Gefälle wie am Vormittag, nur war jetzt die Piste länger. Das allein reichte aus, dass sie die einfachsten Dinge wieder vergaß. Silke jammerte, weinerlich laut. Martin haderte, im Flüsterton. Kevin kicherte, halblaut. Schließlich schafften sie, verkrampft aber doch wenigstens noch eine ganze sturzfreie Abfahrt. Martin war mindestens genauso glücklich und dankbar wie Silke. Für heute war es genug, sie ließen es gut sein. Geschlaucht vom Tag skatete Martin zur Garderobe und klaubte seine Skier zusammen.

»Na, wie war's?«, wollte Manfred wissen, der draußen vor seinem Büro stand.

»Anstrengend«, antwortete Martin knapp. Manfred lachte.

»Jaja, es ist nicht immer alles so einfach, wie es den Anschein hat. Morgen wird's besser.«

Martin war sich da nicht so sicher, er freute sich auf die Couch und den Fernseher. Seine Lieblingsbeschäftigung Fernschlafen war für diesen Nachmittag gesichert. Seine Eltern hatten beide frei und waren beim Weihnachtseinkauf. Niemand konnte ihn stören und recht schnell fielen die Augenlider wie Rollläden herunter. Die Anstrengung und die frische Luft hatten ihn geschafft.

Doch irgendwie hatte Manfred richtiggelegen, zumindest zunächst. Silke beschwerte sich zwar über einen mordsmäßigen Muskelkater, konnte sich aber nach einer Aufwärmrunde wieder zusammenreißen. Sie fuhren mehrere Male bis zur Mitte des Schleppliftes, mal mit Stöcken, mal ohne. Es klappten alle Abfahrten relativ gut und Silke war in Hochstimmung. Martin nutzte die Gelegenheit, um den nächsten Schritt anzukündigen. Diesmal würden sie mit dem Hochleitenlift ganz nach oben fahren und hinten runter über einen Ziehweg auf eine flache, blaue Abfahrt kommen.

»Und du glaubst, ich komme da heil wieder runter?«, fragte Silke skeptisch. Kevin bettelte, denn er wollte unbedingt ganz nach oben. Sie ließ sich überreden.

Problemlos war die Liftfahrt, obwohl Silke neben Martin etwas schluckte, als die richtige Steigung begann. Oben beim Ausstieg beeilte sich Martin, dass er erst Silke und gleich danach Kevin aus dem Gefahrenbereich schob. Dort, wo die Bügel losgelassen wurden, hatte es schon schlimme Unfälle gegeben. Über den kleinen Ziehweg fuhren sie in Schneepflugbögen wie besprochen zur flacheren Abfahrt nach hinten. Dort nahmen sie Aufstellung, was sich als großer Fehler herausstellen sollte. Denn Silke sah plötzlich runter ins Tal und von links und rechts die Abhänge des Hügels auf sie zukommen, die bis zur Piste reichten. Deshalb konnte man den Eindruck bekommen, dass man in einer Schlucht wäre, obwohl es nicht so war. All das hatte auch nichts mit dem Gefälle der Piste zu tun, trotzdem bekam sie einen hysterischen Anfall.

»Ich kann das nicht! Ich kann das nicht! Das ist viel zu hoch«, wimmerte sie. Silke schluchzte, bitterlich. Martin stöhnte, innerlich. Kevin seufzte, laut.

»Komm, es ist doch nicht so schlimm. Das schaut jetzt nur ein bisschen bedrohlicher aus. Der Hang da runter ist nicht viel steiler als der vorhin. Du musst einfach nur immer mit dem Oberkörper vorne bleiben, nicht nach hinten lehnen. Wenn du nach hinten gehst, dann lässt du den Ski frei. Das haben wir alles schon besprochen. Keine Angst, ich bin ja bei euch. Wir schaffen das.«

Martin redete auf sie ein, die Botschaft schien aber nur langsam bei Silke anzukommen. Sie schluchzte wenigstens nur mehr halblaut und hörte auch halbwegs auf zu zittern.

»Meinste?«

»Ja, ganz sicher«, meinte Martin, obwohl er selbst schon Zweifel bekam.

Silke schnäuzte und sammelte sich, konnte sich aber noch immer nicht aufraffen. In diesem Moment kam Ilse zufällig mit ihrer Fortgeschrittenentruppe vorbei. Der erfahrenen Skilehrerin reichte ein Blick, um zu merken, dass etwas nicht stimmte. Sie blieb stehen, nahm Silke in den Arm und tätschelte ihr den Rücken.

»Keine Angst«, sagte Ilse zu ihr, »der Martin hat noch jeden heil runter ins Tal gebracht.«

»Wirklich?«

»Ja, natürlich!«, schwindelte Ilse, denn Silke war ja Martins erste Schülerin.

»Also gut, versuchen wir's«, sagte Silke jetzt selbstbewusster, »irgendwie muss ich da ja runterkommen!«

Ilse zwinkerte Martin zu und fuhr mit ihrer Truppe weiter.

Ganz vorsichtig, Schwung auf Schwung, freilich im Schneepflug, mühten sie sich nach unten. Als sie die angebliche Schlucht hinter sich gelassen hatten, stoppte Martin für eine kurze Rast. Silke war angespannt, aber sichtlich erleichtert, das erste Stück ohne Sturz geschafft zu haben.

»Schau Mama, jetzt geht es wirklich nur mehr flach weiter«, sagte Kevin und Martin war ihm für diesen Satz dankbar.

Ohne Zwischenfälle erreichten sie schließlich wieder den für Silke sicheren Boden des Tales. Hier ließen ihre

Nerven aus und vor lauter Erleichterung begann sie wieder leise zu heulen. Martin versuchte es mit positiver Energie und überschüttete Silke und Kevin mit Lob.

»Ihr habt das so toll gemacht, das ist wirklich super.« Martin schwitzte, unbemerkt. Kevin strahlte, glückselig. Silke nickte, schniefend. Sie lächelte jetzt erstmals wieder.

»Ok, aber heute fahre ich da nicht noch einmal hoch.«

Sie verbrachten den restlichen Tag damit, bei der Hälfte des Liftes auszusteigen und die Technik zu verbessern. Sie probierten auch schon langsam den Stemmschwung.

Bevor Martin an diesem Nachmittag zusammenpackte, nahm er allen Mut zusammen und schaute noch rüber zur Liftkassa. Doch Niki war nicht da, es saß ihre ältere Kollegin in dem kleinen Schalterraum. Martin war enttäuscht und hoffte, dass er sie morgen noch einmal zu Gesicht kriegen würde. Er wollte ihr immerhin noch schöne Weihnachten wünschen.

Der Heilige Abend begann in der Früh mit drei Überraschungen. Der Föhn war da und sorgte für das weihnachtliche Tauwetter. Der warme Wind hatte über Nacht die Kälte aus dem Tal geblasen. Es war so mild, dass man beim Skifahren sogar auf die Haube verzichten konnte. Zumindest war Hubert an diesem Tag nicht der Einzige, der nur mit Sonnenbrille und ohne Kopfbedeckung unterwegs war. Die zweite Überraschung war Silke.

»Fahren wir heute wieder ganz rauf?«, fragte sie, »ich muss den blöden Berg an Weihnachten ja noch einmal knacken.«

Martin grinste. Er hätte mit Vielem gerechnet, aber nicht damit. Zum Warmmachen fuhren sie einmal noch bis zur Hälfte und dann ganz rauf. Martin spekulierte insgeheim damit, dass Silke wieder zu jammern beginnen würde. Aber es kam diesmal nichts. Sie redete zwar nicht viel und war höchst konzentriert, aber es kamen auch keine Klagelaute. Den oberen Teil fuhren sie noch im Schneepflug. Danach stellten sie um auf den Stemmbogen. Einmal verlor sie noch das Gleichgewicht und stürzte. Doch sie konnte sogar, wenn auch mit etwas Mühe, selbst wieder aufstehen. Sie hatte endlich gelernt, wie man sich mithilfe der Stöcke wieder hochstemmen konnte.

Unten angekommen, die dritte Überraschung. Silke fiel Martin um den Hals und bedankte sich unzählige Male dafür, dass sie den Berg bezwungen hatte. Die Hochleiten war zwar im besten Fall nur ein Hügelchen, aber Martin wollte ihr die Freude nicht nehmen und bestärkte sie auch noch einmal darin, wie super sie das gemacht hatte. Sie fuhren wieder hoch und diesmal alles im Stemmbogen von ganz oben. Es schien, als ob ihr der Knopf aufgegangen wäre. Silke machte nun gewaltige Fortschritte und konnte sogar folgen, wenn sie etwas schneller fuhren. Kevin war sowieso glücklich. Extra für ihn bastelte Martin am Pistenrand noch eine kleine Sprungschanze. Bei jeder weiteren Abfahrt durfte Kevin über den Minihügel drüberfahren und hatte sogar für einige Millisekunden ein paar Zentimeter Luftstand.

Zu Mittag war der erste Skikurs für alle drei zu Ende. An den Feiertagen gab es keine offiziellen Kurse, sondern nur Privatstunden. So nahmen sie voneinander Abschied, und Martin bekam noch zweihundert Schilling in die Hand gedrückt, als kleines Dankeschön für die Mühe. Zweihundert Schilling waren wahrlich ein fürstliches Trinkgeld, das ihn jetzt auch ein bisschen stolz machte. Martin wünschte anschließend im Büro noch schöne Weihnachten und hatte jetzt ein paar freie Tage, nachdem er für Privatstunden noch nicht gebraucht wurde. Dann zog es ihn rüber zum Kartenschalter. Er hatte Glück, Niki war gerade noch da und freute sich sichtlich, ihn zu sehen. Sie schleuderte ihm ihr Singsang-»H-a-a-l-l-o-o« entgegen und legte gleich einmal los.

»Na wie geht's dir denn? Gestern hab ich dich vermisst. Da hast du mich gar nicht besucht. Hab mir schon gedacht, du magst nicht mit mir plaudern. Oder ist dir was dazwischengekommen? Bei mir war gestern nicht so viel los, es sind ja noch nicht so viele Leute da. Da hätte ich viel Zeit zum Tratschen gehabt. So war es irgendwie langweilig.«

Martin lauschte zwar, was sie sagte, konzentrierte sich aber in erster Linie auf ihre grasgrünen Augen und ihre vollen Lippen. Sie lachte, was Martin aus seinen Gedanken riss. Erst jetzt registrierte er, dass sie mit ihrem Vortrag fertig war.

»Nein, ich wäre gestern eh da gewesen, aber du warst offenbar schon weg. Sonst ist eh alles gut. Passt schon.«

Er musste gar keine Frage stellen, Niki redete von allein weiter, bis sie auf die Uhr sah und meinte, dass es schon so spät wäre.

»Ich würde gerne noch mit dir plaudern, aber ich muss noch einkaufen, bevor das Geschäft zumacht. Ist es ok für dich, wenn wir ein andermal weiterschwatzen?«

»Klar. Passt schon. Schöne Weihnachten!« Martin merkte selbst, dass er etwas einsilbig war, doch Niki schien es nicht weiter zu stören.

»Oh, das wünsche ich dir auch, mein Lieber!«, sagte sie mit warmer Stimme und zog sich ihren pinken Parka an.

Sie hatte »mein Lieber« gesagt, dachte sich Martin. Ihm war so, als würde er ein paar Zentimeter über dem Boden zum Parkplatz schweben. Dort angekommen spürte er wieder den Boden der Tatsachen.

»Verheb dich bloß nicht. Die ist drei Nummern zu groß für einen Milchbubi wie dich!«, meinte Joe und stieg in seinen Beetle ein.

»Dir auch schöne Weihnachten«, murmelte Martin.

So richtig in Weihnachtsstimmung war er nicht. Dafür war es einfach zu warm draußen, es brauchte noch nicht einmal der Kachelofen eingeheizt zu werden. Dabei liebte er das Knacksen der brennenden Holzscheite, ein Geräusch, das für ihn zu Weihnachten dazugehörte. Wenigstens bahnte sich ein Keksgeruch einen Weg durch das ganze Haus. Sein Vater hatte für den Abend noch schnell frische Vanillekipferl gezaubert. Martin ließ im Vorbeigehen in der Küche ein paar Kipferl mitgehen, was sein Vater wohl bemerkte und mit einem gutmütigen Grinser geschehen ließ. Jeder andere hätte ihn wohl aus der Küche gescheucht.

Die blaue Stunde brach an, die Übergangszeit zwischen Sonnenuntergang und dem Beginn der Finsternis. Es war ein besonders schönes, mildes Licht an diesem Nachmittag, während Martin den Baum schmückte. Es war kein klassischer Baum mit Strohsternen und bunten Kugeln, sondern ein durchgestylter Baum in Gold und Blau. Martins Mutter mochte modernes Design, und diese Linie zog sie auch beim Weihnachtsbaum durch. Im Hintergrund lief der Fernseher mit den üblichen Weihnachtsschinken. Nach einer knappen Stunde war Martin mit dem Aufputzen des Baumes fertig. Von ihm aus konnte es losgehen. Sie warteten nur noch auf Tante Michaela.

Die Schwester seiner Mutter war frisch geschieden und wurde nun zu allen Familienfesten eingeladen. Ihr Markenzeichen war, dass sie meistens um eine halbe Stunde zu spät kam und gerne Luftschlösser baute. Auch ihre Ehe mit einem norddeutschen Immobilienmillionär entpuppte sich als Luftschloss. Martin war das egal, sie war seine Lieblingstante. Michaela hatte ihn nie ausgelacht, weil er schon als Kind Journalist werden wollte, und sie war sein größter Fan, seit er für die Rundschau schrieb. Dementsprechend begrüßte sie ihn auch nach der üblichen Verspätung mit einer innigen Umarmung.

»Wie geht's denn meinem Superstarneffen?« Es lag weder Zweideutigkeit noch Spott in ihrer Stimme.

Nachdem keiner von ihnen einen halbwegs geraden Ton herausbrachte, wurde bei der Familie Hofer auf das Singen verzichtet. Stattdessen setze man sich mit einem Glas Sekt vor den Baum und beobachtete mit etwas Argwohn die brennenden Kerzen. Dabei hörte man sich eine CD an, auf der von *Last Christmas* über eine moderne Version von *Jingle Bells* bis hin zu *Stille Nacht* alles vertreten war, also praktisch die größten Hits unter den Weihnachtsliedern.

Beim Verteilen der Geschenke war Martin recht schnell, er hatte seinen Eltern und Michaela Bücher und CDs eingewickelt. Sein eigenes Geschenk war nicht unter dem Baum, sondern lehnte versteckt hinter dem Vorhang, wie ihm erklärt wurde. Nach einem sanften Zug am Stoff kamen Skier zum Vorschein. Aber nicht irgendwelche. Es waren die neuen rotschwarzen Carver von Atomic, mit denen Hermann Maier gerade der Konkurrenz um die Ohren fuhr.

»Wow, danke!«

»Du brauchst ja für den Job jetzt ein gescheites Paar Ski«, meinte seine Mutter.

»Jetzt musst dann aber gleich schnell sein wie der Maier«, witzelte sein Vater, während ihn Michaela nach dem fünften Glas Sekt schon mit etwas glasigen Augen anstrahlte.

»Der Maier kann vom Martin noch lernen, wie man richtig Ski fährt.«

Gleich schnell wie der Maier war er wohl nicht einmal annähernd, aber die Kurvenlage der Carver war tatsächlich ein Traum, wie Martin am nächsten Tag nach ein paar Schwüngen feststellte. Man musste viel weniger Energie investieren, um eine Kurve zu fahren. Eigentlich reichte es mit den Carvern aus, wenn man einfach die Knie umlegte, von rechts nach links und umgekehrt. Am Lift traf er Hubert, der gerade eine Privatstunde gab. Ein Blick genügte ihm.

»Soso, bist jetzt doch auf Carver umgestiegen?«

»Das Christkind hat's so gewollt.«

»Und wie taugen sie dir?«

»Grandios, nur beim Schussfahren muss man aufpassen, dass man nicht verkantet.«

Hubert nickte und widmete sich wieder seinem Schüler. Nach ein paar Stunden hatte Martin genug vom Skifahren. Nachdem am ersten Weihnachtsfeiertag ziemlich viel Rummel vor der Liftkassa war, hob er für Niki aus der Entfernung zum Gruß die Hand. Sie winkte zurück.

Am Nachmittag brach der Föhn zusammen und hielt die Regenfront nicht mehr zurück. Zuerst regnete es ziemlich heftig, aber mit der Dämmerung wurde es kälter und es begann doch noch zu schneien. Es wurde etwas verspätet ein weißes Weihnachtsmärchen. Durch das dichte Schneetreiben bahnte sich Martin einen Weg zum Wildschütz. In der Disco hingen nun über den Geweihlampen weihnachtliche Girlanden. Graserl hatte sich offenbar von amerikanischen Weihnachtsfilmen inspirieren lassen. Martins Leute waren schon da und hatten auch schon das erste Bier intus.

»Der Herr Skilehrer ist da«, jodelte ihm Flo entgegen.

»Mit 200 Schilling Trinkgeld«, jodelte Martin zurück. Alle waren ziemlich baff. Martin musste die Geschichte von Silke und Kevin genau erzählen und er fühlte sich wie der heimliche Star am Tisch. Flo und Maxi nickten anerkennend, Andi blies ihm mit einem »geil« versehentlich eine Rauchwolke ins Gesicht. Martin fuchtelte wild mit den Armen, er wollte den Rauch wegwedeln.

»Hey, langsam nervt deine Raucherei!«

»Tschuldigung«, hustete Andi und drückte die Zigarette aus. Ein paar Minuten später zündete er sich aber die nächste wieder an, während Martin den Wildschütz nach Rosi absuchte.

Zunächst sah er sie nicht, unvermittelt tauchte sie aber auf der Tanzfläche auf, natürlich im Arm von Tom. Seine Striemen im Gesicht waren weitgehend verheilt, nur wenn man genau hinsah, konnte man noch eine Kruste am Kinn entdecken. In Martin rumorte eine Mischung aus Eifersucht und Neid, aber nach außen hin wollte er cool sein und über den Dingen stehen. Doch Flo musste sticheln.

»Schau, dein Gspusi tanzt da drüben!«

»Mir doch egal, kann sie ja«, gab Martin zurück.

Offenbar hatten Rosi und Tom genug getanzt und sie steuerten ausgerechnet Martins Tisch an.

»Schöne Weihnachten, meine Buben!«, grüßte Rosi die Runde. Tom setzte sich auf den einzigen freien Stuhl und Rosi setzte sich bei ihm auf den Schoß.

Es stellte sich heraus, dass Tom nicht nur wie ein Modellathlet aussah, sondern auch einer zu sein schien. Er war Biathlet und in der österreichischen Nachwuchsauswahl.

»Erzähl ihnen mal von deinem letzten Rennen!«, ermunterte ihn Rosi.

Der Erzählung nach lag er nach dem letzten Schießen an der zweiten Stelle und war eine kleine Ewigkeit hinter dem Führenden. Doch anscheinend konnte Tom einen Turbo zünden und überholte den Mann vor ihm noch auf den letzten Metern vor dem Ziel.

»Möglicherweise ist dem armen Kerl aber auch einfach nur die Kraft ausgegangen«, mutmaßte Martin.

»Kann schon sein, aber Tom hat trotzdem gewonnen!« In Rosis Stimme war ein bissiger Unterton zu hören.

»Magst auch ein Bier? Ich geh mir eins holen!«, sagte Maxi zu Tom, um die Situation zu entspannen.

»Nein, danke. Ich trinke nicht, nur Wasser!«

Martin schaute glücklicherweise gerade nach unten, so konnte Rosi sein Augenrollen nicht sehen.

»Sein einziges Laster ist der Schnupftabak, dieses grausliche Zeugs!«, sagte Rosi.

»Wollt ihr eine Line?«, fragte Tom und zog ein verziertes Metalldöschen mit dem Tabak aus der Hosentasche. Beim Neinsagen bekam Martin einen Schwall Rauch seitlich ins Ohr gehustet.

»Hey, jetzt langts aber!«, fauchte Martin genervt. »Tschuldigung«, meinte Andi und wollte aufs Klo, seine Schachtel mit Zigaretten ließ er auf dem Tisch liegen. In diesem Moment keimte in Martin ein fieser, kleiner Gedanke, der sich nicht mehr wegwischen ließ. Er musste sich irgendwie abreagieren.

»Kann ich doch eine Prise von deinem Schnupftabak haben?«, fragte er Tom. Der reichte ihm die Dose rüber.

Martin nahm die oberste Zigarette aus der Schachtel und puhlte mit einem Zahnstocher den Tabak aus der Zigarette. Danach befüllte er den hohlen Papierstängel mit Schnupftabak, stopfte vorne wieder etwas Tabak drauf und steckte die Zigarette wieder in die Schachtel.

»Das ist gemein!«, raunte Rosi.

»Aber lustig!«, meinte Tom, der so wie die anderen die Operation gespannt beobachtet hatte.

»Das findet ihr Idioten wirklich lustig?«, fragte sie noch einmal ungläubig. Alle männlichen Tischgefährten grinsten.

»Ich schau mir das nicht an, ihr Deppen!«, zischte sie und rutschte von Toms Schoß. Der wollte sie noch festhalten, aber sie riss ihm ihren Arm weg und stand auf.

Am Weg zur Bar traf sie Andi, der vom Klo zurückkam. »Wirf die Tschick weg!«, sagte sie im Vorbeigehen zu ihm. Andi wusste aber nicht, wie das gemeint war, und dachte sich, auch sie wollte ihn zum Nichtraucher bekehren.

Andi setzte sich wieder an den Tisch und zündete sich eine Zigarette an. Es war der präparierte Glimmstängel, wie Martin aus dem Augenwinkel heraus feststellten konnte. Zunächst passierte nichts, Andi wunderte sich nur, warum ringsherum nicht mehr geredet wurde. Alle warteten sie auf eine Reaktion und die kam mit dem nächsten Zug. Andi inhalierte den scharfen Menthol-Schnupftabak, stieß einen lauten Schrei aus und rannte in Richtung Klo.

Martin und die drei anderen brüllten laut auf vor Lachen, wobei Martin in der Ferne Rosi im Blick hatte, die mit dem Kopf schüttelte. Es war nicht die Art von Genugtuung, die er sich erhofft hatte. Eigentlich lachte er nur mehr, weil die anderen noch immer wie die Pferde wieherten, und fühlte sich schon ein bisschen mies. Da Andi nach ein paar Minuten noch immer nicht vom Klo zurück war, ging Martin nachschauen. Andi hing mit dem Kopf über dem Waschbecken und ließ das kalte Wasser laufen. Er hatte gekotzt und offensichtlich brannte sein Rachen.

Er verstand noch immer nicht, was genau passiert war, aber er wusste wohl, dass ihm ein übler Streich gespielt worden sein musste.

»Ihr Arschlöcher!«, murmelte Andi zur Begrüßung, als er wahrnahm, dass Martin hereingekommen war.

»Es tut mir leid«, sagte Martin schuldbewusst. »Es sollte nur ein kleiner Scherz sein. Ich hab nicht gewusst, dass der Schnupftabak so einfährt!«

»Schnupftabak in der Tschick? Und du warst das? Sauhund!«

»Ja, es tut mir wirklich leid. Entschuldige bitte!«

»Wegen dir bin ich Speiben gegangen!«

»Tschuldigung.«

»Vollkoffer.«

»Ja, eh.«

»Dorftrottel.«

»Mhm.«

»Kröte.«

»Ja, schon gut!«

»Ich könnt noch mehr aufzählen!«

»Ich weiß, aber dann stehen wir morgen noch in dem Pissegestank da herinnen.«

»Gut, ich glaub, es geht wieder.«

»Sind wir wieder gut?«

»Jaja, meinetwegen. Aber heute hab ich genug von euch. Ich geh heim!«

Andi folgte Martin aus dem Klo, holte seine Jacke und verließ mit einem schmalen »Ciao« den Wildschütz. Die anderen hatten jetzt auch ein schlechtes Gewissen, zumindest ein bisschen. Schließlich kehrte Rosi zurück und setzte sich auf Andis Platz. Sie war unverkennbar noch immer sauer, die Stimmung am Tisch war unterkühlt. Tom ertrug es nicht länger und stand auf, um sich ein Mineralwasser zu holen. Auf den Moment hatte Rosi wohl gewartet. Sie drehte sich seitlich zu Martin.

»Hast du dich entschuldigt?«

»Ja«, seufzte Martin, »ungefähr eintausend mal.«

»Mhm. Na immerhin. Sag mal, du bist doch sonst ein netter Kerl.«

»Hmm. Ja eh.«

»Und warum hast du dann jetzt einen auf Arschloch gemacht?«

Martin wirkte geknickt.

»Weiß ich auch nicht«, log er.

Am Blick von Rosi erkannte er aber, dass sie es wusste.

Brennender Schnee

Ein neuer Tag im kitschigen Winterwunderland. Der Schneefall der vergangenen Tage hatte eine dicke, weiße Schicht
über Häuser, Bäume und Wiesen gelegt. Dort, wo die Seiten-
straßen und Gassen freigeräumt worden waren, türmten
sich auf freien Flächen meterhohe Schneehaufen. Manche
dienten den Kindern als Rutschhügel, manche waren durch-
löchert, weil die Kinder Schneehöhlen gegraben hatten.

Martin war eineinhalb Stunden früher unterwegs, denn
an den nächsten Tagen wurde vor den Kursen trainiert.
Am Silvesterabend war eine große Ski-Show geplant, und
die Lehrerinnen und Lehrer der Skischule Nuarach waren
die Hauptprotagonisten. Die Show und deswegen auch das
Training fanden auf der vorderen Piste des Hochleitenlif-
tes statt, dort war der Hang schon steiler und als rote Piste
ausgeschildert.

Geübt wurden alle möglichen Vorführungen, vom reinen Schneepflug über die Stemmbogenfahrt bis hin zum
Parallelschwung. Martin wurde mit vier Kollegen für den
Stemmbogen eingeteilt und fürs große Finale. In Flugen-
ten-Formation sollten fünfzehn Leute gemeinsam im Wal-
zertankt nach unten wedeln. Der erste Trainingsversuch
war eine Katastrophe. Zwei junge Skilehrerinnen konnten
den Takt nicht halten und fuhren wegen der knappen Ab-
stände ineinander, immerhin verletzten sie sich nicht. Der
zweite Versuch war schon halbwegs in Ordnung, bloß mit
der Synchronität war Hubert nicht zufrieden. Es brauchte
noch einige weitere Versuche, ehe er ihnen den Daumen
hoch gönnte.

Nach der Trainingseinheit ging es gleich weiter zur
Kurseinteilung. Es wuselte überall, sowohl im Büro und

in der Garderobe der Skischule als auch draußen auf dem Sammelplatz. Jetzt war die Hochsaison da, hunderte Gäste wollten Skifahren lernen oder ihre Fähigkeiten verbessern. Das hatte zur Folge, dass auch die Skischule das komplette Team aufbot. Direkt neben Martin schnallte sich Graserl die Skischuhe an, mit dem typischen Grinser im Gesicht. Graserl war wie immer gut drauf und freute sich auf den Tag. Martin war da etwas vorsichtiger. Sein erster Skikurs war zwar letztlich erfolgreich gewesen, aber es war mehr Schinderei, als er sich das vorher gedacht hätte. Und jetzt warteten auf ihn nicht bloß zwei Lehrlinge, sondern gleich zwölf. Eine ganze Gruppe voller Anfänger.

»Du packst das schon. Immer locker bleiben. Alles easycheasy!«, klopfte ihm Graserl auf die Schulter. Martin lächelte und war dankbar für die Aufmunterung.

Die Sonne und der Schnee sorgten für gleißendes Licht und Millionen von Schneekristallen glitzerten. Ohne Sonnenbrille ging an diesem Tag gar nichts.

»Cool schaust aus«, grinste Rosi beim Rausgehen, die in dieser Woche eine Kindergruppe betreuen würde.

Sie würden also zumindest den heutigen Tag beide im Kinderparadies verbringen. Sie trug ihm den Zigarettenstreich nicht weiter nach, nachdem er sich für sein Verhalten entschuldigt hatte. Ja, sie musste recht haben, er wirkte wohl wie ein cooler Typ. Manfred versuchte, das Getümmel am Sammelplatz mit einem Megaphon in geordnete Bahnen zu lenken. Martin musste lässig den Stock heben, als er an der Reihe war, damit ihn seine Gruppe finden konnte.

Er ließ seine zwölf Apostel in einer Reihe antreten, stellte sich vor und versuchte sich auch gleich zwei oder drei Namen aus der Gruppe zu merken. Den Tipp dafür hatte ihm Fritz bei der Skilehrerausbildung mitgegeben. Wenn man ein paar Namen schon intus hatte, kam das gleich von Beginn weg persönlicher rüber. Die restlichen Namen konnte man sich dann nach und nach im Laufe des ersten Vormittags aneignen.

Er merkte sich zu Beginn mit Eselsbrücken die ängstliche Anne, eine eher schüchterne Frau, die offenbar von ihrem Mann zum Skikurs überredet worden war. Den Namen ihres Gatten merkte er sich nicht gleich, dafür ging es beim nächsten Mann wieder leichter. Das war der dicke Dieter, denn Dieter war ein Koloss. Sehr groß und sehr dick, er musste wohl an die hundertfünfzig Kilo wiegen. Dazu merkte er sich noch die brünette Bettina, die ungefähr in seinem Alter sein musste. Unter den zwölf Anfängern waren jedenfalls lauter Deutsche. Praktisch für Martin, denn dann musste er sein eher holpriges Englisch nicht auspacken. Es folgte die übliche Prozedur und die erste Aufgabe, wie man sich einen Ski anschnallte. Danach ließ Martin die ganze Truppe im Langlaufschritt durch den Auslauf beim Kinderparadies gleiten, was allerdings nach Superzeitlupe aussah.

Die ängstliche Anne hatte zum Beispiel schon Probleme damit, von der Stelle zu kommen. Das Anschieben mit den Stöcken bereitete ihr unerklärlicherweise Schwierigkeiten. Während Martin ihr half, die Stöcke richtig einzusetzen redete ihr Mann Wilhelm, ja genau Wilhelm hieß er, unaufhörlich auf sie ein. Anne war gestresst, schaffte es aber, ihre Skier ungefähr zehn Zentimeter weiter zu manövrieren. In diesem Moment legte sich der dicke Dieter hin, oder besser gesagt, er fiel wie ein gefällter Baum der Länge nach auf die Seite. Von allein kam er nicht wieder hoch, also musste Martin ihn hochziehen. Der Rest der Truppe watschelte brav im Kreis weiter. Danach folgten die ersten Übungen, wie man mit einem Pflug Kurven fahren konnte. Der Baum wurde noch zweimal gefällt. Auch die anderen Anfänger strauchelten hin und wieder, weshalb Martin trotz frostiger Temperaturen schon recht warm geworden war.

Es ging rüber zum Babylift, und das sogar unfallfrei. Das änderte sich beim Lift sofort wieder. Der Liftantrieb war offenbar nicht auf ein Hundertfünfzig-Kilo-Kind ausgelegt, weshalb das Zugseil stockte, als der dicke Dieter sich daran festhielt. Es dauerte drei Sekunden, ehe das Seil mit einem Sprung wieder loshüpfte. Der Ruck forderte mehrere Opfer. Vier Kinder von Rosis Kurs wurden dadurch auf die Seite geschleudert, dazu Trude aus Martins Gruppe und den dicken Dieter hatte es sogar aus einem Ski herausgerissen. Martin versuchte nicht zu ächzen, als er den verdatterten Dieter hochhievte. Rosi stellte ihre Zwerge der Reihe nach mit Leichtigkeit wieder auf, was Martin zu der Überlegung verleitete, dass ein Kinderkurs möglicherweise doch auch seine Vorteile haben könnte.

Beim nächsten Versuch warteten sie ab, bis Dieter allein mit dem Babylift fahren konnte. Er war zwar auf den Ruck diesmal gefasst, schaffte es aber trotzdem nur ein paar Meter weiter. Wilhelm seufzte unüberhörbar laut, während Martin wieder zu Dieter ging. Die anderen warteten alle schon oben. Der dritte Versuch gelang schließlich, alle waren am Ende des Babylifts angelangt.

Bei der ersten Abfahrt gab es überraschend wenig Probleme. Nur der altbekannte Baum wurde wieder gefällt. So ging es den restlichen Vormittag weiter. Als Martin Dieter das letzte Mal vor der Mittagspause hochstemmte, ließ sich schwer sagen, wer von ihnen beiden mehr schwitzte.

»Kann man eigentlich auch Leute wieder aus dem Kurs herausnehmen«, fragte Martin bei Manfred im Büro nach.

»Kann man schon, aber dafür braucht es schon einen sehr guten Grund. Was ist passiert?«

Martin schilderte den Vormittag mit Dieter und bekam dann von Manfred einen kleinen Rüffel.

»Dann musst du halt schauen, dass er schneller lernt und mit den anderen mitkommt. Du kannst nicht einfach so nach einem halben Tag die Leute aus dem Kurs schmeißen. Nicht, weil sich einer noch schwertut.«

»Aber die anderen sind teilweise schon genervt, und ich weiß nicht, ob das mit dem Dicken überhaupt noch etwas wird.«

»Die anderen haben einen Gruppenkurs gebucht und keine Privatstunde. Also müssen sie das Tempo der Gruppe akzeptieren. Und noch einmal, dann musst du dich mehr dahinterklemmen, dass der Gast schneller mitkommt.«

Martin sah ein, dass Argumente zwecklos waren, und ging etwas desillusioniert rüber in die Skihütte zum Mittagessen. Am Skilehrerstammtisch bestellte Joe gerade: »Chickentitten«.

»Also einmal Hühnerbrust für den Herren mit der Hühnerbrust«, zwinkerte ihm der Kellner zu. Joe lachte schallend und gab ihm mit der Speisekarte einen Klaps auf den Hintern.

»Hab gehört, du willst schon aufgeben! Kein Stehvermögen, was Milchbubi?«, meinte Joe jetzt in Richtung Martin.

»Na dich möcht ich mal sehen mit so einem Fleischberg als Schüler«, mischte sich Rosi ein.

»Wieso verteidigst du unser Baby eigentlich immer? Ah ja, du bist ja für die Babyskikurse zuständig!«

Joe schlug sich mit der flachen Hand auf die Stirn, als hätte er eine erleuchtende Erkenntnis gehabt. Martin kochte. Doch Graserl spielte den Friedensstifter, bevor der Streit eskalieren konnte.

»Hey, hey! Keine schlechten Vibes bitte. Ist doch so ein schöner Tag.«

Am Nachmittag kam Dieter vor dem Beginn des Kurses auf Martin zu.

»Wäre es nicht besser, wenn ich aufhören würde?« Martin war versucht, ja zu sagen, doch er hatte die Stimme von Manfred im Hinterkopf.

»Schau, es ist bis jetzt schwierig für dich. Und wenn du nicht mehr magst, dann kannst du auch aufhören. Aber wenn du es weiter probieren willst, dann werde ich dir helfen und wir kriegen das hin«, antwortete Martin mit Bestimmtheit, und Dieter machte weiter. Wobei der Nachmittag am Hochleitenlift deutlich besser lief.

Martin hatte es geschafft, ihm zu verklickern, dass er den Schwerpunkt weiter vorn lassen musste. Als Dieter dann sogar eine ganze Fahrt ohne Sturz schaffte, wurde er von allen beklatscht, sogar von Wilhelm. Niemand hörte also vorzeitig auf, alle machten weiter.

Von kleinen Rückschlägen abgesehen, liefen auch die nächsten zwei Tage sehr gut. Die Truppe hatte ihren Groove gefunden und machte gemeinsam gute Fortschritte. Sie schafften ohne Probleme die blaue Piste beim Hochleitenlift und mit etwas Müh und Not auch die rote Piste vorne runter.

Dass hier am Abend die große Silvester-Ski-Show stattfinden würde, wussten seine Skikursleute bereits. Sie wollten alle kommen, was Martin auch freute. Er kündigte ihnen auch etwas Großes für den letzten Kurstag an. Sie würden gemeinsam ganz hinauf fahren auf die Buchensteinwand und dann über die blaue Einser runterkurven. Nur die ängstliche Anne schaute etwas verzwickt.

»Keine Sorge, wir schaffen das gemeinsam«, sagte er zu ihr und versuchte, einen vertrauenserweckenden Gesichtsausdruck aufzusetzen.

Niki hatte er schon seit ein paar Tagen nicht mehr gesehen. Also gesehen schon, aus der Ferne, aber durch das Zusatztraining war sich keine Unterhaltung mit ihr ausgegangen. Er traf sie überraschenderweise am Abend direkt vor dem Hochleitenlift, als sie gerade mit hunderten anderen Leuten die Piste hochstapfte, um sich die Show anzusehen. Er erkannte den pinken Parka und rief ihr in einem Anflug von Selbstbewusstsein zu. »Servus Niki!« Sie drehte sich um und lachte ihn mit ihrem typischen »H-a-a-l-l-o-o«-Gruß an.

»Du schaust dir das heute Abend auch an? Hast du zu Silvester nichts anderes vor?«

»Nein, stell dir vor, ich armes und einsames Weibsbild hab nichts besseres vor und will euch zuschauen!«, spottete sie. Martin grinste.

»Na hoffentlich leg ich mich vor dir nicht in den Schnee!«

»Wenn es so ist, dann wirst von mir verarztet.« Sie winkte zum Abschied.

Los ging die Show mit einem Fackellauf. Unterstützt von einheimischen Kindern und dem Skiclub fuhren etwa fünfzig Leute in Schlangenlinie den Hang hinunter, jeder links und rechts mit einer Fackel in der Hand. Am Ende des Steilhanges wurde die Show aus Feuer und Eis, Licht und Dunkelheit von den Zuschauern bestaunt. Martin war eher am hinteren Ende der Fackelfahrt und musste sich danach sputen, wieder zum Lift zu kommen. Bis zu den Vorführungsfahrten machten Manfred und DJ Grasl

Stimmung im Zielgelände. Manfred kommentierte über Lautsprecher, was das Publikum zu sehen bekam.

Als Erstes zeigten Rosi und ihre Kolleginnen von den Kinderkursen, wie ein perfekter Schneepflug auszusehen hatte. Danach kam Martin mit seiner Gruppe, angeführt von Ilse. Sie mussten den Stemmbogen vorführen. Nach ihnen folgte das Team mit dem flotten Parallelschwung. Dazwischen gab es einzelne Vorführungen der Skiclub-Kinder, die im Rennanzug die Piste runterrasten. Joe zeigte am Snowboard seine Kunststücke und ein Skitänzer auf Kurzskiern versprühte eine gewisse Eleganz, ehe das Skilehrer-Ballett auftreten sollte, wie Manfred es ankündigte.

Das rote Ballett nahm Aufstellung. In ihrer Entenformation standen sie oben bereit, während unten schon die ersten Klänge des *Donauwalzers* durch die Boxen strömten. Sie warteten auf das Ende der Ouvertüre. Schließlich gab Hubert ganz vorne an der Spitze das Startzeichen. »Drei, zwei, eins, los. Und links, und rechts, und links, und rechts!« Im berühmten Dreivierteltakt wedelten sie dem klatschenden Publikum entgegen. Martin war in der dritten Reihe ganz rechts außen und war selbst vom Augenblick überwältigt. Die Harmonie zwischen der Musik und dem Dahingleiten auf Skiern berührte ihn. Einmal wäre er fast auf der Kante hängen geblieben, konnte das aber gerade noch Kaschieren. Sogar der Schluss klappte, der im Training nie so wirklich funktioniert hatte. Auf Kommando blieben alle Fünfzehn zugleich stehen. Sie wurden frenetisch bejubelt, als hätten die Zuschauer gerade eine Vorstellung von Holliday on Ice geboten bekommen.

Im Gegenlicht konnte Martin den pinken Parka nicht erkennen, dafür winkten ihm seine Eltern und Tante Michaela von der Seite aus zu. Das große Wedelfinale war aber noch nicht das Ende der Ski-Show. Martin und die anderen mussten noch einmal hoch. Extra für die Show war eine große Sprungschanze aufgeschaufelt worden. Nun galt es, spektakuläre Sprünge zu zeigen, wobei Martin etwas zögerte. Das Springen war nicht unbedingt seine Stärke und trotzdem konnte er keinen Rückzieher machen. Denn Manfred kündigte ihn bereits an, und aus den Lautsprechern forderte ihn Van Halen zum *Jump* auf. Die meisten vor ihm hatten Grätschen oder seitliche Drehungen beim Springen gezeigt, er entschied sich erst bei der Anfahrt für die sportliche Variante. Wie ein Rennfahrer wollte er über die Schanze gehen.

Er ging in die Hocke und visierte die Kante an. Er musste vorspringen, also ein paar Zentimeter vor der Kante schon wegspringen, damit der Satz nicht zu weit ging. Das Timing passte, er sprang rechtzeitig weg, zog seine Beine wie Teleskope unter den Brustkorb hoch und streckte seine Arme ganz nach unten bis zu den Skiern. Eine kompakte Sprunghaltung à la Skigott. Alles fühlte sich in dem kurzen Moment in der Luft perfekt an, bis es zur Landung kam.

Martin fuhr seine Teleskopbeine wie das Fahrgestell eines Flugzeuges wieder aus. Er hatte nur vergessen, dass er seine letzten Sprünge noch mit seinen alten Skiern gemacht hatte. Mit den neuen Carvern war das sein erster Sprung und die reagierten mit ihrer Wespentaille bei der Landung um einiges aggressiver. Martin war nicht darauf gefasst, dass sich der rechte Ski, mit dem er zuerst aufkam, sofort in die Piste fraß. Er bekam einen Schlag und die Bindung ging auf. Der Ski flog seitlich weg. Sekundenbruchteile entschieden nun über Sturz oder Stehen. Martin verlagerte instinktiv sein Gewicht auf den linken Ski. Hätte er Zeit gehabt, um auch noch nach links zu schauen, dann hätte er gesehen, wie Niki und die anderen Zuschauer vor Schreck ihre Arme hochrissen. Stattdessen hatte er nur die Zuschauer vor sich im Blick, denn die Auslaufzone war relativ kurz. Er musste es schaffen, vorher abzuschwingen, ansonsten würde er frontal in die Menge rasen.

Er versuchte mit einem Ruck einen Schwung nach rechts. Es endete mit einer enormen Wolke aus Schneestaub und einem Martin, der einen halben Meter vor den verdatterten und eingestaubten Zuschauern zum Stillstand gekommen war. Der Schock währte nur kurz, dann brüllte Manfred schon durch die Lautsprecher.

»So eine Körperbeherrschung haben nur unsere Skilehrer bei der Skischule Nuarach!«

Die Menge jubelte, und Martin wusste nicht recht, wie ihm geschah. Er klaubte im Auslauf seinen rechten Ski ein und war nur dankbar, dass er nicht in die Leute gedonnert und auch nicht gestürzt war. Diese Peinlichkeit hätte ihn bis an das Ende seiner Skilehrertage verfolgt. Jetzt hätte er Ivan mit seinem Flachmann gebraucht. Als er bei Manfred vorbeikam, konnte der immerhin noch lachen.

»Du bist vielleicht ein Wildling, aber so springst mir bitte nimmer!«, sagte er zu Martin, das Mikro hatte er mit der Hand abgedeckt.

Die beiden letzten Skilehrerinnen wählten etwas vorsichtigere Sprungvarianten und hatten keine Probleme, ihre Sprünge zu stehen. Während der Sprungvorführung hatten die Skiclub-Kinder mit den Fackeln die Jahreszahl 1998 in den mittlerweile finsteren, oberen Teil der Piste gesteckt. Nun wurden die Fackeln angezündet, was noch einmal für viele »Ahs« und »Ohs« sorgte. Der Schnee schien regelrecht zu brennen. Der frühe Silvesterabend hatte spektakulär begonnen, jetzt strömten die Leute in die Lokale und Bars, um den Jahreswechsel zu feiern. Beim Abzug traf Martin wieder auf den pinken Parka.

»Du Wahnsinniger!«, lachte ihm Niki entgegen.

»Normal landen kann jeder, das ist ja langweilig.«

»Jaja, sag als nächstes bloß noch, das war mit Absicht!«

»Wer weiß«, grinste Martin vielsagend und wurde mutiger. »Was machst du heute noch?«

»Weiß nicht. Hab nichts vor außer vielleicht Fernschauen.«

»Magst du mit uns zum Wildschütz kommen? Ich treff mich dort mit meinen Freunden.« Sie schien nachzudenken. »Ach komm schon, das wird lustig!«

»Hmmm. Ja, warum eigentlich nicht.«

»In einer Stunde?«

»In einer Stunde.«

Martin hatte es jetzt eilig, nach Hause und noch schnell unter die Dusche zu kommen. So leicht kam er seinen Eltern und Michaela aber nicht davon. Sie wollten noch bis ins letzte Detail klären, was da bei dem Sprung passiert war.

»Du hättest doch Skirennfahrer werden sollen. Sogar der Manfred war begeistert von dir«, applaudierte Michaela.

Seine Mutter war hingegen in erster Linie besorgt.

»Was da hätte passieren können. Das war ja total gefährlich!«

»Aber er hat es doch super gelöst«, warf sein Vater ein, »also regen wir uns nicht weiter auf und schmeißen das Fondue an!«

Martin hatte zwar keinen großen Hunger, setzte sich aber mit der Familie noch an den Esstisch. Das Silvesterfondue hatte Tradition. Nach einer halben Stunde hatte er genug und meinte, er wäre schon spät dran.

»Spät dran? Willst wieder in den Wildschütz?« Seine Mutter schüttelte den Kopf und murmelte etwas von einer »Discotschumsn«.

»Ja, wir treffen uns dort, um Silvester zu feiern.«

»Na dann viel Spaß. Lasst es krachen!«, rief ihm Michaela hinterher.

Er hatte schon eine ordentliche Verspätung. Er hoffte, dass Niki noch da war und nicht schon das Weite gesucht hatte. Er stürzte sich in das Discogetümmel, das silvesterbedingt noch viel dichter war. Seine Freunde winkten schon von ihrem Stammtisch aus, doch er wollte zuerst Niki finden. Sie stand an der Bar und wurde offensichtlich von Joe angeflirtet. Sie schien zwar nicht mitzuspielen, ließ es sich aber zumindest gefallen, was Martin ein wenig ärgerte. Er wusste zunächst nicht, wie er halbwegs würdevoll auf sich aufmerksam machen konnte. Schließlich ging er an die Bar und stellte sich neben Niki. Er grüßte sie beiläufig, als würde er sie hier zufällig sehen und bestellte sich ein Bier. Niki reagierte mit ihrer üblichen »H-a-a-l-l-o-o«-Begrüßung und wandte sich zu seiner Freude von Joe ab.

»Wir sitzen da drüben«, sagte Martin und deutete zum Tisch mit seinen Freunden.

»Ich komm gleich nach«, versprach sie.

Das »gleich« zog sich für Martin noch etwas sehr in die Länge. Erst nach zehn Minuten hatte sie sich von Joe verabschiedet und kam zu Martin an den Tisch. Sie hatte einen bunten Cocktail mit einer der künstlich schmeckenden Kirschen und einer Ananas-Spalte über dem Glasrand. Martin stellte ihr seine Freunde vor, und Flo ließ diesmal gar keinen blöden Spruch los, wofür Martin sehr dankbar war. Offenbar war selbst Flo überwältigt von dem »blonden Feger«, wie er sie später noch nennen sollte.

»Hat er schon erzählt, was er heute gemacht hat?«, fragte Niki und spielte auf Martins gerade noch gestandenen Sprung an.

Nachdem die Freunde noch nichts davon wussten, erzählte sie ausführlich, was sich aus ihrer Sicht zugetragen hatte. Martin spürte, wie ihm die leicht ausgeschmückte Schilderung der Ereignisse schmeichelte und seine Wangen warm wurden. In dem dumpfen Licht der Geweihlampen, diesmal mit bunten Krepppapierstreifen dekoriert, sah man seine veränderte Gesichtsfarbe aber nicht.

Noch zwei Stunden bis Mitternacht und Rosi tauchte mit Tom im Schlepptau auf. Rosi steuerte Martin an, grüßte Niki und bat sie, kurz Platz zu machen. Niki meinte, sie müsse ohnehin einmal kurz wohin.

»Du spinnst ja«, sagte Rosi mit einem schelmischen Lächeln. Auch Tom nickte ihm anerkennend zu. Langsam kam es ihm so vor, als wäre er jetzt mit einem Schlag berühmt. »Eigentlich schade, dass keine Fernsehkameras da waren!«, kicherte sie. »Wir müssen jetzt rüber zu meinen Freundinnen. Wir sehen uns später. Aber eines weißt du schon, oder? Niki hat einen Freund!«, flüsterte sie ihm ins Ohr.

»Äh, nein. Weiß ich nicht!«

»Jetzt weißt du es. Schön die Finger bei dir lassen!« Sie zwinkerte und ging mit Tom auf die andere Seite der Tanzfläche.

Martin war überrascht und irritiert, aber er war zumindest nicht sauer. Als Niki zurückkam, plapperte sie wie immer fröhlich weiter, so lange bis Martin grinsen musste.

»Was?«

»Redest du eigentlich immer so viel?«

»Mist. Tu ich das schon wieder, oder?«

»Ein bisschen.«

»Ich rede immer viel, wenn ich nervös bin.«

»Wieso bist du denn nervös?«, fragte er ungläubig überrascht.

»Irgendwie hab ich noch nicht so viel Anschluss gefunden. Die meisten Leute sind zu mir immer nett, aber auf eine oberflächliche Art. Frauen sehen in mir das Blondchen, und Männer glauben, sie können mich leicht abschleppen. Ich will doch auch nur ein paar nette Leute um mich haben, ein paar echte Freundschaften. Und wenn ich dann wen treffe, den ich mag, dann quassle ich meistens ohne Punkt und Komma.«

Martin lächelte und ohne nachzudenken ploppte es aus ihm heraus.

»Also magst du mich ein bisschen?«

»Ich find dich total nett«

»Oje. Nett ist doch der kleine Bruder von Scheiße.« Sie schaute etwas pikiert.

»Nein. Nett ist lieb. Du bist ein lieber Kerl.«

Sie mussten für die Unterhaltung etwas näher zusammenrutschen, weil die Musik bei *Barbie Girl* inzwischen noch lauter gedreht wurde.

»Ich find das super, dass ich mit dir reden kann, ohne angegraben zu werden.« Er spürte ihren Atem an seinem Ohr und bekam eine Gänsehaut. »Ich würde mich echt freuen, wenn wir befreundet sein können.«

Martin nickte.

»Ja, sehr gerne. Aber was ist denn mit deinem Freund? Wird der dann nicht eifersüchtig?«

»Ach der weiß, dass ich treu bin. Ich hätte ihn mal mit einem berühmten Austropoper betrügen können und hab es nicht getan.«

»Echt? Mit wem?«

»Hihi, nein, das verrat ich nicht. Ich hab's versprochen, dass ich das nie erzähle.«

»Ok. Aber wieso lässt er dich am Silvesterabend allein?«

»Tja, das ist das Problem, warum ich so einsam bin. Er ist der neue Chefkellner im Hotel Bräuwirt. In der Saison arbeitet er praktisch rund um die Uhr. Heute hat er Dienst bis weit nach Mitternacht.«

»Verstehe. Also gut, Freunde! Und ich verspreche dir auch, dass ich dich nicht angraben werde.« Dabei schaute er sie mit einem so treuherzigen Dackelblick an, dass sie einfach nur laut glucksen konnte.

»Komm, lass uns Brüderschaft trinken!«, befahl sie.

Sie verschränkten ihre Arme, er trank den letzten Schluck seines Bieres und sie nippte an ihrem Fruchtcocktail. Als er von ihr links und rechts ein Bussi auf die Wange bekam, begann er insgeheim etwas an seinem Versprechen zu zweifeln.

Flo protestierte inzwischen laut, warum mit ihm nicht Brüderschaft getrunken wurde.

»Na komm her, Bruder«, sagte Martin unvermittelt und drückte Flo einen Schmatzer auf die Wange. Alle mussten lachen, auch Flo, nachdem er nicht mehr ganz so verdattert war.

»So mein Freund«, erklärte Niki tough, »jetzt reden wir mal über dich.«

»Das tut er nicht gerne«, warf Maxi ein, »er ist ziemlich schüchtern.«

»Aber nicht, wenn ich nachfrage«, grinste sie diabolisch. »Wie sieht es denn bei dir aus? Hast du eine Freundin?«

»Er hat eine Zeitabschnittskuschelpartnerin!«, rief Flo dazwischen, der sich jetzt für das Bussi von vorhin revanchierte. Martin machte eine abwehrende Handbewegung.

»Nein, hab ich nicht.«

»Warum nicht? Du bist ein feiner Kerl und deine blauen Augen sind der Wahnsinn. Außerdem bist du respektvoll.«

»Wir glauben ja, er hat zu viel Respekt vor den Frauen«, lachte Flo.

Martin gab ihm mit der Hand wieder zu verstehen, dass er doch still sein sollte und seufzte.

»Ich weiß es ja auch nicht!«

»Na, vielleicht kann ich dir ja helfen«, sagte Niki und kaute jetzt auf ihrer Ananasscheibe herum.

Sie tratschten noch bis kurz vor Mitternacht. Ein paar Minuten vor dem Jahreswechsel legte Graserl *The Final Countdown* auf, und sie gingen alle nach draußen, um sich das Feuerwerk anzuschauen. Sie zählten gemeinsam die letzten Sekunden des alten Jahres runter und prosteten sich gegenseitig zu, während um sie herum die Raketen in den Nachthimmel pfiffen, um danach ekstatisch mit einem lauten Knall Glitzerlichter zu entladen. Durch die offene Tür hörte man von drinnen den *Donauwalzer*. Auf der schneebedeckten Seitenstraße tanzten einige Paare, darunter auch Rosi und Tom. Niki wollte auch tanzen, aber Martin wehrte ab.

»Ich kann das überhaupt nicht!«

»Schade!«, seufzte sie, Martin bekam stattdessen noch einmal links und rechts ein Bussi von Niki und gute Neujahrswünsche. Das neue Jahr hatte gut begonnen.

Neuer Schnee

Und das neue Jahr ging gut weiter. Martin war nach dem Auftritt bei der Ski-Show der große Star, natürlich auch bei seiner eigenen Gruppe. »Unglaublich, wie du diesen Sprung auf einem Ski gestanden hast«, schwärmte die brünette Bettina, die bisher eher wortkarg war. »So ein Teufelskerl!«, meinte der dicke Dieter und alle anderen applaudierten. Martin war das ein wenig peinlich und trotzdem gefiel es ihm immer mehr, im Mittelpunkt zu stehen. Diese Erkenntnis war für ihn durchaus neu. Doch der Fokus richtete sich am letzten Tag des Skikurses rasch wieder auf die Gruppe.

Das Procedere des letzten Tages war von vorn bis hinten durchgetaktet. Gleich am Vormittag gab es das Abschlussrennen, um den sportlichen Ehrgeiz noch ein wenig zu kitzeln. Danach kam die Fotografin, um Erinnerungsbilder für die Kursleute zu schießen. Dann ging es noch einmal ums Skifahren selbst und am Abend war immer die Abschlussfeier. Dabei bekamen die Gewinner der Skirennen ihre Medaillen überreicht, und es gab eine Unmenge an Partyspielen, die einem ungeschriebenen Gesetz zufolge offenbar ein gewisses Maß an Peinlichkeit erreichen mussten. All das war für Martin allerdings noch neu. Es war seine erste volle Woche mit einem Skikurs und er hatte noch keine Ahnung, was ihm an diesem Tag noch bevorstehen sollte.

Martin hatte in der Früh zusammen mit Hubert einen Kurs ausgeflaggt, also Martin hatte die Torstangen geschultert und Hubert steckte den Kurs. Das Skirennen fand beim Hochleitenlift statt, ab der Hälfte, wo die Piste wieder flacher wurde. Die ängstliche Anne hatte kurz vorm Start trotzdem Bedenken, dass sie gegen eine Stange fahren und sich verletzen könnte. Martin erklärte ihr, dass sie ja einfach nur etwas weitere Bögen fahren musste, wenn sie sich vor den Stangen fürchtete.

»Aber schneller ist man schon, wenn man enger um die Kurven fährt«, hielt ihr Mann Wilhelm fest.

»Ja, klar. Je enger die Kurve, desto besser«, bestätigte ihn Martin, »aber es geht ja nur um die Gaudi und nicht um den Sieg beim Hahnenkammrennen.« Er ahnte schon, dass Wilhelm es nicht erwarten konnte, das Rennen zu fahren und vor allem zu gewinnen.

Martin teilte die Startnummern aus und ließ Frank als Startläufer seiner Gruppe fahren. Frank war ein halbwegs sportlicher, aber nicht vom Ehrgeiz zerfressener Stahlarbeiter. Er hatte wohl im Job genug Nervenkitzel mit dem Hochofen, den brauchte er nicht auch noch in der Freizeit.

Frank fuhr mit schönen Stemmbögen rund um die fünfzehn Tore bis ins Ziel, wo ihm seine Familie zujubelte. Martin trug die Zeit in eine Karte ein. Als Nächstes ließ er Trude starten, die ebenfalls sehr sauber die Kurven nahm. Sie war aber ein Leichtgewicht und hatte keine Chance, auf Tempo zu kommen. Letztlich war sie einige Sekunden langsamer als Frank. Mehr Gewicht brachte freilich der dicke Dieter mit, doch den liebenswürdigen Stuttgarter trug es jedes Mal beim Schwung weit aus der Kurve, sodass er Mühe hatte, das nächste Tor zu erreichen. Auch Dieter war im Ziel geschlagen und reihte sich vorläufig auf Platz zwei ein. Die brünette Bettina hatte schon im oberen Teil einen Torfehler, weshalb sie ganz ans Ende der Rangfolge rutschte. Schließlich kam die ängstliche Anne und sie verblüffte Martin. Sie war in den ersten Kurven noch etwas zögerlich unterwegs, schien dann aber zu merken, dass ihre Sorgen unbegründet waren. Sie nahm bei allen Kurven den

Schwung mit und ging in den letzten zwei Toren sogar in die Hocke. Anne übernahm Platz zwei.

Angestachelt von der guten Fahrt seiner Frau, wollte Wilhelm nun den Sieg heimfahren. Er wuchtete sich aus dem Start heraus, schob sogar noch mit den Stöcken an. Er pfiff auf den Stemmschwung und versuchte die Kurven parallel zu nehmen, obwohl sie den Parallelschwung erst ein paar Mal geübt hatten. Wilhelm war schnell, das war mit freiem Auge zu erkennen, doch er wollte zu viel und schnitt zu früh in eine Kurve. Er fädelte mit dem linken Ski beim Tor ein und stürzte. Sein lautes Fluchen war bis ins Ziel runter zu hören.

»Ist dir was passiert?«, rief Anne nach oben.

Statt zu antworten, drosch Wilhelm mit dem Stock auf die Piste ein. Martin eilte inzwischen im Schlittschuhschritt nach oben, um Wilhelm zu helfen, weil der immer noch nicht aufgestanden war. Nach einer halben Minute war Martin bei ihm.

»Bist du verletzt?«

»Nur mein Stolz, mein Junge, nur mein Stolz!«

Martin reichte Wilhelm die Hand, damit der sich hochziehen konnte.

»Aber bis zu dem Torfehler warst du sauschnell. Alle Achtung. Du hättest vermutlich gewonnen«, versuchte Martin seinen etwas trotzigen Schüler wieder aufzumuntern. Zusammen fuhren sie den restlichen Weg bis ins Ziel, wo Anne ihren Wilhelm gleich umarmte.

»Bin ich froh, dass du dich nicht verletzt hast!«

Nach der kurzen Unterbrechung ging das Rennen weiter, doch niemand mehr aus Martins Gruppe kam an die besten Zeiten heran. Somit standen die drei Gewinner der Medaillen fest, doch die Auszeichnungen gab es erst am Abend.

Nachdem Martin die Startnummern wieder eingesammelt hatte, ging es weiter zur Fotografin. Sie wartete schon und Martin ließ die Gruppe Aufstellung in Ski-Heil-Formation nehmen, das hatten sie nämlich schon geübt. Das Problem war nur, dass sie alle noch etwas wackelig dastanden auf einem Ski. Die Gruppe wankte, aber sie fiel nicht. Mit Martin in der Mitte, umrahmt von seiner ersten richtigen Skikursgruppe, wurde es ein nettes Foto. Alle aus der Gruppe kauften am Ende des Tages das Erinnerungsstück, nur Wilhelm zögerte zunächst, weil auf dem Bild die Folgen seines Sturzes noch etwas zu sehen waren. Etwas Schnee klebte auf seinem Skianzug und das war für ihn der Beweis für seine Niederlage. Seine Frau Anne überzeugte ihn aber, dass das eher ein Indiz für seinen heroischen Einsatz war.

Martin hatte seinen Leuten versprochen, dass sie an diesem Tag noch die Buchensteinwand erklimmen würden. Er war selbst aufgeregt, ob das klappen würde, ließ sich aber nichts anmerken. Nach dem Mittagessen stellten sie sich beim Sessellift an und fuhren gemeinsam hoch. Das Panorama war großartig. Links die verschneiten Hänge und Felsen der Loferer und Leoganger Steinberge, die von der Sonne perfekt ausgeleuchtet wurden. Rechts öffnete sich das Tal für einen kurzen Moment, eingerahmt von sanften, bewaldeten Hügeln. Unter ihnen die für Skianfänger beeindruckende Dreierabfahrt mit dem Steilhang und der halsähnlichen Schrägfahrt. Hier hörte sogar Wilhelm auf zu reden und staunte. Vermutlich fragte er sich, wann er so weit sein würde, um hier über diese Piste zu fahren.

Als sie oben knapp unter dem Gipfelkreuz Aufstellung genommen hatten, wurde die Aussicht fast schon schmalzig unrealistisch. Ein Bild, wie aus dem Werbeprospekt. Unter dem blitzblauen Himmel erstreckte sich eine Welt ganz in weiß. Ganz nah im Norden türmten sich die Felsen des Wilden Kaisers auf, weiter weg im Südosten konnte man sogar noch die Hohen Tauern erkennen mitsamt dem Großglockner, dem höchsten Berg Österreichs.

Alle aus der Gruppe waren still. Niemand von ihnen war im Winter jemals auf einem Berg oben gewesen. Martin musste sie regelrecht wachrütteln, damit sie wieder in die Gänge kamen. Um zur blauen Abfahrt zu gelangen, folgten sie zunächst einem flachen, aber sehr langen Ziehweg. Sie fuhren praktisch den gesamten Grat der Buchensteinwand entlang bis zur Rückseite. Dort tat sich schließlich eine breitere Piste auf. Sie schlängelten sich in Reih und Glied mit Stemmbögen über den Hang nach unten, bis zu dem Punkt, vor dem Martin etwas Spundus hatte. Der Hang wurde nämlich steiler und zumindest für ein paar hundert Meter zu einer roten Piste. Einen Teil des Steilhanges konnte man umfahren, aber eben nicht zur Gänze. Martin sprach auf seine Schützlinge ein wie auf ein nervöses Pferd, das kurz vor dem Durchgehen war. Es war nicht nur die ängstliche Anne, die jetzt besorgte Blicke nach unten warf. Auch Trude war offensichtlich mulmig zumute und Wilhelm sah jetzt ebenfalls etwas bleicher aus wie sonst. Ausgerechnet Wilhelm, denn Martin hatte auf ihn und seine Motivationskünste gehofft. Sie standen nun in der Mitte des Steilhanges und mussten sich entscheiden, wie es weitergehen sollte.

»Ihr braucht euch nicht zu fürchten«, flunkerte Martin, »es kann euch überhaupt nichts passieren.«

»Bist du dir da sicher?«, fragte Anne kleinlaut.

»Aber ja. Es kann nichts passieren, wenn ihr mit dem Schwerpunkt vorn bleibt, dann habt ihr die Skier unter Kontrolle!«

Zumindest das stimmte ja. Trotzdem konnte Martin die beiden Frauen nicht überzeugen. Sie wollten lieber die Skier abschnallen und den restlichen Steilhang zu Fuß bewältigen.

Das taten sie auch, was in Wahrheit aber viel gefährlicher war. Die schweren und klobigen Skischuhe waren ja schließlich nicht zum Wandern gedacht, und wenn nun eine von ihnen ausrutschen sollte, dann würde sie den ganzen Steilhang runterrutschen und hätte keine Chance, sich einzubremsen. Martin schulterte die beiden Paar Skier und sah den beiden Frauen zu, wie sie seitlich Schritt für Schritt nach unten stapften. Mit den Stöcken stützen sie sich ab.

Martin fuhr inzwischen mit der Gruppe vorsichtig in den Steilhang ein und zu seiner großen Erleichterung schafften alle die erste Kurve, auch wenn es beim dicken Dieter etwas brenzlig war. Er riss sich im letzten Moment aber noch zusammen und schaffte es wieder in eine stabile Position. Kurve um Kurve tasteten sie sich den Hang hinab, bis sie schließlich alle heil und verschwitzt das Ende der steilen Stufe überwunden hatten. Martin sah ihnen an, dass sie stolz auf ihre Leistung waren. Er spürte auch Zufriedenheit, wollte diesem Gefühl aber noch nicht zu viel Raum geben. Erst mussten sich Anne und Trude auch wieder bei der Gruppe eingefunden haben. Während die beiden Frauen weiter nach unten tapsten, hörte man von oben eine laute, dominante Stimme.

»Tut's weiter, ihr Arschlöcher. Das ist doch kein Parallelschwung. Weiter geht's, ihr Hosenscheißer!«

Skilehrer Sigi zog mit seiner Gruppe an Martin und den seinen mit ein paar flotten Schwüngen vorbei. Wie üblich beschimpfte er seine Leute während der Fahrt, was die aber nur anzuspornen schien.

»Lassen die sich das so gefallen«, fragte Bettina und wusste nicht recht, ob sie schmunzeln oder eher fassungslos sein sollte. Martin grinste.

»Ja, das ist der Sigi. Der schimpft immer so mit seiner Gruppe und sie lieben ihn dafür.«

»Wirklich?«

»Ja, wirklich!«

»Wieso schimpfst du dann nie so mit uns?«, wollte ausgerechnet der Ehrgeizling Wilhelm wissen.

»Ihr habt mir noch keinen Grund zum Schimpfen gegeben.« Martin klimperte dabei mit seinen Wimpern und alle lachten.

Die angespannte Stimmung hatte sich wieder gelöst, vor allem auch, weil Anne und Trude es endlich geschafft hatten. Martin stellte ihnen die Skier wieder parat und half ihnen, damit sie so schräg am Hang wieder in die Bindung kamen. Die restliche Abfahrt war schließlich kein großes Problem mehr.

Über einen weiteren Skiweg und einen mittelschweren Hang, den aber diesmal alle mit ihren Skiern bewältigten, folgte nur mehr der lange Auslauf bis zurück zur Liftstation. Unten angekommen stimmte Dieter an:

»Auf unseren Skilehrer Martin ein dreifaches hipp hipp!«

»Hurra!«, schrien alle im Chor.

»Hipp hipp!«

»Hurra!«

»Hipp hipp!«

»Hurra!«

Martin lächelte und freute sich mit seinen Kursleuten, was sie geschafft hatten. Aus dem Augenwinkel sah er, wie Niki die Situation aus ihrem Kabäuschen heraus beobachtete. Als er kurz hinsah, winkte sie ihm fröhlich zu. Martin verabschiedete sich von seiner Truppe, man würde sich am Abend ja im Wildschütz zur Abschlussfeier wiedersehen. Er schob sich rüber zu Niki und bekam diesmal aber kein typisches Niki-Hallo entgegen geschmettert, sie war offensichtlich zu aufgeregt.

»Sag mal, die Große mit den braunen Haaren wäre doch was für dich.« Sie meinte die brünette Bettina. »Du triffst sie sicher heute am Abend im Wildschütz, oder?«

»Wenn sie zur Abschlussfeier kommt, dann ja!«

»Super. Ich komm auch, und dann werd ich euch verkuppeln!«

»Wenn du meinst.«

Martin schauspielerte vor, von dieser Idee etwas genervt zu sein. Tatsächlich war er gar nicht so abgeneigt, verkuppelt zu werden.

»Oh ja. Das machen wir«, ignorierte sie enthusiastisch seinen vorgegaukelten Unwillen.

Endlich daheim, zwang sich Martin dazu, sich nicht auf die Couch zu legen. Er wollte zumindest seine vermeintlichen Stammkunden durchtelefonieren. Allerdings hätte er sich das auch sparen können, an einem Freitagnachmittag in den Weihnachtsferien. Es gab wohl bessere Zeiten, um der Kundschaft auf die Nerven zu gehen. Entweder erreichte Martin niemanden, oder die Leute waren kurz angebunden. Martin spürte allerdings den imaginären Druck von Bernd Prechtl, der sich über den penibelst gestutzten Bart streichen würde und ihn freundlich, aber etwas unzufrieden, anstarren würde, wenn er für die nächste Ausgabe der Rundschau keine Inserate brachte. Langsam dämmerte ihm allerdings auch, dass es nach Weihnachten ein Loch gab. Die Werbeetats für Weihnachten waren ausgeschöpft, und nach den Feiertagen wollte einfach kaum jemand Geld für Werbung ausgeben.

Schließlich gab er das Herumtelefonieren auf und machte lieber doch noch ein Nickerchen vor einem langen und hoffentlich aufregenden Abend.

Martin hatte sich für seine Verhältnisse ziemlich herausgeputzt. Sonst trug er meistens nur Shirts, diesmal zog er sich sogar ein Hemd an. Das blaue Hemd unterstrich noch einmal seine Augenfarbe, zumindest wenn es hell war. Wie es im dämmrigen Discolicht wirken würde, galt es noch herauszufinden. Wenigstens bei Niki kam das Hemd gut an.

»Wow, schau dir den feschen Kerl an. In deinen wasserblauen Augen kann man ja versinken.«

Martin lächelte etwas verschämt, aber das Hemd schien seine Aufgabe zu erfüllen, wobei der echte Test ja erst noch bevorstand. Tröpfchenweise kamen seine Leute ins Lokal herein. Sie hatten zwei reservierte Tische seitlich neben der Tanzbühne. Niki saß noch immer neben Martin, als Anne und Wilhelm eintrafen.

»Hallo mein Junge, ist das da deine Freundin? Hast du noch alle Meter am Maßband, das ist ja ein süßer Käfer.«

Ein böser Blick von Anne. Niki lachte etwas irritiert und schüttelte den Kopf.

»Nein, nein. Wir sind befreundet, aber wir sind kein Paar!« Sie sagte es extra laut genug, dass es auch die brünette Bettina hören konnte, die hinter Wilhelm und Anne stand.

Auch bei Bettina kam er wohl mit seinem Outfit an diesem Abend gut an. Zumindest setzte sie sich neben Martin auf die Bank und lächelte ihn irgendwie hoffnungsvoll an. Wie immer, wenn er neben einer schönen Frau saß, war er zunächst eher wortkarg. Er bekam von rechts einen Ellbogen in die Seite gestoßen.

»Jetzt quatsch endlich mit ihr!«, zischte Niki halblaut, was durch das Stimmengewirr und der scheppernden Nummer Smoke On The Water sonst niemand hörte.

»Worüber denn?«

»Mach ihr ein Kompliment, wie hübsch sie aussieht.«

»Das kann ich nicht.«

»Mensch, dann rede mit ihr über den Skikurs.«

Martin drehte den Kopf leicht nach links.

»Und? Wie hat dir der Skikurs gefallen?«, fragte er etwas zögerlich.

»Super. Du bist ein toller Skilehrer. Dass wir heute noch von der Buchensteinwand runtergefahren sind, war schon der Bringer.«

»Ihr seid auch eine tolle Truppe gewesen!«

»Ja, es war eine voll schöne Woche.«

Martin nickte mit dem Kopf und nahm einen Schluck aus seinem Bierglas, um Zeit zu schinden, denn er wusste schon wieder nicht mehr weiter. Umso besser hatten ja seine ersten Gespräche mit Niki funktioniert, sie redete für zwei und er musste nicht viel sagen. Zum Glück übertönte gerade Jürgen Drews mit seinem *Bett im Kornfeld* die Pause zwischen ihnen, die sonst noch etwas peinlicher geworden wäre. Martin hatte gerade eine Idee, wie er das Gespräch wieder in Gang bringen konnte, da überreichte ihm Wilhelm ein Kuvert.

»Hier mein Junge, wir haben für dich gesammelt. Ein kleines Dankeschön, weil du uns so gut betreut hast.«

»Oh, vielen Dank. Das wäre aber nicht nötig gewesen«, antwortete Martin verlegen.

»Doch, das war es schon!« Und wie auf Kommando hoben alle seine Schützlinge ihre Gläser und prosteten ihm zu. »Auf Martin, unseren Lehrer, der uns das Skifahren beigebracht hat! Prost!«

Und kaum hatten sie alle angestoßen, da meldete sich Graserl über die Lautsprecher. Er bedankte sich bei allen, dass sie die Skischule Nuarach besucht hatten und führte auch durch die Siegerehrung. Als die Gruppe von Skilehrer Sigi an der Reihe war, rief einer von ihnen:

»Hier kommen die Depperten!«, und alle in der Gruppe johlten lachend auf.

Bei Martins Gruppe ging es etwas gesitteter zu. Er überreichte allen ihre Urkunden mit ihrer Laufzeit und mit ihrer Platzierung. Die ersten drei mussten sich auf das Holzstockerl stellen und durften ihre Medaillen in Empfang nehmen. Sie waren aus Metall und entsprechend eingefärbt in den Farben Bronze, Silber und Gold. Der dicke Dieter jubelte über seine Bronzene, als hätte er einen seiner Dämonen besiegt. Mit Tränen in den Augen ließ er Martins Hand beim Schütteln gar nicht mehr los. Der Sieger Frank blieb dagegen cooler und setzte nur ein smartes Siegerlächeln auf.

Nach jeder Siegerehrung legte Graserl Queen auf und drehte beim Refrain mit den *Champions* besonders laut auf. Martin musste noch mit seinen Medaillengewinnern draußen auf der Tanzfläche stehen und beobachtete aus dem Augenwinkel, wie Joe mit Bettina schwatzte. Sie lachte. Joe sah zu ihm herüber und grinste. Wie gerne hätte Martin ihm jetzt dieses hämische Grinsen aus dem Gesicht geschraubt. Der Zorn loderte in ihm wie Sodbrennen. Trotzdem ging er mit den anderen zurück zum Tisch und wartete, ob Bettina noch einmal auftauchen würde. Zu seiner Überraschung tat sie das auch wieder und sogar relativ bald.

»Jetzt gibt es lustige Spiele, hat mir der Joe gerade gesagt.«

»Hmmm. Ja. Stimmt.« Wobei Martin bis zu diesem Zeitpunkt noch gar nicht wusste, welche Spiele das sein würden.

Zehn Leute seiner Gruppe, inklusive Martin, mussten sich zunächst in einer Reihe aufstellen. Sie sollten einen

Plastikbecher voller Wasser von Mund zu Mund weiterreichen. Wer den Becher fallen ließ oder seine Hände benutzte, hatte verloren. Wer es bis zum Schluss schaffte, bekam eine Runde Tequila. Das Team mit der besten Zeit, bekam sogar zwei Runden. Martin stand fast am Ende der Reihe zwischen Dieter und Bettina. Von Bettina würde er den Becher bekommen und an Dieter musste er ihn weiterreichen. Martin sah seinen Leuten zu, wie sie den Becher mit den Zähnen von Mund zu Mund weiterjonglierten. Der Becherrand war auf einer Seite voll mit Trudes Lippenstift. Ausgerechnet diese Seite reichte Bettina ihm hin. Martin schüttelte es kurz vor Ekel, was aber nicht weiter auffiel. Um den Lippenstiftrand zu umgehen, nahm er den Becher etwas mehr von der Seite. Seine Lippen berührten einen kurzen Augenblick Bettinas Lippen.

Vor Schreck hätte er den Becher beinahe fallen lassen. Er konnte ihn mit einem festen Biss der oberen Schneidezähne gerade noch vor dem Absturz retten. Dieter war der Lippenstiftrand hingegen egal. Er grub seine Zähne in den schon etwas zerkauten und rot beschmierten Becherrand und stellte den Plastikbecher wie gefordert auf dem Tresen ab. Es war der erste Tequila an diesem Abend, den Martin bekam. Beim Trinken beobachtete er Bettina. Sie schien ihm dieses Becherbussi nicht weiter krumm zu nehmen.

Es folgte das Nagelspiel. Das Spiel war simpel und schwierig zugleich. Man musste lediglich einen Nagel in einen Holzblock klopfen, allerdings mit der spitzen Seite eines Hammers. Wer die wenigsten Schläge benötigte, dessen Gruppe bekam eine weitere Runde des mexikanischen Agavenbrands. Als Bettina an die Reihe kam, landete sie einen Glückstreffer. Mit einem Hieb versenkte sie den Nagel beinahe zur Gänze.

»Bettina nagelt halt gut!«, raunte Joe ins Mikrofon, der die Spieleshow moderierte. Er bekam für den flachen Witz mehr Lacher als sich Martin gedacht und gewünscht hatte. In einem Zug trank er sein Bier aus. Nachdem Bettina schließlich die Einzige war, die nur zwei Schläge zum Versenken des Nagels gebraucht hatte, bekamen sie alle die zweite Runde Tequila.

Beim nächsten Spiel tauchten die Plastikbecher mit Wasser wieder auf. Ein Mitglied aus jeder Gruppe durfte mit dem Wasser ein Lied vorgurgeln und die anderen mussten es erraten. Das war ein Spiel wie gemacht für den ehrgeizigen Wilhelm und seine nun ebenfalls ganz und gar nicht mehr ängstliche Anne. Wilhelm gurgelte einen deutschen Schlager nach dem anderen vor, den Anne sofort nach ein paar Gurgeltakten erkannte. Acht vorgegurgelte Lieder in einer Minute schaffte kein anderes Team. Und so gurgelten sie wieder mit Schnaps.

Es folgten noch drei Spiele und zwei Mal trugen Martins Schützlinge den Sieg davon, Siegprämie inklusive. Dementsprechend locker war die Stimmung im Team Martin vor dem letzten Wettkampf.

Martin war sogar so mutig geworden, dass er vorsichtig mit Bettina schäkern konnte. Zwischendurch suchte er vergeblich sein Bier, das ihm Niki heimlich versteckt hatte. Er bestellte sich noch ein Bier und merkte selbst, dass seine Zunge sich beim Formen von Worten etwas schwerer tat als sonst.

Inzwischen wurde die finale Spielrunde von Joe angekündigt. In der Mitte der Tanzfläche wurde ein Bottich mit Wasser aufgestellt. Darin schwamm ein roter Apfel. Wer den Apfel am schnellsten mit dem Mund herausgefischt hatte, bekam die ultimative Belohnung, ein sogenanntes U-Boot. Ein U-Boot bestand aus einem großen

Bier, in dem ein Stamperl Schnaps versenkt wurde, das U-Boot eben.

Martin war zwar schon betrunken und in einem Zustand, in dem etwaige Schamgefühle vom Alkohol schlafen gelegt wurden, trotzdem wollte er bei dem Spiel nicht mitmachen. Er hatte beobachtet, wie nass sich die Leute vor ihm bei dem Versuch gemacht hatten, den Apfel aus dem Bottich zu fischen. Auch Bettina war ordentlich nass geworden. Weshalb Joe einen Wett-T-Shirt-Contest ausrief und dafür vor allem von den angetrunkenen Männern grölend Beifall bekam. Bettina, die auch schon längst nicht mehr nüchtern war, winkte der Menge zu und verneigte sich. Martin fragte Graserl nach einem Geschirrtuch, damit sich Bettina abtrocknen konnte.

»Du bist so ein süßer Kerl!«, lispelte sie.

»Äh, danke. Und du bist auch total süß!«, sprudelte es aus Martin irgendwie hervor. Die Hemmungen waren weg. Bettina kicherte ein wenig und sah ihn verträumt an.

»Du bist ein richtiger Märchenprinz, weißt du das?«

»Dann bist du meine Prinzessin.«

Unterbrochen wurde ihr Geturtel, weil ihnen Graserl ein Dutzend U-Boote auf den Tisch knallte. Der dicke Dieter hatte mit dem Apfel im Bottich kurzen Prozess gemacht. Ohne Rücksicht auf Verluste war er mit dem ganzen Kopf in den Bottich eingetaucht und hatte so den Apfel gegen den Boden gedrückt. Dann hatte er mit seinem gewaltigen Mundwerk kein Problem mehr, den Apfel zu fassen. Er hatte das Stück Obst nach nur zwei Sekunden herausgefischt. Das schaffte sonst niemand. Der dicke Dieter war bis zu den Schultern pitschnass, was ihn aber nicht weiter zu stören schien. In drei Zügen kippte er das U-Boot runter und stieß einen lauten

Jauchzer aus. Enthemmt riss er sich das völlig durchnässte Shirt vom massigen Oberkörper und drückte Martin fest an sich. Martin hatte keine Chance zu entkommen, dieser Mann schien selbst im Suff noch Bärenkräfte zu haben.

Während Martin in einer Art Schwitzkasten steckte, wanzte sich Joe an Bettina heran. Er packte sämtlichen Charme, den er besaß, in dieses eine Lächeln und strich Bettina mit der Hand eine brünette Haarsträhne aus dem Gesicht. Sie ließ es geschehen, und noch schockierender für Martin: Sie machte keine Anstalten, sich loszureißen. Stattdessen ging sie mit Joe auf die Tanzfläche und schmiegte sich ganz eng an seinen Erzfeind. Ja, er betrachtete Joe spätestens jetzt als seinen Feind. Sein Magen rebellierte wegen der Unmengen an Schnaps und Bier und dazu wurde ihm schlecht, wenn er Bettina da draußen mit Joe tanzen sah.

»Warum tut sie das?«, fragte Niki, die sich mit einem bunten Obstcocktail neben ihn setzte.

»Keine Ahnung!«, lallte Martin mürrisch in ihre Richtung.

»Aber ihr habt euch doch vorhin noch super unterhalten!«

»Keine Ahnung!«, sagte er wieder und schluckte seinen Kummer mit dem U-Boot hinunter.

»Komm, ich glaub du hast heute genug getrunken!«, sagte sie und nahm ihn in den Arm. Nicht nur, weil er ihr leidtat. Sie wollte auch verhindern, dass er sah, dass Joe auf der Tanzfläche gerade mit Bettina knutschte.

Die beiden waren innig umschlungen, während Martin nun von Niki beinahe erdrückt wurde. Entweder war auch sie unglaublich stark, oder er hatte einfach keine Kraft mehr, um sich zu wehren. Wobei er diese Umarmung deutlich angenehmer empfand, als vorhin jene von Dieter. Sie duftete auch wesentlich besser nach einem sanften Parfüm und nicht nach Achselschweiß. Trotzdem war es dann irgendwann auch wieder genug, dachte er.

»Danke, du kannst mich langsam wieder loslassen!«, brabbelte er.

»Ist es unangenehm?«

»Nein.«

»Dann sei still und lass dich knuddeln.«

»Ok.«

Er ergab sich seinem Schicksal und sah somit nicht, dass Bettina und Joe Hand in Hand den Wildschütz verließen. Aber Niki hatte es gesehen, schüttelte ihren Kopf und gab Martin schließlich aus ihrer Umklammerung frei. Martin war ganz rot im Gesicht und suchte mit den Augen die Disco ab. Bettina war nicht mehr zu sehen.

»Wo ist sie hin?«, fragte Martin. Niki seufzte.

»Sie ist vorhin gegangen.«

»Was? Warum hast du nichts gesagt? Ich wollte doch noch mit ihr reden.«

»Das hätte nichts mehr gebracht, Martin. Sie ist mit Joe rausgegangen.« Konsterniert schaute Martin ins Leere, die Feierstimmung rundherum verschwamm zu einer wabernden Geräuschkulisse. »Martin. Martin. Martin!« Niki schüttelte ihn an den Schultern. »Schau, es ist scheiße. Aber wenn sie so etwas macht, dann war sie es auch nicht wert. Wenn sie sich gleich von so einem Typen wie Joe abschlecken lässt, dann hast du nichts versäumt.«

»Ich geh jetzt heim«, brummte er trotzig.

Als er bei der Tür draußen war, verharrte er für einen Moment und sog die kalte Winterluft ein. Sie machte ihn wieder etwas nüchterner. Vom Parkplatz hörte er Stimmen. Es klang nach Joe und Bettina. Martin ging wie ferngesteuert ein paar Schritte in Richtung Parkplatz, damit er das Gespräch belauschen konnte.

»Ach mach schon. Komm mit zu mir nach Hause.«

»Das geht nicht. Meine Eltern warten im Hotel auf mich.«

»Ich kann dich doch später zum Hotel fahren.«

»Nein. Es geht nicht.«

»Ach komm.«

»Nein, ich will nicht.«

Martin rang mit sich, ob er eingreifen sollte oder nicht. Schließlich hatte sie sich ja selbst in diese Situation gebracht. Ein recht weinerliches »Nein« brachte ihn dazu, sich aus der Deckung zu wagen.

»Hey Joe. Lass sie in Ruhe!«

»Was mischt du dich denn da ein? Dich will sie nicht. Schleich dich, Milchbubi!«

»Mir egal, ob sie mich will oder nicht. Sie will jedenfalls auch nicht mit dir mit. Also lass sie.«

»Soll ich dir eine runterhauen?«

Früher hätte wohl allein die Drohung gereicht und Martin wäre dem Streit aus dem Weg gegangen, aber nicht heute.

»Versuchs.«

Die betrunkene Bettina klammerte sich jetzt an Martin.

»Bitte, bring mich heim!«

Joe riss wütend die Autotür auf und sprang in seinen Beetle. Er knallte die Tür zu und fuhr viel zu schnell los. Auf dem schneebedeckten Parkplatz drehten seine Räder durch und schleuderten rußverschmierte Schneestücke in alle Richtungen. Dabei schrie er noch »Arschloch« und »Schlampe«, was die beiden draußen nur dumpf hören konnten, aber sie konnten es hören. Als Joes Rücklichter um die Kurve bogen und der Wagen nicht mehr zu sehen war, setzten sich Martin und Bettina in Bewegung. Sie wohnte im Bräuwirt, der zu Fuß etwa zehn Minuten entfernt war. Erst gingen sie schweigend nebeneinander her.

»Es tut mir leid!«, sagte sie unvermittelt und unterdrückte dabei einen Schluchzer.

»Schon gut. Ist halt so. Verstehen tu ich es aber nicht.«

»Er war schon den ganzen Abend so lieb zu mir. Dann hat er mir noch gesagt, dass ich das schönste Mädchen in der Disco bin.«

»Aha. Und warum sagst du dann zu mir, ich wäre ein Märchenprinz.«

»Weil du einer bist. Aber … ich weiß auch nicht. Ich war blöd.«

»Hmmm. Wenn du meinst.«

»Kannst du mir verzeihen?«

Martin schwieg zunächst und brummte dann ein »Ja«. Sie gab ihm im Gehen einen wackeligen Kuss auf die Wange.

»Willst du mit rauf kommen? Ich hab ein eigenes Zimmer!«

»Was willst du denn machen?«

»Kuscheln und dann gucken, was passiert.«

Sie standen mittlerweile vor dem Hotel, das schon ziemlich im Dunkeln lag. Neben der Außenbeleuchtung schienen nur ein paar Lichter im Stiegenhaus zu brennen. Bettina hatte sich zu ihm umgedreht und blickte ihn treuherzig an. Wieder musste Martin mit sich und seinem Gewissen kämpfen.

»Danke, das ist lieb von dir. Aber ich glaube, wir haben zu viel getrunken und wir sollten besser schlafen gehen.«

Martin war selbst überrascht, als er sich das sagen hörte. Bettina blickte enttäuscht auf den Boden.

»Vielleicht hast du recht«, erwiderte sie nachdenklich. »Danke, dass du mich gerettet hast. Du bist und bleibst mein Märchenprinz!«

Sie drückte seine Hand, gab ihm noch einen Schmatzer auf die Wange und ging die kleine Treppe zum Hoteleingang hinauf. Er winkte und rief ihr noch ein »Ciao« nach.

Als sie im Hotel war, machte er sich auf den Weg nach Hause. Zunächst fragte er sich noch, ob er sich falsch entschieden hatte. Kurz überlegte er, ob er nicht umkehren sollte. Doch er hätte sowieso nicht gewusst, wie er Bettina finden sollte. Er konnte schlecht an jedes einzelne Hotelzimmer klopfen. Bald kamen aber ohnehin andere Gefühle zum Vorschein. Er war irgendwie zufrieden und kam sich erhaben vor. Er würde zwar wieder allein schlafen, aber Joe würde das heute auch tun. Es fühlte sich gerade richtig gut an, dass er sich gegen Joe behauptet hatte und dass er Bettina helfen konnte.

In diesem Augenblick fing es an zu schneien. Es kam neuer Schnee, der die Spuren dieses Tages verschwinden ließ.

Schneemänner und Schneefrauen

In den nächsten beiden Wochen erlebte Martin eine Reihe von Premieren. Er war das erste Mal mit einer Frau allein im Kino, er musste sich erstmals um eine Kindergruppe kümmern und er durfte seine erste Fortgeschrittenengruppe betreuen. Und das gleich in der letzten Woche der Weihnachtsferien.

Blaue Pisten waren für diese Gruppe schon längst kein Problem mehr. Es galt die roten und vor allem die schwarzen Pisten zu erobern. Zehn Frauen und Männer hatte er diesmal unter seiner Obhut, darunter den lustigen Leo, der von Anfang an blöde Witze riss, die toughe Tina und die grelle Gitta. Gitta hatte den Zusatz grell bekommen, weil sie einen neongelben Skianzug trug. Ob sie tatsächlich im Leben ein greller Typ war, konnte Martin nach ein paar Minuten freilich noch nicht wissen. Zumindest waren das seine Eselsbrücken, mit denen er sich die ersten paar Namen einprägte.

Dazu kam noch eine junge Frau, deren Namen er sich aber nicht auf Anhieb merken konnte. Martin schätzte sie auf siebzehn oder vielleicht achtzehn. Sie hatte jedenfalls ursprünglich blonde Haare, die schwarz gefärbt waren. Die Haare hatte sie zu einem Pferdeschwanz zusammengebunden, weshalb man den blonden Haaransatz gut erkennen konnte. Sie war aber kein Gothic-Girl, sondern normal geschminkt. Offensichtlich mochte sie nur ihre blonden Haare nicht, wie Martin mutmaßte. Er nutzte gleich die Gelegenheit, um mit ihr den Hochleitenlift hochzufahren.

»Tschuldigung. Du musst mir noch einmal deinen Namen verraten. Ich hab ihn mir auf die Schnelle nicht merken können.«

»Franziska.«

»Ah, wie die Schwimmerin.«

»Wie wer?«

»Franziska Van Almsick, eine deutsche Schwimmerin. Eigentlich recht berühmt.«

»Mag sein, aber ich interessiere mich nicht für Sport.«

»Aber du magst Skifahren.«

»Ja, selbst Sport machen ist was anderes.«

»Wie lange fährst du schon?«

»Zwei Jahre. Das ist jetzt mein dritter Skikurs.«

»Und warst du immer hier am Pillersee?«

»Neee, wir waren einmal irgendwo in Kärnten. Das war meinen Eltern dann aber zu weit weg. Also sind wir hier in Tirol gelandet und geblieben.«

»Und wie gefällt es dir hier?«

»Ich finde es superschön, aber auch ein bisschen langweilig. Hier ist nicht so viel los.«

»Naja, es ist bei uns etwas ruhiger. Wenn du Rummel willst, dann musst du halt nach Kitzbühel fahren.«

»Da komme ich allein nicht hin, und meinen Eltern gefällt es ja, dass es hier so ruhig ist. Aber sag mal, letzten Winter warst du noch nicht Skilehrer, oder? Dich habe ich letztes Jahr nicht gesehen.«

»Nein, das stimmt. Letztes Jahr war ich um diese Zeit noch in der Schule. Bin heuer das erste Mal Skilehrer.«

»Dachte ich es mir doch. An dich könnte ich mich erinnern.« Martin kam nicht mehr dazu nachzufragen, warum sie das glaubte, denn sie waren oben angelangt.

Zum Einfahren schickte Martin seine Gruppe nach hinten zur blauen Piste. Er versammelte alle an der Stelle, an der seine erste Skischülerin Silke vor Weihnachten ihren Nervenzusammenbruch gehabt hatte. Hier war niemand am Heulen. Die toughe Tina ließ gleich einmal die

Bemerkung fallen, dass das hier ja nur eine blaue Piste war und keine rote oder gar schwarze.

»Eins nach dem anderen«, versuchte Martin zu beruhigen, »ich will mir zuerst einmal anschauen, wie gut ihr Fahren könnt.«

»Du lässt also einen fahren!«, mischte sich der lustige Leo ein. Definitiv nicht sein bester Witz, trotzdem kicherten einige aus der Gruppe.

Die toughe Tina zeigte gleich einmal ein paar ansehnliche Parallelschwünge. Der lustige Leo und ein paar andere waren noch auf dem Stemmschwung-Niveau. Franziska wiederrum fuhr ebenfalls schon parallel und das gar nicht einmal so übel. Seine Aufgabe war nun, alle auf ein ähnliches Level zu bringen. Er baute gleich die ersten Übungen ein, um allen den Parallelschwung beizubringen.

»Du bist ja ein strenger Lehrer«, monierte der lustige Leo mit einem Lachen, nachdem ihm Martin sein Feedback gegeben hatte.

Doch Martin wusste, er musste streng sein und schnell vorankommen, denn er spürte die Ungeduld der toughen Tina. Bei ihr hatte er auch noch ein paar Kleinigkeiten auszusetzen, etwa dass sie beim Entlasten zu wenig auf die Zehenspitzen ging. Tina war von der Sorte Ehrgeizling, der etwas sofort in die Tat umsetzte. Bei den nächsten Schwüngen musste sich Martin schon überlegen, was er an ihrer Fahrweise noch aussetzen konnte. Nur um sie in dem Glauben zu lassen, dass auch sie noch etwas dazulernen musste, ehe es auf steileren Pisten weitergehen konnte. Franziska schien von seinem Blick und seiner Fachkenntnis beeindruckt zu sein. Sie meinte, so genau wäre noch nie zuvor einer ihrer Skilehrer gewesen.

Martin nahm das als Kompliment und sie trainierten den ganzen Vormittag weiter. Hin und wieder fuhren sie auch schon über die vordere rote Piste, sehr zur Freude von Tina. Bei den Liftfahrten musste er mit allen Kursleuten abwechseln, und so kam er erst kurz vor Mittag wieder zu einer weiteren gemeinsamen Fahrt mit Franziska.

»Bitte sag Franzi zu mir«, bat sie ihn, gleich nachdem ihnen der Liftwart den Bügel unter den Hintern geschoben hatte. »Du sagst immer Franziska, aber das klingt nach einer uralten Frau.«

»Find ich gar nicht, aber dann sag ich Franzi, wenn dir das besser taugt.«

»Ja, bitte!«

»Wie gefällt es dir sonst bisher?«

»Super, du bist ein toller Lehrer. Viel besser als der Sigi voriges Jahr.«

»Ah, du warst beim Sigi«, grinste Martin.

»Ja, wir waren Deppen, Trotteln und Dillos«, lachte sie. »Was sind eigentlich Dillos?«

»So was wie Dumme.«

»Ah, danke. Jetzt hab ich diese Wissenslücke auch geschlossen.«

»Vielleicht sollten wir Sigis Leuten mal ein Schimpfwörter-Lexikon mitgeben, damit sie überhaupt wissen, als was sie beschimpft werden.« Sie lachte herzhaft, was Martin sehr gut tat. »Na, immerhin kann ich dich auch zum Lachen bringen und nicht nur der lustige Leo.«

»Hihi. Der lustige Leo?«

»Oh … äh ja, ich gebe manchen Leuten Beinamen, damit ich mir leichter merken kann, wie sie heißen!«

»Das ist ja witzig. Aber Leo ist gar nicht so lustig, also passt der Beiname nicht wirklich.«

»Jetzt kann ich den Namen auch nicht mehr ändern. Ist schon im Hirn abgespeichert.«

Franzi lächelte mild.

»Und welches Attribut hast du mir gegeben?«

»Die Nichtschwimmerin.«

»Boah, das ist aber frech. Ich kann schon schwimmen, sehr gut sogar.«

Martin gefiel es, dass sie sich über den neckischen Scherz so echauffierte. Inzwischen waren sie schon wieder oben angelangt und hätten sich aber eigentlich noch viel zu erzählen gehabt.

Noch vor der Mittagspause verkündete Martin der Gruppe dann, dass sie am Nachmittag auf die Buchensteinwand hochfahren würden. Ausgiebiger Jubel, vor allem bei Tina. Martin spürte am Blick von Franzi, dass sie wohl darüber nachdachte, welchen Spitznamen er Tina gegeben hatte.

Auf dem Weg zum Skistall kreuzten sich die Wege mit Joe, der vor seiner Snowboarder-Gruppe mit ein paar knackigen Sprüchen angab. Martin war es nur recht, er brauchte keine weitere Auseinandersetzung mit dem Möchtegern-Frauenhelden. Für Niki nahm er sich dann ein paar Minuten Zeit zum Plaudern, weil bei ihr gerade niemand anstand. Auf das typische »H-a-a-l-l-o-o« folgte gleich die neugierige Frage, wie es ihm denn ging. Und sie wollte es wirklich wissen, nach der Affäre rund um Bettina. Martin erzählte ihr ausführlich, was noch passiert war. Allerdings leise, damit Joe es nicht mitbekam. Sie griff sich theatralisch mit den Händen an die Wangen.

»Und du bist nicht mit raufgegangen?«

»Nein. Hätte ich sollen?«

»Nein. Aber wohl jeder andere hätte das gemacht. Ich bin sehr stolz auf dich, Mister!«, betonte sie mit einem Fingerzeig in seine Richtung. »Also, nachdem du immer noch Single bist, hast du möglicherweise ja Zeit für deine alte Freundin Niki«, meinte sie und blinzelte ihn an.

»Klar doch. Wofür denn?«

»Ich würde mir so gern einen Film im Kino anschauen, aber mein Freund hat am Abend ja keine Zeit, und allein mag ich nicht gehen.«

»Ok. Können wir schon machen. Und welchen Film?«

»Die Hochzeit meines besten Freundes mit der Julia Roberts.« Martin grinste ein wenig, was Niki als Ablehnung interpretierte. »Ach, komm schon. Ich weiß, der ist ein bisschen schnulzig. Aber der ist sicher auch lustig. Ach komm!«, bettelte sie jetzt.

»Jaja. Ich hab doch nichts gesagt. Passt schon!« Wieder etwas überkandidelt atmete sie tief ein und schnaubte geräuschvoll beim Ausatmen. Sie verabredeten sich für den Samstag.

Auf dem Südhang oben auf der Buchensteinwand erlebten sie am Nachmittag viel Sonne, aber auch Schatten. Martin festigte seinen Ruf als penibler Trainer und bekam schon bald den Beinamen Schleifer von seinen Kursleuten verpasst. Der Schnee war in der Sonne sogar firnig und schmierte schön beim Drehen. Doch ausgerechnet als Martin den perfekten sportlichen Parallelschwung vorführen wollte, übersah er im Schatten eines Baumes eine Eisplatte. Normalerweise wäre das kein Problem und würde ihn nicht einmal groß aus der Balance bringen. Nachdem er sich aber gerade für diesen Schwung wie ein Motorradfahrer in die Kurve legte, rutschte ihm der Außenski weg und er fiel einfach seitlich um. Der Schnee spritzte, als er wieder in den firnigen Bereich in der Sonne schlitterte. Noch im Rutschen schnellte er wie ein Artist wieder hoch und fuhr normal weiter.

»Kleine Showeinlage, wie man es nicht macht!«, flachste Martin peinlich berührt.

Alle lachten und der lustige Leo konnte sich seinen Spruch nicht verkneifen.

»Normalerweise lässt sich ein Skilehrer doch nur von einem hübschen Mädel flachlegen, oder?«

»Oder von einer Eisplatte«, konstatierte die grelle Gitta.

Das Gelächter tat der Stimmung gut, dem Selbstwertgefühl von Martin etwas weniger. Doch zu seiner Verwunderung trug man ihm den Ausrutscher in der Gruppe nicht nach. Er wurde weiterhin respektiert, vielleicht sogar noch mehr als zuvor, weil der überirdische Skigott im roten Gewand auch seine menschliche Seite gezeigt hatte. Und Franzi schien jetzt ziemlich offen mit ihm zu flirten.

»So eine tolle Körperbeherrschung hätte ich auch gerne«, gluckste sie bei der nächsten gemeinsamen Liftfahrt, »aber kein Wunder bei deiner supersportlichen Figur!«

Martin versuchte den kleinen Anmachspruch zunächst zu ignorieren.

»Man muss nur mit den Kanten wieder Grip bekommen, dann kann man ganz schnell wieder aufstehen.«

»Das hat bei Dir aber schon super ausgesehen!«

»Das Hinfallen auch?«

»Der Sturz war etwas peinlich«, kicherte sie ihm dann doch fast ein wenig zu kindisch.

Martins ungewollte Einlage war leider auch sonst nicht verborgen geblieben. Zum Feierabend begrüßte ihn Manfred mit einem Grinser und den Worten:

»Wenn's dich als Skilehrer aufstellt, dann ist normalerweise eine Runde fällig.«

»Naja. Ich bin ja nur seitlich ein bisschen weggerutscht. Alles halb so wild«, wollte Martin beschwichtigen.

»Da hat der Joe aber was anderes erzählt.« Manfred grinste immer noch.

Martin seufzte, bevor er sich aus dem Büro trollte. Offenbar hatte es Joe schon überall herumerzählt, denn ausnahmslos alle Kolleginnen und Kollegen grinsten ihm mehr oder weniger dämlich ins Gesicht. Auf dem Weg zum Parkplatz hörte er noch, wie ihm Joe nachrief.

»Hey Milchbubi. Heut hast wenigstens ein Bussi gekriegt. Ein Bussi vom Schnee.«

Die nächsten Tage flutschten ohne Zwischenfälle dahin. Franzi schäkerte bei jeder Schleppliftfahrt mit ihm. Wenn sie gemeinsam zu viert im Sessellift saßen, dann hielt sie sich zurück. Martin schmeichelte zwar, wie sehr sich Franzi für ihn zu interessieren schien, doch irgendetwas ließ ihn selbst zurückhaltend bleiben. Er konnte es zunächst nicht benennen. Stutzig machte ihn dann aber eine Bemerkung, als sie sich über Fernsehserien unterhielten. Sie kannte weder *Knight Rider*, noch *MacGiver*, noch die *Fraggles*. Mit diesen Serien war Martin aufgewachsen, Franzi offensichtlich nicht.

»Wieso hast du dir das als Kind nicht angeschaut? Wir waren süchtig danach«, meinte Martin.

»Naja«, druckste sie herum, »kann sein, dass ich dafür zu jung bin.«

»Wieso? Du bist doch ungefähr gleich alt wie ich.«

»Nicht so ganz.«

»Wie alt bist du denn?«

»Also ich werde im Frühling vierzehn!«

Martin war im ersten Moment geschockt, doch jetzt konnte er die kleinen Anzeichen deuten. Sie sah zwar aus wie eine Erwachsene und schminkte sich auch bereits wie eine, doch sie war relativ klein und ihr Kichern war das eines Kindes. Und schließlich war sie ja auch noch immer ein Kind.

»Du bist erst dreizehn?«

»Ja, aber man sagt doch immer, man ist so alt wie man sich fühlt. Und ich fühle mich schon wie eine Frau.«

Martin hatte den Schock noch immer nicht ganz überwunden, lächelte aber jetzt milde.

»Ich glaub, das passiert noch ganz von allein, und da hast du noch Zeit.«

»Du klingst wie meine Mutter!«, ätzte sie jetzt ein wenig trotzig.

»Aber es ist doch so«, verteidigte sich Martin und wusste selbst nicht, wieso er jetzt plötzlich in der Defensive war. Die restliche halbe Minute bis zum Ausstieg verbrachten sie mit einem peinlichen Schweigen.

Er versuchte, sich weiter professionell zu verhalten, brüskieren wollte er Franzi allerdings auch nicht. Er nahm sich vor, bei der nächsten Liftfahrt mit ihr wieder ein wenig zu Blödeln, aber eben nicht auf eine anzügliche Weise. Doch Franzi durchschaute seine Abwehrhaltung und begann leise zu schluchzen.

»Ich hätte dir nicht sagen sollen, wie alt ich wirklich bin. Es ist nämlich völlig egal, wie alt ich bin und wie alt du bist.« Er legte seinen Arm um sie und tätschelte ihre Schulter. »Ich hab mich in dich verliebt«, sagte sie.

Da war es. Das Liebesgeständnis eines Mädchens, auf das er so lange schon hoffte. Doch es kam tatsächlich von einem Mädchen und nicht von einer jungen Frau, weshalb er damit nichts anfangen konnte, nicht durfte und nicht wollte. Er drückte noch einmal ihre Schulter und nahm dann seinen Arm wieder zurück.

»Schau, das ist total süß von dir. Aber ich bin leider wirklich zu alt für dich.«

»Das ist gar nicht wahr!«, schniefte sie zornig.

»Doch, das ist leider so. In fünf Jahren wäre das schon wieder etwas anderes.«

»Nein! Warum sollen wir fünf Jahre warten, wenn es doch jetzt schon so schön ist?«

Er betete, dass diese Liftfahrt ein Ende nehmen möge, doch sie waren erst bei der Hälfte. Martin versuchte es mit einem abrupten Themenwechsel.

»Den Parallelschwung hast du jetzt übrigens wirklich schon gut drauf. Morgen fahren wir dann die schwarze Piste runter.«

Sie starrte ihn ungläubig an, als hätte er sie nicht für voll genommen.

»Du nimmst mich nicht ernst, niemand tut das.«

»Das stimmt ja nicht. Schau, du bist hier in einem Kurs mit lauter Erwachsenen und fährst allen um die Ohren.«

»Das meine ich nicht!«

Martin seufzte.

»Ich weiß«, sagte er und holte zum Todesstoß aus, »aber ich kann dir das nicht geben, was du gerne von mir hättest.«

Franzi trieb es die Tränen in die Augen. Einen weiteren Versuch, sie zu trösten, wehrte sie ab. Zu Martins Erleichterung fing sie sich noch vor dem Ende der Liftfahrt wieder und machte ihm keine Szene vor den anderen Kursleuten. Er war trotzdem selbst ein wenig verstört und froh, als der Skitag zu Ende war.

Der letzte Kurstag lieferte die üblichen Programmpunkte. Skirennen, Gruppenfoto und schließlich als Highlight: mehrere Abfahrten von der schwarzen Piste. Es lief alles hervorragend, niemand legte sich unfreiwillig in den Schnee, auch Martin nicht. Und sie trafen ein paar Mal auf den fluchenden Sigi und seinen Skikurs.

»Schneller da hinten, ihr Piefkes!«

»Ach, jetzt sind wir mitten in der Piefke-Saga gelandet«, meinte Leo in Anspielung auf den Fernsehklassiker und sorgte für ein paar Schmunzler.

»Auf geht's, ihr Deppen. Wer als Letzter unten beim Lift ist, ist der Oberpiefke!«, schimpfte Sigi im Vorbeifahren.

Der Oberpiefke von Martins Gruppe war schließlich Franzi. Sie fuhr noch mit, war aber eher lustlos unterwegs. Nach der letzten Abfahrt verabschiedete Martin die Gruppe bis zum Abend.

Im Wildschütz gab es das Programm, das Martin nun schon von voriger Woche kannte. Er bekam ein Kuvert mit einem fetten Trinkgeld und nach der Siegerehrung folgten die obligatorischen Trinkspiele. Diese Gruppe war zwar skifahrerisch besser als seine letzte, aber sie war chancenlos beim Becherlauf und all den anderen Spielen. Martin war deswegen auch spät am Abend noch recht nüchtern, weil er insgesamt nur zwei Bier intus hatte. Er unterhielt sich nach dem Ende der Spieleshow kurz mit Rosi und Niki, die sich zusammen an die Bar gesetzt hatten. Er hätte viel zu erzählen gehabt, aber es war ihm die Musik zu laut.

Zum schnellen Beat von *Cotton Eye Joe* drehte und glitzerte die Discokugel über der Tanzfläche. Und Martin sah, dass Franzi darunter ausgelassen herumhüpfte, direkt neben Joe. Er meinte ein Déjà-vu zu erleben. Genau vor einer Woche musste er hier zuschauen, wie Joe Bettina umgarnte. Martin wurmte es, wollte sich aber nicht einmischen.

Schließlich nahm Joe, die durchgeschwitzte Franzi an der Hand und führte sie nach draußen. Beim Rausgehen warf sie Martin einen kecken Blick zu. Er wusste zunächst nicht so recht, was er jetzt tun sollte. Es war wieder so eine Situation, die ihn überforderte. Nach ein paar Minuten entschied er, dass er ihnen doch nachgehen sollte. Draußen auf dem Parkplatz schmusten Joe und Franzi. Diesmal, ohne zu überlegen, stieß er ein lautes »Hey« aus. Joe fuhr herum und funkelte ihn an.

»Spinnst du jetzt völlig, Milchbubi? Schon wieder? Das geht dich nichts an! Gewinn Meter und schleich dich wieder.«

»Du weißt schon, dass sie erst dreizehn ist? Willst in den Häfen?«, sagte Martin mit halbwegs ruhiger Stimme. Er sah selbst im Halbdunkel neben der Straßenlaterne, dass sich Joes Pupillen weiteten.

»Du bist dreizehn?«

»Ja«, gab sie etwas kleinlaut zurück.

»Das gibt's doch nicht. Du spinnst doch, Kleine!«, sagte er schroff und schob sie zur Seite.

Er ging wieder rein in den Wildschütz. Martin und Franzi standen nun allein draußen auf dem Parkplatz.

»Warum machst du denn so was?«, fragte Martin leise und hoffte, sie würde den vorwurfsvollen Unterton in seiner Stimme ignorieren.

»Ich wollte dich eifersüchtig machen.«

»Ach, Kind!«

»Nenn mich nicht so!«, fauchte sie jetzt.

»Tschuldigung. Es tut mir so unendlich leid. Ich kenne das doch auch, wenn man sich in wen verschaut hat und nichts zurückkommt.«

»Dann gib mir was zurück!«, bettelte sie.

»Es geht nicht.«

»Und was soll ich jetzt tun?«

Martin wusste darauf doch selbst keine besonders vernünftige Antwort, ihm fielen auch nur Klischees ein.

»Am besten, du suchst dir daheim in Westfalen einen netten Burschen ungefähr in deinem Alter. Dann wirst du sicher glücklich. Mit mir ginge das gar nicht. Wie stellst du dir das denn vor, selbst wenn ich nicht viel zu alt für dich wäre? Wie sollten wir denn bei der Distanz zusammen sein? Ich hab mein Leben hier, und du musst daheim noch in die Schule gehen.«

Erstaunlicherweise funktionierte diesmal das Aufzählen von Fakten. Franzi atmete tief ein.

»Hmmm. Du hast vermutlich wohl recht. Es tut trotzdem weh.«

»Das versteh ich. Das vergeht wieder.«

»Sicher?«

»Ja, in ein paar Wochen wird es schon wieder besser sein, und in ein paar Monaten wirst du dich kaum noch an deinen Schinderskilehrer aus Tirol erinnern.«

Sie musste lächeln.

»Darf ich dir noch einen Kuss auf die Wange geben?«

»Besser nicht.«

»Ok«, meinte sie enttäuscht, »aber meinen Skilehrer werde ich sicher nie vergessen.«

Martin war zufrieden, dass sich die Situation so entwickelt hatte. Franzi ging jetzt rein, um ihre Eltern anzurufen, damit sie sie abholen konnten.

Der Kinoabend war für Niki ein zwiespältiges Vergnügen. Sie mochte zwar den Film, aber das Ende hasste sie. »Julia Roberts steht zum Schluss allein da und die anderen zwei heiraten. Das ist voll unfair, dass sie niemanden kriegt.«

»Naja. So ist das halt bei einer Dreiecksbeziehung. Zum Schluss bleibt einer übrig. Der Film hätte ja gar nicht anders ausgehen können. Hätte Julia Roberts den Kerl gekriegt, dann hätte sie ihn ja gestohlen, und dann wäre sie die Böse. So ist sie zumindest die Gute.«

Niki war mit dieser Erklärung nicht zufrieden und legte ihren Kopf leicht schief.

»Und, Mister-ich-hab-auf-alles-eine-Antwort! Wieso hätte sie zum Schluss nicht einfach auf der Hochzeit noch einen schnuckeligen Typen kennenlernen können?«

»Weil das in die Geschichte nicht reingepasst hätte. Diesen schnuckeligen Typen hätte man vorher schon einbauen müssen.«

Sie presste ihre Lippen aufeinander und kniff die Augen zusammen.

»Ich find's trotzdem gemein!«

Martin lachte und zog den Reißverschluss seiner Winterjacke hoch.

Sie standen draußen vor dem Kino mitten in der Kitzbüheler Altstadt. Die Gassen waren noch weihnachtlich geschmückt. Über ihnen hing ein leuchtender Stern, der etwas tiefer baumelte als seine Kollegen die Straße weiter rauf.

»Gehen wir noch etwas trinken?«, fragte sie und kuschelte sich in ihren pinken Parka. »Hier draußen Herumstehen ist mir zu kalt. Aber ich würd gern noch ein bisschen mit dir tratschen.«

Sie gingen durch das Stadttor und setzten sich in ein Pub an der übernächsten Ecke. Es war zwar schon recht voll, aber sie bekamen noch einen Sitzplatz. Sie bestellte sich wieder irgendeinen Cocktail mit Obst. Niki wollte noch einmal die Geschichte von Franzi hören und wie sie von ihren Eltern abgeholt wurde.

»Beim Einsteigen hat sie noch gemeint, dass sie wieder hierherkommen werden, um Urlaub zu machen. Und dass wir uns dann sicher in den nächsten Jahren wieder sehen werden.«

»Das klingt für mich nicht danach, als hätte sie dich schon ganz aufgegeben.«

»Ach, bis dahin vergeht noch viel Zeit und bis dahin wird sie schon wen anderen haben. Das ist so wie bei mir und meiner Sandkastenliebe Nicole.«

»Du hast eine Sandkastenliebe, die Nicole heißt?«, grinste Niki.

»Ja, sie heißt wie du. Sie ist irgendwo von Nürnberg und war in den Sommerferien und in den Weihnachtsferien immer mit ihrer Oma und ihrer Tante bei uns in einem Gästezimmer. Sie hat so blonde Haare gehabt wie du, die immer zu schönen Zöpfen geflochten waren. Wir haben miteinander gespielt, sind zusammen Skifahren gewesen und ich glaub mit fünf haben wir uns im Skilift verlobt.«

»Meine Güte ist das süß. Was ist dann passiert?«

»Ich war schwer verliebt und vielleicht auch ein bisschen besitzergreifend!«

»Was hast du gemacht?«

»Ich kann mich selbst nicht mehr so genau erinnern, aber meiner Mum zufolge hab ich sie einmal in meinem Kinderzimmer eingesperrt, weil ich nicht wollte, dass sie wieder geht.«

»Du Psycho!«

Martin grinste teuflisch und nippte an seiner Cola.

»Jedenfalls hatten wir unsere Höhen und Tiefen, aber jeden Urlaub sind wir wieder aufeinander geklebt. Bis sie dann nicht mehr gekommen sind. Ich glaub, ihrer Oma war irgendwann die Fahrt zu uns zu weit.«

»Du hast sie nie mehr wieder gesehen?«

»Doch. Vor ein paar Jahren. Da haben sie uns noch einmal im Sommer besucht, die Oma, die Tante und Nicole. Das war im Teenageralter, nur war sie schon eine Frau und ich noch ein kindlicher Hänfling. Ich war total eingeschüchtert und hab keine drei Worte mit ihr geredet.«

»Na, das mit dem Schweigen hast du jetzt auch noch immer ganz gut drauf.«

»Hey, ich rede doch gerade total viel«, beschwerte er sich.

»Ja ich weiß. Erzähl weiter.«

»Jedenfalls hab ich damals auch erfahren, dass sie natürlich schon einen Freund hatte. Sie hat nicht auf mich gewartet.«

»Böse Nicole«, meinte Niki neckisch, »aber zumindest kannst du jetzt nicht übrig bleiben wie Julia Roberts.«

»Häh? Wie meinst du das?«

»Na, wenn du sonst keine Frau findest, dann fährst du einfach nach Nürnberg und forderst dein Eheversprechen ein. Immerhin seid ihr seit einer Ewigkeit verlobt!«

Martin lachte.

»Ein guter Plan. Gefällt mir irgendwie.«

»Ich bin mir sicher, sie hat geweint!«

»Was meinst du?«

»Als sie erfahren hat, dass sie nicht mehr zu euch fahren werden. Ich bin mir sicher, dass sie da total traurig war und geweint hat. Sie hat dich sehr gern gehabt.«

Martin war das bisher so gar nicht bewusst, dass da noch eine Wunde sein hätte können. Jetzt aber spürte er, dass ihn Nikis Worte trösteten und sich wie Salbe auf die vernarbte Wunde schmierten.

»Hmmm. Hat Frau Dr. Nicole Moser sonst noch Weisheiten und gute Tipps parat?«

»Unmengen. Aber meine Honorare sind mörderisch teuer. Das kannst du dir von deinem Skilehrergehalt nicht leisten.«

»Dann muss ich schauen, dass ich so bald wie möglich Journalist werde und ein Mördergehalt habe, damit ich dich für eine Stunde buchen kann.«

Niki prustete ob der Doppeldeutigkeit seiner Worte los.

»Hey ich bin doch kein leichtes Mädchen! Also kaufen musst du mich nicht«, grinste sie süffisant.

Martin dachte bei sich, dass er für Niki all sein Geld hergeben würde. Er überlegte kurz, ob er ihr das sagen sollte. Dann erinnerte er sich an sein Versprechen, sie nicht anzubaggern. Also ließ er es bleiben und lächelte stattdessen etwas wehmütig. Auf der Heimfahrt beklagte sie sich über ihren Freund.

»Der Sebastian ist nie daheim. Er arbeitet ständig. Und wenn er einmal daheim ist, dann muss er schlafen, weil er von seinen Schichten so fertig ist. Er arbeitet jeden Tag zwölf Stunden. Wer soll denn das aushalten?«

»Ja, ein Job im Tourismus kann brutal sein, dafür verdient er aber sicher gut.«

»Das schon. Aber wann soll er sein Geld ausgeben, wenn er dafür keine Zeit hat?«

»Na, vielleicht baut ihr irgendwann ein Haus oder kauft euch eine Wohnung?«

»Bei den Preisen? Wer soll sich das denn bei uns in Tirol noch leisten können?«

Darüber hatte sich Martin bisher noch wenig Gedanken gemacht, aber es stimmte wohl. Grundstücke und Wohnungen waren teuer, zu teuer mittlerweile für viele Einheimische. Das könnte ein Thema für einen Artikel sein, dachte Martin, während Niki weiterzeterte. Er war gedanklich abgeschweift und versuchte, wieder in das Gespräch einzusteigen.

»Und was sagt er, wenn du mit ihm redest? Also ich mein, dass er weniger arbeiten soll?«

»Ach, das gibt nur Streit. Er sagt, er kann nicht weniger arbeiten, er hat seine Schichten, er muss Geld verdienen, bla, bla, bla.«

»Aber zumindest im Frühling hat er dann wieder mehr Zeit, wenn die Wintersaison vorbei ist.«

»Das stimmt. Aber nicht unbedingt für mich. Dann muss er ja wieder Fußball spielen am Wochenende. Das heißt, ich sitz an den Sonntagen in irgendeinem Kaff auf dem Fußballplatz und darf ihm zuschauen.«

Martin begann leise zu singen.

»Er steht im Tor, im Tor, im Tor und du dahinter. Frühling, Sommer, Herbst und Winter bist du nah bei deinem Schatz, auf dem Fußballplatz!«

Niki lachte etwas dreckig.

»Geh hör auf mit dem blöden Schlager. Außerdem ist er nicht Tormann, sondern spielt irgendwo in der Mitte.«

»Das nennt man Mittelfeld. Und du willst eine Fußballerfreundin sein?«, ätzte Martin.

»Ich hab nicht gesagt, dass ich mich mit Fußball auskenne. Das ist total öde.«

»Dann musst halt doch Skifahren gehen.«

»Hmmm … ja, weißt du. Ich kann gar nicht Skifahren.«

»Du kannst nicht Skifahren? Du bist Tirolerin!«

Martin war empört und zugleich erstaunt, dass es so etwas geben konnte.

»Ja, ich bin Tirolerin. Aber in Innsbruck gibt es nicht gleich um jedes Eck einen Skilift wie hier bei dir. Und meine Eltern haben sich nicht fürs Skifahren interessiert. Deswegen … kann ich es halt nicht. Dafür kann ich super Eislaufen.«

»Du bist noch nie auf Skiern gestanden?«

»Noch nie.«

»Sollen wir das ändern?«

»Willst du es mir beibringen?«

»Wenn du es möchtest, dann sehr gerne!«

Er sah ihr an, dass es in ihr arbeitete. Offenbar war es aber nur ein sehr kurzer Denkprozess, denn sie strahlte ihn von der Seite an.

»Ja, bitte!«

Er nickte und setzte ein ernstes Gesicht auf.

»Du musst aber wissen, mein Privatstundenhonorar ist mörderisch teuer. Kannst du dir das von deinem Skiliftgehalt leisten?«

»Blödmann«, sagte sie und gab ihm einen Klaps auf den Oberarm.

Am Montag büßte Martin für jede Sünde, die er je in seinem Leben begangen hatte. Er musste zum ersten Mal eine Kindergruppe übernehmen, lauter Kindergartenkinder. Acht Bälger, die er bespaßen durfte und die mit ihrem Skigewand noch nicht selbständig aufs Klo gehen konnten. Allein bis alle ihre Skier anhatten, dauerte es eine kleine Ewigkeit. Anschließend ließ er die Kinder mit ihren Skiern im Kinderparadies herumwatscheln. Später zeigte er ihnen den Schneepflug, den er extra für die Kinder als Pizzaschnitte bezeichnete. Für die Kleinsten gab es im Kinderparadies neben dem Babylift noch ein Förderband. Sie mussten sich nur draufstellen und wurden sanft nach oben befördert, ein Kinderfließband sozusagen. Wie am Fließband fuhren die Kinder rauf und mit Pizzaschnitten-Kurven wieder runter. Wenigstens war das Hochhieven der gestürzten Kinder um einiges einfacher, als es bei den Erwachsenen immer der Fall war, dafür weinten sie mehr als die Großen.

Zu seiner Erleichterung war Niki diesmal nicht hinter ihrem Liftkartenschalter, sondern am Babylift eingeteilt. Denn nach einer Stunde passierte genau das, was Martin befürchtet hatte. Das erste Kind musste mal. Es war ausgerechnet die freche Paula.

»Könntest du mit ihr aufs Klo gehen?«, fragte er Niki mit seinem schönsten Hundeblick. Sie nahm es ihm erstaunlicherweise nicht übel.

»Das kostet dich aber was.«

»Alles, was du willst.«

»Mhm. Ich komme darauf zurück!«.

Als Niki mit dem vorlauten Mädchen wieder da war, musste das nächste Kind auf die »Doiledde«, wie es vermeldete. Es war Paulas beste Skikursfreundin. Martin seufzte.

»Wer muss noch aller aufs Klo?« Niemand meldete sich.

Kaum war Niki wieder da, mussten die nächsten zwei. Paula war inzwischen drauf und dran, eine Gang zu gründen. Am Ende des ersten Vormittags hörten sechs Kinder zuerst auf ihr Kommando und erst dann auf jenes von Martin.

Nur ein einziges Kind war nicht in der Gang, und das wohl auch nur deswegen, weil der kleine Tim Holländer war und Paula nicht verstehen konnte. Sowohl Niki als auch Martin selbst, waren in Tim verschossen. Ein liebreizendes und höfliches Kind, wie man es selten sah. Möglicherweise lag eben auch das an den Sprachproblemen, aber letztlich war das egal. An Tim hielt sich Martin aufrecht, den Rest der Gruppe hatte er schon an Paula verloren. Dazu kam noch die nervige Dauerbeschallung von der Skihütte mit den größten Après-Ski-Hits. Gefühlt zum zehnten Mal lief an diesem Tag schon das *Mief*-Lied von den Doofen. Paula und ihre Vizechefin waren gerade auf dem Kinderfließband und sangen laut mit, also ihre eigene Interpretation.

»Nimm mich jetzt auch, wenn ich stinke, denn sonst sag ich, winke, winke und gut bei. Denn dort drüben an der Lampe steht auch schon die nächste Schlambbe für mich frei!«

Dazu wackelten die zwei mehr oder weniger im Takt mit ihrem Hintern.

Niki krümmte sich regelrecht vor Lachen und auch Martin musste grinsen beim Anblick der zwei frechen Gören. Doch das Grinsen verging ihm bald.

»Martin? Was ist eine Schlambbe?«, fragte Paula als sie oben bei ihm war. Martin wurde flau im Magen.

»Äh … also … eigentlich ist das ein böses Wort. Das ist ein Schimpfwort und darf man nicht sagen.« Martin hoffte vergeblich, den Wissensdurst von Paula gestillt zu haben.

»Aber was ist eine Schlambbe?« Er gab auf.

»Also, eigentlich meinen sie damit eine Frau.«

»Aha. Soso. Das ist also eine Frau«, dachte sie langsam und laut nach.

»Aber das ist wirklich ein ganz böses Wort. Das darf man nicht sagen«, wiederholte Martin.

Sein verzweifelter Rettungsversuch amüsierte Niki noch mehr als das Gesinge der Kinder. Zum Glück war der Tag doch irgendwann vorbei und die Kinder wurden von ihren Eltern bei Martin eingesammelt. Bei Paula kam die Mutter zum Abholen. »Na, mein Schatz, wie war's? Was hast du heute Schönes gelernt?«

»Du bist eine Schlambbe!«

Die Mutter sah Martin entgeistert an, der zuckte nur mit den Achseln und tat so, als wüsste er auch nicht, woher das gerade kam.

»Schatz. Woher hast du das? Das ist ein schlimmes Wort. Das darf man nicht sagen!«

»Ich weiß. Das hat Martin auch schon gesagt!«

Der nächste Blick der Mutter, diesmal etwas stechender. Sie schüttelte den Kopf und murmelte beim Gehen nur.

»Na, da haben wir ja wieder ein Wort gelernt.«

Martin glühte regelrecht vor Scham, aber er hätte auch nicht gewusst, wie er die Schlampensache erklären konnte, ohne als kompletter Trottel dazustehen.

»Rote Wangen passen zum roten Skianzug«, zwinkerte ihm Niki zu.

»Du hättest mir ruhig helfen können«, ärgerte er sich.

»Nein, das war so viel zu lustig. Ich kann auch eine Schlambbe sein«, sagte sie und lachte wieder.

Für sie war es ein sehr lustiger Tag gewesen, Martin war körperlich und nervlich am Ende. Er wollte nur noch nach Hause und ins Bett. Doch daheim wurde er beim Abendessen auch noch von seinen Eltern aufgezogen.

»Jetzt weißt du endlich mal, wie du als Kind warst«, meinte seine Mutter.

»Ich war doch herzallerliebst«, entgegnete er.

»Genau«, grinste sein Vater, »und wann wirst du jetzt selbst Papa?«

»Niemals! Das sind alles kleine Teufel. Bis auf einer vielleicht.«

»Dann schau halt, dass dein Kind so wird wie der eine«, meinte sein Vater und seine Mutter kicherte.

Am nächsten Tag hatte die Kindergang viel zu gackern und wieder zu singen.

»Maaartiiin ist verliiiebt! Maaartiiin ist verliiiebt! Maaartiiin ist verliiiiiebt!«

Er hatte sich wohl ein paar Minuten zu lange mit Niki unterhalten, die wieder Dienst am Babylift schob. Zunächst wollte er nicht zeigen, dass sie ihn damit ärgern konnten. Irgendwann meinte er dann, dass sie auch mal wieder aufhören könnten. Umso lauter sangen die Kinder, während sie einen lachenden Fliegenpilz umkurvten oder zwischen den Beinen eines Riesen durchfuhren. Niki schien sich weiterhin zu amüsieren.

»Wann werdet ihr denn heiraten?«, fragte sie Paula.

»Das weiß ich nicht. Er hat mich noch nicht gefragt«, gab Niki zurück. Oben angekommen wurde Martin ins Verhör genommen.

»Martin? Wann fragst du Niki, ob ihr heiratet?«

»Wenn der Riese alle frechen Kinder gefressen hat«, sagte Martin mit verstellter Stimme und kitzelte Paula. Lange ließ sie sich vom Kitzeln aber nicht ablenken. Beim Wegfahren rief sie zurück.

»Los. Frag sie!«

Martin seufzte und musste los, um den kleinen Tim zu trösten. Er hatte die Kurve nicht geschafft und hatte den lustigen Fliegenpilz frontal gerammt. Die Lippe blutete und Martin kühlte sie mit Schnee. Es dauert eine Zeit, bis sich der niedliche Holländer wieder beruhigt hatte. Dann lächelte der Kleine aber wieder und konnte weiterfahren.

Die anderen Kinder waren inzwischen mit einem Mal recht still geworden und irgendwie war die Gruppe kleiner. Ihm fehlten zwei Knirpse, wie er beim Durchzählen erschrocken feststellte. Paula und ihre Vizechefin waren ausgebüxt. Niki wusste auch nicht, wo sie waren, also suchte er das Kinderparadies ab. Ihm wurde schon schlecht bei dem Gedanken, zwei Kinder verloren zu haben. Erst nach einigen Minuten entdeckte er die beiden Zwerge, wie sie Hand in Hand auf die Terrasse der Skihütte zustolperten. Mit eiligen Stockschüben und Schlittschuhschritten holte er sie gerade noch ein, bevor sie die Tür erreichten.

»Was macht ihr da? Ihr könnt doch nicht einfach so abhauen!«

»Wir haben Hunger. Wir haben Durst. Wir gehen jetzt einen trinken«, antwortete Feldwebel Paula zackig.

Martin konnte nicht anders und prustete los. Einerseits wegen der witzigen Ansage und andererseits wegen der Erleichterung, dass er die zwei noch gefunden hatte. Schimpfen ging jetzt nicht mehr, also versuchte er es mit Überzeugungsarbeit.

»Es ist doch bald Mittagspause. Dann kriegt ihr was zu Essen und was zu Trinken.«

»Wir wollen aber jetzt.«

»Das geht nicht. Wir müssen noch ein bisschen Skifahren.«

»Wir haben aber keine Lust mehr.«

»Kommt schon.«

»Nein.«

»Jetzt kommt, damit Mama und Papa stolz auf euch sind.«

»Nein.«

»Na gut. Was wollt ihr dann machen bis zum Mittagessen?«

»Ich will einen Schneemann bauen«, sagte Paula und ihre Vizechefin nickte. Martin gab sich geschlagen.

Er hatte seine zwei flüchtigen Schäfchen eingefangen und wieder zur Herde zurückgetrieben. Er fragte sich aber langsam, ob nicht er das Schaf war und er ein Rudel Wölfe um sich hatte. Er versammelte alle Kinder im Auslauf neben dem Babylift, und sie fingen an, große Schneekugeln zu formen. Das ging sogar recht gut, denn die Sonne der letzten Tage hatte den Schnee angetaut und schwer und klebrig werden lassen. Die Kinder rollten die Kugeln, bis sie so groß wie Medizinbälle waren. Martin musste sie dann aufeinander hieven. Sie bauten noch drei Schneemänner vor dem Mittagessen. Gemeinsam bewunderten sie ihr Werk. Niki spendete ihren pinken Schal, um ihn einem Schneemann um den Hals zu wickeln.

»Aber das ist doch ein Schal für Mädchen«, befand Paula.

»Dann sagen wir halt, dass das eine Schneefrau ist«, sagte Niki mit einem kindisch-höhnischen Tonfall.

»Aber dann fehlt noch was«, wusste Paula. Sie formte zwei Schneebälle und pickte sie dem Transgender-Schneemann an die Brust.

»So. Jetzt ist sie eine Schlambbe!«

Harter Schnee

Martin hatte die Woche mit den Kindern schwer verdaut. Er brauchte das Wochenende, um sich halbwegs zu erholen. Immerhin waren wenigstens die Eltern mit den Fortschritten ihrer Brut zufrieden gewesen. Der kleine Tim hatte das Skirennen gewonnen, was ihm Paula am Nachmittag bei der Preisverleihung in der Skihütte auch entsprechend übelnahm. Sie saß ihm beim Kuchenessen am Tisch gegenüber und bemerkte genüsslich, dass ihm sein Kuchenstück von der Gabel fiel.

»Tim, du frisst wie ein Schwein!«, kommentierte sie. Der kleine Tim grinste und schob sich das Kuchenstück mit der Hand in den Mund, er hatte nichts verstanden.

Neue Woche, neues Glück, dachte sich Martin und freute sich schon auf das kommende Wochenende mit den Hahnenkammrennen in Kitzbühel. Er hoffte nun, dass ihm das Schicksal in Form von Chef Manfred eine Fortgeschrittenen-Gruppe zuteilen würde, damit die Woche ohne Plagerei schnell verging. Er musste innerlich grinsen, weil diesmal Joe eine Snowboard-Kindergruppe ausfasste. Doch als nur noch er und Sigi bei der Verteilung der letzten zwei Gruppen übrig waren, war ihm schon klar, dass er die Anfänger bekommen würde. Denn der alte Sigi hatte das Vorrecht auf Fortgeschrittene. In seinem Alter mit bald siebzig wurde ihm nicht mehr zugemutet, dass er sich mit Anfängern herumschlagen musste. Martin versuchte, es positiv zu sehen, immerhin eben keine Kinder.

Am Treffpunkt musterte Martin seine neue Gruppe und freute sich, weil zumindest keine Schwergewichte zum Hochstemmen dabei waren und auch keine ganz alten Leute. Sie dürften alle so zwischen Mitte zwanzig und fünfzig sein, darunter offenbar lauter Paare, bis auf eine jüngere Frau.

Sie fiel sofort ins Auge, denn als einzige trug sie keinen topmodernen Skianzug. Sie hatte eine alte gelbliche Skihose und einen hellblauen Anorak, beides schon ziemlich verwaschen und mit Sicherheit ausgeliehen. Denn sowohl Hose als auch Anorak waren ihr mindestens eine Nummer zu groß. Auch sonst war sie im Gegensatz zu den anderen Frauen gar nicht groß aufgebrezelt. Sie war nicht übertrieben geschminkt, sondern trug nur einen dezenten Lippenstift. Sie hatte längere, kastanienbraune Haare, die aber einen stufigen und modernen Schnitt bekommen hatten. Und trotz ihrer Second-Hand-Kleidung strahlte sie eine majestätische Würde aus. Ihre dunklen Augen thronten mit einer sanften Strenge in ihrem Gesicht, das man als anmutig beschreiben konnte.

Sie hieß Tanja, kam aus Düsseldorf, war allein hier und wohnte bei ihren Großeltern, die sich am Pillersee den Traum von einem Alterswohnsitz in den Bergen erfüllt hatten. Von ihrem Großvater stammte auch ihre Skiausrüstung samt Hose und Anorak, wie Martin später erfahren sollte. Zunächst ging es aber an die üblichen Übungen zum Aufwärmen und um die Truppe mit den ungewohnten Brettern an ihren Füßen vertraut zu machen. Er ließ alle elf durch den Auslauf im Kinderparadies watscheln. Recht schnell war klar, dass diesmal niemand in der Gruppe talentbefreit zu sein schien. Rasch erlernten sie die Grundbegriffe des Schneepflugs und wie man damit um die Kurve kam. Den restlichen Vormittag verbrachten sie am Babylift, um die Schwünge einzuüben. Stürze gab es wenige, nur Tanja legte sich einmal unabsichtlich in den Schnee. Er hielt ihr den Arm hin, um sie hochzuziehen. Sie hatte winzig kleine Grübchen, wenn sie auch nur ansatzweise lächelte.

Am Nachmittag ging es dann schon zum Hochleitenlift. Martin war zufrieden, weil alles diesmal so einfach ging, und vor allem war er dankbar, dass er nicht neben Joe am Babylift bleiben musste. Abgesehen von kleinen Sticheleien, hatte er diesmal aber ohnehin wenig von Joe mitbekommen, denn der war mit seinen Kindern beschäftigt. Martin instruierte seine Leute, wie man mit dem Schlepplift fuhr und wie man sich am Liftbügel festhielt. Nachdem bei der ersten Liftfahrt alle Paare gemeinsam fahren wollten, kam es auch zur ersten gemeinsamen Fahrt von Martin und Tanja. Beinahe hätte sie beim Losfahren ihre Skier überkreuzt, doch Martin konnte sie wieder ins Gleichgewicht bringen.

»Puh. Danke. Das ist gar nicht so einfach, wie es aussieht«, sagte sie, nachdem sie einmal durchgeatmet hatte.

»Ein bisschen Übung und du kannst das. Es ist nicht so schwer.«

»Meinste?«

»Ja, ganz sicher!«

»Ich bin jedenfalls froh, dass wir dich als Skilehrer haben. Das machste sehr professionell.«

»Danke, das freut mich.«

»Ich hatte schon Angst, dass wir so einen Aufreißertypen kriegen.« Martin grinste und hatte sofort das Bild von Joe vor Augen.

»Du hast ja bezahlt, weil du Skifahren lernen willst. Also sollst du für dein Geld auch was bekommen.«

»Wie lange biste denn schon Skilehrer?«

»Diesen Winter das erste Mal.«

»Wirklich? Und wie lange fährste schon Ski? Vermutlich dein ganzes Leben, oder?«

»So ähnlich. Ich hab mit drei Jahren angefangen.«

»Mit drei? Wahnsinn. Kein Wunder, dass das so wirkt, als wären die Skier angewachsen.«

Er lächelte, und eigenartigerweise hatte er diesmal nicht das Gefühl von Unterlegenheit, wenn er mit einer schönen Frau redete. Das Gespräch war trotzdem beendet, denn sie waren schon bei der Mitte des Liftes angelangt. Er zog ihr sanft den Bügel weg und schob sie mit der Hand am Rücken aus der Liftspur. Auch die übrigen Leute aus seinem Kurs hatten beim Aussteigen keine größeren Probleme. Martin war noch nie so froh gewesen. Auch die Fahrt ins Tal klappte wunderbar. Bei der nächsten Liftfahrt konnte er sich weiter mit Tanja unterhalten, wobei sie sehr direkt war.

»Und, wie alt biste, wenn ich dich das fragen darf?«

»Achtzehn!«

»Oh, noch so jung. So jung wirkst du gar nicht. Du kommst schon erwachsen rüber, irgendwie.«

»Ich versuch mich so zu benehmen«, grinste Martin. »Wie alt bist denn du, wenn ich auch fragen darf.«

»Klar, darfste. Ich bin zehn Jahre älter. Ich bin schon achtundzwanzig.«

»Wieso schon? Ist doch nicht alt, und außerdem hätte ich dich jünger geschätzt! Auf Anfang zwanzig oder so.«

»Du Charmeur«, sagte sie und da waren wieder ihre Grübchen. »Und was machste im Sommer?«

»Naja, ich bin eigentlich Journalist.«

»Echt?«

»Ja, ich schreibe im Moment für eine kleine Zeitung und hoffentlich irgendwann mal für eine größere. Bis es soweit ist, hab ich Zeit, um als Skilehrer zu arbeiten.« Er hatte das so noch nie laut ausgesprochen. Dementsprechend klangen diese Worte zwar fremd für ihn, waren aber auch so etwas wie eine Erleuchtung.

»Das ist ja toll«, meinte sie, »und was machen die anderen Skilehrer im Sommer so?«

»Hmmm, ja unterschiedlich. Die einen sind Maurer, einige sind Bauern oder Tennislehrer. Da gibt's verschiedene Sommerjobs. Und was machst du?«

»Ich bin Ärztin. Ich arbeite daheim in Düsseldorf im Krankenhaus.«

»Oh, sehr lässig«, sagte Martin, weil ihm nichts Besseres einfiel, und sie waren auch schon wieder an ihrer Ausstiegsstelle angelangt.

Die Gruppe machte weiter sehr homogene Fortschritte, weshalb Martin es noch am selben Nachmittag wagte, mit seiner Anfängertruppe den Hochleitenlift ganz rauf zu fahren. Es funktionierte auch hinten runter über die blaue Piste ganz gut, wobei es einen kleinen Zwischenfall gab. Tanja konnte beim Einparken nicht mehr bremsen und kriegte die Kurve nicht. Stattdessen fuhr sie frontal in Martin hinein, der sie und ihre Wucht aber auffangen konnte. Der Sturz war verhindert worden, stattdessen hielt Martin sie jetzt im Arm, was rundherum zu Gelächter führte.

»Ach so fangt ihr Skilehrer euch eure Skihasen ein«, meinte der rote Ralle, ein Mitvierziger im knallroten Skianzug. Die Leute mochten wechseln, die Sprüche blieben die gleichen, dachte sich Martin und lächelte gequält.

»Wie du siehst, funktioniert das ganz gut«, gab Tanja zurück und flüsterte dann noch zu Martin, »danke für die Rettung!« Abgesehen davon, dass sie ihm den Knauf ihres Skistockes in die Hüfte gerammt hatte, fühlte sich diese ungeplante Umarmung gar nicht so schlecht an.

Das nächste Mal im Lift entschuldigte sie sich erneut für den ungewollten Angriff und erzählte ihm von ihren Großeltern. Opa Holger und Oma Renate hatten sich vor zehn Jahren am Pillersee ein Haus gekauft, Tanja war schon einmal vor ein paar Jahren im Sommer hier gewesen und jetzt erstmals im Winter, weil sie Skifahren lernen wollte.

»Und du bist allein hier?«, fragte Martin beiläufig.

»Ja, meinen Freund hab ich daheim gelassen.«

»Wieso hast du ihn nicht mitgenommen?«

»Das ist kompliziert.« Sie hielt kurz inne.

»Du musst mir das auch gar nicht erzählen, wenn du es nicht möchtest.«

»Ja, das weiß ich. Es ist eher die Frage, dass ich gar nicht weiß, ob ich überhaupt noch einen Freund habe. Er hat mich betrogen und deswegen habe ich ihn zu Hause gelassen. Er soll nachdenken.«

»Er hat dich betrogen?«, fragte Martin ehrlich empört, »wie kann man so jemanden wie dich betrügen?« Tanja zeigte wieder ihre Grübchen, blickte aber etwas nachdenklich drein.

»Du bist lieb. Aber weißte, in Düsseldorf bin ich eine von vielen. Da gibt's ganz viele tolle Frauen und da bin ich nichts Besonderes.«

»Jetzt hör aber auf. Also wenn du keine tolle Frau bist, dann weiß ich es auch nicht mehr«, flötete Martin mutig und mischte dann eine Prise Echauffiertheit unter seinen Ton. »Er sollte auf Knien vor dir kriechen. So ein Trottel.«

»Tja da war bei uns im Krankenhaus einfach eine hübsche Krankenschwester, vor ihr ist er in die Knie gegangen.«

Martin schüttelte den Kopf und riskierte einen verstohlenen Blick zur Seite. Ihr Gemälde von einem Gesicht wirkte im Moment einfach nur traurig. Er war sich auch nicht sicher, ob sich im Augenwinkel eine Träne sammelte.

»Na komm, wir werden dafür sorgen, dass du ein paar wunderschöne Tage hast. Dann kommst du vielleicht auch wieder auf bessere Gedanken.« Die Grübchen waren wieder da, diesmal wirkten sie fröhlicher.

»Danke, der Tag heute war schon super, und ich hab viel Spaß beim Skifahren.«

Viel Spaß hatte die ganze Gruppe. Sie fuhren und fuhren und fuhren, Schwung auf Schwung auf Schwung. Martin brachte ihnen noch am Nachmittag den Stemmschwung bei, den ebenfalls bald alle sehr gut beherrschten. Sie nützten jede Minute des Skitages aus, und am Ende implementierte Martin eine neue Verabschiedung, die er von nun an in seinen Kursen traditionell fortführte. Er ließ alle in einer Reihe Aufstellung nehmen, den linken Ski hochstellen und laut den Ski-Heil-Gruß zelebrieren. So laut, dass selbst der schimpfende und kudernde Sigi ihnen gegenüber übertönt wurde. Es wurde das neue Markenzeichen von Martins Gruppen, dass sie die lautesten waren und den meisten Spaß zu haben schienen. Martin verabschiedete sich von seinen Leuten nach Hause, während die meisten noch zum Après-Ski zur Skihütte wanderten. Bloß Tanja war nicht mit von der Partie, sie machte sich auch auf den Heimweg zu ihren Großeltern.

In den nächsten Tagen freundete sich Martin mit Tanja mehr und mehr an. Er mochte ihre ruhige und zugleich aber sehr direkte Art. Ihre freundschaftliche Beziehung machte Fortschritte in Rekordzeit, ähnlich wie die skifahrerischen Künste seiner Truppe. Nach vier Tagen fuhren die Anfänger schon oben auf der Buchensteinwand auf der roten Piste runter zum Gipfellift. Tanja schwärmte vom Panorama und dann kam wieder ihre unverblümte Art zum Vorschein.

»Sag mal, wie ist das bei dir eigentlich? Haste eine Freundin?«

»Nein.«

»Willste keine? Dir müssen die Mädchen ja nachlaufen.«

»Ach schön wär's. Ich bin nicht zum Aufreißer geboren, und irgendwie haben immer alle schon einen Freund.«

»Oh, das ist jetzt aber nicht wahr.«

»Doch, leider schon«, erwiderte Martin mit einem treuherzigen Blick.

»Bei so einem Schnuckel wie dir schmelzen genug Frauenherzen dahin, da kannste mal sicher sein.«

Martin war verlegen, wollte das aber nicht zeigen.

»Na, vielleicht bin ich zu zögerlich. Ich glaub, ich warte immer zu lange, bis ich mich aus der Deckung trau.«

»Du wirst einmal ein richtiger Sir, ein hochanständiger Gentleman. Aber wenn dir ein Mädchen gefällt, dann mach ruhig schneller. Wir Frauen wollen erobert werden, weißte?«

Martin wurde jetzt flau im Magen, er war sich nicht sicher, ob das eine Anspielung war oder nur ein Gutzureden.

»Hast du eigentlich schon einmal einen Freund gehabt, der jünger war als du?«

»Mhm. Einmal.«

»Erzähl«, grinste Martin und kam aus seinem Schützengraben.

»Das willste jetzt genau wissen, wie?«

Ihre Grübchen führten auf ihren Wangen einen Tanz auf. »Also gut, ich glaube, er war auch achtzehn und ich ein paar Jahre älter. Es war ein Urlaubsflirt auf Malle. Nichts Ernstes, aber er war auch sehr süß.«

»Autsch!«

Sie musste laut lachen.

»Du bist süßer.«

Darauf war er nicht gefasst und wusste sich auf der Stelle nicht wirklich zu helfen. Er brummte ein »na immerhin« und lächelte unsicher.

Die Liftfahrt war zu Ende, was wieder einmal zwiespältige Gefühle in ihm auslöste. Er war traurig, weil er dieses Gespräch gerne fortgesetzt hätte. Er war aber auch erleichtert, weil er dieses Gespräch eben nicht fortsetzen musste. Letztlich ärgerte er sich allerdings einmal mehr über sich selbst und seine Feigheit.

Sie fuhren runter über die blaue Einser und es war ihre letzte gemeinsame Abfahrt. Denn am letzten Tag der Skiwoche wurde die Gruppe diesmal von Hubert betreut, weil am Freitag ja bereits das erste Hahnenkammrennen in Kitzbühel stattfand. Martin hatte sich einen Urlaubstag genommen, um für die Rundschau arbeiten zu können.

»Nicht nur in Kitzbühel gibt's ein Skirennen. Ihr habt morgen auch eins. Ich will tolle Zeiten sehen am Abend bei der Siegerehrung. Da bin ich wieder bei euch«, erklärte Martin am Ende. Danach gab's noch die Ski-Heil-Prozedur, bevor die meisten wieder in Richtung Ski-Bar stapften. Martin hätte Tanja gerne gefragt, ob sie auch mit ihm etwas trinken gehen wollte, doch er musste sich noch auf das Wochenende vorbereiten.

»Na, Mister-ich-mach-mich-rar, wie geht's ihnen denn?«, fragte Niki, die beim Skiabschnallen unvermittelt hinter ihm stand. Es stimmte wohl, er hatte Niki in dieser Woche kaum gesehen.

»Viel Stress. Morgen geht's in Kitzbühel los«, antwortete er knapp.

»Na, heute haben wir wieder einen redseligen Tag«, grinste Niki, »hat das vielleicht etwas mit einer gewissen Skischülerin zu tun?«

»Wieso? Wie kommst denn darauf?«

»Ach ja, was man halt so sieht und was man halt so mitbekommt«, neckte sie ihn, »und man bekommt viel mit, wenn man da in dem Kartenhäuschen sitzt.«

Martin fühlte sich ein wenig ertappt und wusste allerdings nicht, wo das schlechte Gewissen herkam.

»Nein, nein. Sie ist nur sehr nett. Ich mag sie halt.«

»Sie mag dich auch«, flötete Niki süffisant.

»Woher willst du das wissen?«

»Ist dir nicht aufgefallen, dass sie dich immer antatscht, wenn sie dir etwas sagt?«

»Hmmm.«

»Ein eindeutiges Zeichen. Und dann noch ihre Blicke. Wow. Ich glaub, die will dich auffressen.«

Das war Martin tatsächlich noch nicht aufgefallen. Konnte es sein, dass sich eine ältere Frau für ihn interessierte? Er dachte auch daheim noch länger darüber nach, während er eigentlich über seinen Unterlagen zum Skiweltcup und das Hahnenkamm-Wochenende brütete. Als seine Mutter von der Arbeit heimkam, stoppten seine kreisenden Gedanken.

»Weißt du, wer heute bei mir beim Haareschneiden war?«

»Nein. Eine große Berühmtheit wird's bei uns in Nuarach wohl nicht gewesen sein.«

»Quatsch. Jetzt hör mir halt zu. Der Holger war heute bei mir.«

»Wer?«

»Holger von Hochdahl, der Deutsche, der vor einigen Jahren das alte Försterhaus gekauft hat.«

»Hmmm. Ja und?«

»Seine Enkelin geht offenbar bei dir in den Skikurs und er hat nur so geschwärmt, was du für ein toller Skilehrer bist und wie super du alles machst. Seine Enkelin ist anscheinend schwer begeistert von dir«, strahlte ihn seine Mutter an.

Sie war stolz auf ihren Sohn. Er war sich nicht sicher, ob seiner Mutter bewusst war, dass sie von einer erwachsenen Frau sprach, oder ob sie dachte, dass es sich um ein kleines Mädchen mit Zahnspange handeln würde. Vielleicht war es seiner Mutter aber auch einfach egal. Es war ein angenehmes Gefühl, das ihn durchströmte, und doch begann er wieder zu grübeln. Fand sie ihn als Skilehrer gut oder als Kerl oder beides?

»Oh, das ist nett. Hat er sonst noch was gesagt?«

»Nur halt die Schwärmerei und wie super seine Enkelin jetzt schon Skifahren kann, nach ein paar Tagen bei dir.«

Diese Information half ihm jetzt auch nicht weiter, weshalb er beschloss, den morgigen Abend einfach auf sich zukommen zu lassen. Er würde dann ja ohnehin merken, in welche Richtung es ging, hoffte er wenigstens.

Der Tag begann zeitig in der Früh in Kitzbühel im Pressezentrum. Es war für Martin das erste große Ereignis als Journalist und er wollte nichts Versäumen. Das Gewusel hielt sich noch in Grenzen, aber immerhin tippten schon ein paar andere Early Birds fleißig in ihre Computer. Nachdem er dann doch merkte, dass er deutlich zu früh da war, mampfte er sich durch das Frühstücksbuffet, das im Pressezentrum aufgebaut worden war. Währenddessen studierte er noch einmal die Startliste für die Sprintabfahrt. Auf kürzerer Strecke wurden heute zwei Abfahrten hintereinander gefahren. Es fehlte aber ausgerechnet der beste Skifahrer der Welt, Hermann Maier. Er war krank oder brauchte eine Pause, weshalb er das Kitzbühel-Wochenende ausließ. Er konzentrierte sich offenbar schon auf die Olympischen Spiele, die in ein paar Wochen in Japan stattfanden.

Martin las sich durch allerhand Berichte und Mitteilungen, die im Pressezentrum für die Journalisten auflagen. Bei den Schneebedingungen für heute stand »hart«, was ihn zum Schmunzeln brachte. Hart bedeutete in Kitzbühel normalerweise immer, dass man eher Schlittschuhe denn Skier brauchte, um über die Piste fahren zu können.

Er musste an den Kindheitstraum von Niki denken, von dem sie ihm am Kinoabend erzählt hatte. Sie träumte, dass sie mit Schlittschuhen die »Streif« hinunterrasen würde, freilich mit Bestzeit. Er fand die Vorstellung niedlich, wie sie im pinken Parka über die Mausfalle sprang, um dann im Steilhang in der U-Kurve das Eis nur so aufspritzen zu lassen. Es folgte das lange Gleitstück bis hin zur Seidlalm und der Hausbergkante, mit der brutalen Schrägfahrt, ehe sie mit ihren Kufen beim Zielsprung abhob zu einem Fünfzig-Meter-Satz. Und beim Abschwingen würde sie den gesamten Zielbereich nur so einstauben mit feinsten Eiskristallen.

Nachdem er schon zu früh im Pressezentrum war, stand er auch zu früh auf der Piste. Er wollte im abgesperrten Pressebereich einen guten Platz finden, damit er die besten Fotos machen konnte. Allerdings dauerte es noch Stunden bis zum Beginn des Rennens, und er sollte es bereuen, so früh schon dort zu stehen. Am Ende würde er seine Beine kaum noch spüren, und das, obwohl er jeden Tag auf Skiern unterwegs war. Dazu war es eisig kalt, dagegen kam auch die Morgensonne nicht an, die jetzt noch in den Zielraum hineinschien. Rundherum werkelten die Mitglieder des Kitzbüheler Skiclubs und des österreichischen Bundesheeres an der Pistenbegrenzung, um alles für das Ski-Fest fertig zu kriegen. Immerhin bekam er auch das erste prominente Gesicht zu sehen, den Fernsehkommentator Armin Assinger. Der bleckte seine Zähne zu einem Grinser und grüßte Martin aus der Distanz, nicht weil sie sich kannten, sondern weil Martin der einzige andere Mensch im näheren Umkreis war.

Langsam füllten sich Tribüne und Pressezone, bis es auf beiden Seiten in ein Gedränge ausartete. Jetzt war Martin wenigstens froh, dass er einen guten Platz hatte. Doch bis es endlich losging, war er müde, durchfroren und konnte mit den klammen Fingern kaum den Auslöser auf der Kamera betätigen. Ein paar Aufwärmübungen mit der Hand, ein Feuerzeug eines netten Fotografen und die Aufregung sorgten dafür, dass sich das bald wieder änderte. Er fotografierte mit seinem Teleobjektiv, wie die Rennfahrer ihre Skier über die steile und mit Rippen übersäte Schrägfahrt prügelten. Er hielt spektakuläre Sprünge fest und wie sich die Skihelden nach dem Abschwingen gebärdeten. Etwa einen Kristian Ghedina, der, umnebelt von einer Schneewolke, erschöpft und zugleich voll aufgezuckert die Zunge herausstreckte.

Letztlich war das Rennen eine Schmach für die Österreicher. Keiner unter den drei Besten, mit Didier Cuche gewann ein Schweizer vor zwei Franzosen. Nach dem Rennen war im Pressezentrum deutlich mehr los als in der Früh. Martin holte sich noch seine Unterlagen für den nächsten Tag und fuhr dann heim, nachdem er ja keinen Stress mit einem Abgabetermin hatte. Die nächste Ausgabe der Rundschau würde es erst in ein paar Wochen geben.

Außerdem musste er am Abend daheim sein, wegen der Abschlussfeier seines Skikurses. Dafür ließ er sogar eine Promiparty sausen. Wenigstens würde es diesmal keine blöden Spiele geben. Da es nur zwei Gruppen mit Erwachsenen gab, wurde die Abschlussfeier diesmal nicht im Wildschütz abgehalten, sondern in einer kleinen Skihütte am Fuße der Buchensteinwand. Alles war kleiner, überschaubarer und es gab weniger Zwang. Alles Dinge, die Martin zu schätzen wusste. Der Nachteil: Er musste mit dem Auto fahren und konnte somit auch nichts trinken. Gerade ein Bier hätte ihn aber wohl etwas lockerer werden lassen, so kam er etwas verkrampft in das kleine holzvertäfelte Stüberl.

Martin war spät dran, weshalb seine Gruppe schon vollzählig war. Auch ein paar Einheimische waren da, etwa Gerhard, der Vater von Joe, der sich mit einem Bier und einer Zigarette unter Martins Leute gemischt hatte. Neben Gerhard saß Tanja, die Martin mit einem freundlichen, aber keineswegs verheißungsvollen Blick empfing.

Das Procedere wurde diesmal anders durchgespielt. Hubert führte rasch und ohne viel Tamtam durch die Siegerehrung, weshalb die Medaillen und Urkunden schnell verteilt waren. Bei Martins Anfängern hatte ein schlaksiger, junger Mann namens Phillip das Rennen gewonnen. Tanja war irgendwo im hinteren Mittelfeld gelandet, was sie stoisch zur Kenntnis nahm. Irgendwie schien sie sich an diesem Abend nicht besonders wohl zu fühlen. Martin hatte noch keine Zeit gehabt, um länger mit ihr zu plaudern. Erst als alle ihr Freigetränk bekamen, konnte er sich zu ihr setzen.

Sie hatte den Tisch gewechselt, plötzlich saß auch Gerhard wieder da und wieder direkt neben Tanja. Nun kapierte Martin, was hier passierte und weshalb sie so seltsam reagierte. Sie wurde dauernd von Gerhard angebaggert, einem verheirateten Mann und Vater von drei mehr oder weniger missratenen Kindern. Gerhard war doppelt so alt wie Tanja. Aber weder diese Tatsache noch ihre unterkühlte Stimmung führten dazu, dass er sich zurückgezogen hätte.

Ganz im Gegenteil. Mit einem satten Griff grapschte er nach ihrer rechten Hand und streichelte ihren Handrücken mit seinen gelblichen Zigarettenfingern. Martin konnte direkt fühlen, wie Tanja ein kalter Schauer über den Rücken lief. In ihm kroch derweilen der Zorn hoch, den er so nur kannte, wenn er mit Gerhards Sohn Joe zu tun hatte. Martin wollte gerade schreien, er solle seine dreckigen Griffel wegnehmen, da riss Tanja ihre Hand los und rutschte näher zu Martin.

»Bring mich hier weg!«, verlangte sie zischend.

»Wohin willst du?«

»Egal. Bring. Mich. Hier. Weg.«

Martin fühlte, wie der Zorn von Genugtuung verdrängt wurde. Innerhalb von Sekunden hatte sich die Situation geändert, und zwar zu seinen Gunsten. Tanja hatte ihn als ihren Ritter auserwählt, der sie vor dem alten Drachen in Sicherheit bringen sollte. Er nahm ihre linke Hand und führte sie von dem Tisch weg, während Gerhard unverständliche aber unflätig klingende Worte murmelte. Sie schnappten sich ihre Winterjacken und waren draußen vor der Tür.

»Und jetzt?«, fragte Martin noch einmal.

»Ich würde gerne ausgehen. Ich glaube, ich brauche ein wenig Leben. Hier bei euch ist es zwar schön tagsüber, aber nachts ist es ein bisschen langweilig.«

Martin dachte nach. In den Wildschütz wollte er mit ihr nicht gehen, er wollte sie für sich allein haben.

»Willst du nach Kitzbühel fahren? Dann kannst du dir die Rennstrecke anschauen und da gibt's ein paar nette Lokale.«

Das gefiel ihr, weshalb sie sich in sein Auto setzten. Etwas zuwider war ihm der violette Corsa jetzt wieder, aber egal. In der Dunkelheit des Parkplatzes sah man dem Auto nicht so sehr an, wie peinlich es in Wirklichkeit war. So fuhr er zum zweiten Mal innerhalb eines Tages die Strecke nach Kitzbühel. Es war eine mondhelle Nacht, die den weißen Schnee zu einem sanften Leuchten verleitete. Der Wilde Kaiser stand in der Finsternis da wie ein Scherenschnitt, und es fühlte sich so an, als läge Romantik in der Winterluft.

Martin stellte den Corsa direkt am Parkplatz vor dem Hahnenkamm ab. Dort durfte er als akkreditierter Reporter sein Auto parken, ansonsten wäre es schwierig geworden, an diesem Wochenende überhaupt einen Abstellplatz zu finden. Sie gingen einige Schritte bis zum Zielbereich. Die Strecke war sporadisch beleuchtet und selbst im fahlen Scheinwerferlicht mochte Tanja erahnen, wie steil es hier war.

»Und da fetzen die runter?«

»Ja. Sie sind so schnell, wie du auf der Autobahn.«

»Wahnsinn. Biste da auch schon einmal runter?«

»Ich bin hier vor ein paar Jahren Meister unserer Schule geworden«, gab er an.

»Echt jetzt? Die ganze Strecke?«

Nun fing Martin an, schelmisch zu grinsen.

»Nein. Es war nur der letzte Teil der Streif. Wir sind ab dem Zielsprung gefahren.«

»Dachte ich mir fast, dass du mich ein bisschen verarscht.«

»Siehst du die Schrägfahrt da oben? Die ist so steil und so eisig, da brauchst du mit normalen Skiern gar nicht fahren. Da hast du keine Chance, dass du dich halten kannst. Du brauchst Bretter, die Kanten haben wie Messer.«

»Ich bin beeindruckt. Aber, erstens ist mir kalt und zweitens will ich jetzt tanzen. Gehen wir?«

Martin nickte und führte sie über den kleinen Pfad entlang der Bahnstrecke wieder zurück zum Hahnenkamm-Parkplatz und runter in Richtung Stadt. Er ging mit ihr eine kleine Runde durch die obere Altstadt, damit sie den Trubel und die Feierstimmung der Ski-Fans mitbekam. An allen Ecken und Enden wurden jetzt am späten Abend von meist Betrunkenen noch immer Fahnen geschwenkt und Schlachtgesänge aufgeführt. Ein Kerl mit einer rotweißroten Gesichtsbemalung hätte sie beinahe im Feiertaumel mit seinem Bier angeschüttet.

»Das ist ja schlimmer als die Weiber-Fastnacht bei uns in Düsseldorf«, lachte Tanja.

Er nahm ihre Hand, damit sie schneller durch das Getümmel kamen, und führte sie zum gleichen Pub, in dem er letztens mit Niki gewesen war. Es war bummvoll und trotzdem quetschten sie sich zwischen die feierwütige Meute. Sie trug unter ihrem Pulli eine enge silberne Bluse. Martin schnappte unmerklich nach Luft, als er sie nun erstmals ohne Pulli, Jacke und ohne verwaschenen Skianorak sah. Ihr amüsierter Blick verriet, dass sie den Atemaussetzer sehr wohl bemerkt hatte.

Er holte von der Bar zwei Cola und wühlte sich wieder zu ihr durch. Sie hatte ganz hinten beim Fenster ein halbwegs freies Eck erwischt.

»Komm, lass uns tanzen!«

»Ich kann nicht tanzen«, druckste er. In Wahrheit war es ihm peinlich, wenn ihm andere Leute dabei zusahen.

»Ach bitte«, wiederholte sie mit sanfter Stimme und bewegte sich bereits rhythmisch zu London Beats *I've Been Thinking About You.*

162

Er schüttelte den Kopf, trank von seiner Cola und schaute ihr fasziniert zu. Allerdings war es ihm auch ein bisschen unangenehm, so neben ihr zu stehen und gar nichts zu tun. Also ließ er seinen Blick im Lokal herumschweifen und etwas weiter drüben entdeckte er Maria. Sie schien mit ihren Freunden zu feiern, bemerkte ihn aber trotzdem. Sie winkte ihm zu, Martin winkte etwas unbeholfen zurück.

»Eine Freundin von dir?«, wollte Tanja wissen. »Skilehrerkollegin. Sie war mit mir in der Ausbildung. Wir haben zusammen die Prüfung gemacht.«

»Gut. Muss ich also nicht eifersüchtig sein.« Martin entkam ein Grinser.

»Bist du denn so eifersüchtig?«

»Und wie!«, seufzte sie. »Komm, lass uns tanzen«, wiederholte sie und sah ihn durchdringend an. Zum Untermauern ihrer Forderung streckte sie ihre beiden Hände nach ihm aus.

Von irgendwoher kam eine Schaufel Mut und er traute sich tatsächlich in ihre Arme. Seinetwegen nicht mehr im Rhythmus, sondern eher zu langsam wiegten sie sich zur Coverversion von *Living Next Door To Alice* hin und her. Wer auch immer fürs Mutzuschaufeln zuständig war, er legte noch eine Schippe obendrauf. Während die anderen Leute im Lokal »Alice, who the fuck is Alice?« schrien, beugte sich Martin leicht vor, um Tanja zu küssen. Doch daraus wurde nichts, sie schob ihn sanft, aber bestimmt, zurück.

Martin war nun verwirrt und auch irgendwie verletzt. Mit so einem Korb hatte er nicht gerechnet.

»Ich wollte dich doch nur küssen«, brachte er verloren hervor.

»Nein. Nicht hier. Nicht in der Öffentlichkeit.«

Martins Selbstvertrauen war wieder schwer ange-knackst und er war etwas sauer. Er hatte das Gefühl, dass sie mit ihm gespielt hatte. Er löste sich von ihr und trank einen Schluck, wie er es schon so oft getan hatte, wenn er aus Verlegenheit nicht wusste, was er sonst tun sollte. Tanja tanzte inzwischen allein weiter und versuchte, sei-nen Arm zu streicheln, doch er zog ihn weg.

»Was ist denn mit dir?«

»Nichts.«

»Mhm. Das merke ich«, sagte sie nun etwas genervter.

»Ich glaub, ich hab keine Lust mehr. Können wir ge-hen?«, fragte er schließlich nach einigen Minuten.

»Sicher«, seufzte sie. Wortlos gingen sie zurück zum Auto.

Auch im Corsa sprachen sie noch immer kein Wort. Doch was als schlimmste Autofahrt seines Lebens be-gann, wandelte sich schließlich zu seiner besten. Er spür-te zunächst regelrecht, wie Tanja am Beifahrersitz nach-dachte und mit sich rang. Irgendwo auf der Landstraße zwischen Kitzbühel und St. Johann hatte sie sich ent-schieden. Sie legte sanft ihre Hand in seinen Nacken und begann zärtlich, seinen Hinterkopf zu kraulen. So sehr ihn das im ersten Moment verblüffte, so sehr genoss er die unverhofften Streicheleinheiten. Wäre er ein Kater gewesen, dann hätte er zu schnurren begonnen. Sie hör-te nicht damit auf, ihn zu streicheln. Die Wärme ihrer Hand vertrieb seinen Ärger mehr und mehr und stellte auch sein angeknackstes Selbstvertrauen ein Stück weit wieder her. Sie wechselten allerdings weiterhin kein Wort miteinander, alles geschah in stiller Harmonie. Er lenkte den Wagen durch den mittlerweile eingefallenen Nebel, sie kraulte ihn. Er hatte schon extra den Umweg über den See genommen, damit er die Länge der Autofahrt hinauszögern konnte. Er fuhr langsam durch die Schlucht und die kurvige Straße entlang des Sees, von dem die Nebelschwaden kaskadenartig aufstiegen. Und immer noch spürte er ihre kreisende Hand in seinem Nacken.

Als sie schließlich bei der kleinen Skihütte ankamen, war es schon nach Mitternacht. Nur noch Tanjas Auto stand verlassen auf dem überschaubaren Parkplatz. Er stoppte neben dem kleinen Fahrzeug mit dem Düsseldorfer Kennzeichen und stellte den Motor ab. Er war sich nicht sicher, was jetzt passieren würde. Er saß weiterhin wortlos da und ließ Tanja weiterstreicheln. Sie hatte sich mittlerweile zu ihm hingedreht und wartete auf seine Reaktion. Er starrte einfach geradeaus und hatte Gänsehaut. Nach einigen Minuten atmete sie tief ein.

»Soll ich gehen?« Martin konnte noch immer nicht sprechen, also schüttelte er nur zaghaft mit dem Kopf. Wieder Stille. »Soll ich noch bleiben?« Er nickte und wurde nun endlich etwas mutiger. Er drehte seinen Kopf und sah ihr in die Augen.

So einen intensiven Blick hatte er bei einer Frau noch nie gesehen. Sie sagte ihm mit ihren Augen, dass sie ihn wollte, nur ihn und das jetzt. Sie zog seinen Kopf mit ihrer Hand zu sich und küsste ihn, voller Leidenschaft und Zuneigung. Es war sein erster richtiger Kuss, den er von einer Frau bekam. Er ließ sich fallen und war hingerissen von dem, was gerade passierte, obwohl er es selbst kaum glauben konnte. Ein paar Minuten später wurde er dann fordernder und übernahm beim Knutschen selbst die Initiative. Er streichelte jede Stelle ihres Körpers, die er erreichen konnte. Sie ließ sich nun ihrerseits in seine Arme fallen, während sie neben seinem Kopf nun auch noch seinen Rücken kraulte.

»Ich versteh das nicht ganz. Vorhin hast mich noch zurückgestoßen«, stellte er zwischen zwei Knutschern fest.

»Das war kein nein. Das war nur ein nein fürs Knutschen in der Bar.«

Er war glückselig und nahm ihr Gesicht in seine beiden Hände. Versehentlich kam er dabei mit dem Ellbogen am Autoradio an, die Kassette sprang an mit *Bad Medicine*.

»Stehste auf Bon Jovi?«, fragte sie belustigt. »Fast so sehr wie auf dich.«

»Ach, mein Junge, du bist zum Auffressen«, murmelte sie und knabberte an seiner Unterlippe.

Sein Mut war nun überbordend und er ging nach minutenlanger Schmuserei einen Schritt weiter. Er versuchte mit seiner Hand unter ihren Pulli zu kommen und wollte ihn ihr über den Kopf ziehen.

»Was wird das?«, fragte sie nun etwas skeptisch.

»Ich will dich ausziehen.«

»Nein, nein. Das lassen wir lieber«, protestierte sie. »Im Auto ist es unbequem und außerdem viel zu kalt. Das machen wir ein andermal. Lass uns lieber noch schmusen. Das ist gerade so schön mit dir.«

Noch härterer Schnee

Beide mochten sich kaum voneinander lösen und doch musste es irgendwann sein. Nach etwa einer Stunde stieg Tanja aus Martins Corsa und fuhr mit ihrem Auto nach Hause zu ihren Großeltern. Auch Martin sah nun zu, dass er daheim ins Bett kam, denn er musste wieder recht früh aufstehen, um zum nächsten Hahnenkammrennen nach Kitzbühel zu fahren. Lieber wäre er an diesem Tag mit Tanja Skifahren gegangen, doch das ging sich zeitlich nicht aus. Stattdessen hatten sie vereinbart, dass sie sich am nächsten Abend wieder treffen würden. Martin schwebte jedenfalls auf der berühmten Wolke, passend zu den dichten Nebelschwaden, die an diesem Morgen durch die Täler zogen.

Die zweite Abfahrt in Kitzbühel war nicht in Gefahr, weil sich dort der Nebel in die Höhe verzogen hatte. Bei Nebel auf der Piste hätte das Rennen abgesagt werden müssen. Die Rennfahrer hätten dann zu wenig gesehen. Martin las in der Früh wieder die Pistenberichte und Bulletins der Rennleitung. An den Pistenverhältnissen hatte sich wohl nichts geändert. Am Schneestatus »hart« hielt man weiterhin fest, obwohl es nach der gestrigen Abfahrt ja noch einmal eisiger geworden war. Er hatte aus seinem Fehler vom Vortag gelernt und war nicht mehr so extrem früh im Zielgelände. Dafür war es dort ohne Sonne und mit dem elenden Nebel noch kälter als am Tag davor. Aber er war diesmal besser vorbereitet und hatte gleich zwei Paar Handschuhe übereinander über seine Pfoten gezogen. Es sah irgendwie lustig aus, aber es war jedenfalls wärmer.

Die zweite Abfahrt war die richtige und berühmte Hahnenkammabfahrt über die gesamte Rennstrecke

Zehntausende Menschen bevölkerten das Zielgelände und in der Pressezone war noch mehr Gedränge. Auf der VIP-Tribüne saßen der ehemalige Bundeskanzler Franz Vranitzky und wie üblich auch Arnold Schwarzenegger, der Dauergast bei den Hahnenkammrennen war. Dazwischen saßen Bernie Ecclestone, diverse Formel-1-Rennfahrer, einheimische Schauspieler, österreichische Semiprominenz und die Münchner Schickeria. Martin konnte mit seinem Teleobjektiv jedes halbwegs prominente Gesicht heranzoomen und fotografieren. Es würde den Bericht etwas auflockern, wenn auch abseits der Sportler ein paar Prominente darin auftauchten.

Das Rennen selbst war erneut spektakulär, doch wieder gewann kein Österreicher. Der Italiener Kristian Ghedina war diesmal der Schnellste vor dem Schweizer Didier Cuche. Zumindest der Tiroler Josef Strobl wurde Dritter.

Martin aber hatte kaum einen Sinn dafür. Er schwelgte in Erinnerungen nach der vergangenen Nacht, und der nächste Abend konnte kaum rasch genug kommen. Er holte Tanja beim alten Försterhaus ab, denn zu Fuß wäre es von dort zu weit zum Wildschütz gewesen. Sie freute sich sichtlich, ihn zu sehen, und gab ihm einen Begrüßungskuss, aber nur auf die Wange. Gut, damit konnte er leben. Sie wollte gewiss nicht vor dem Haus ihrer Großeltern abgeschmust werden. Ganz Gentleman hielt er ihr die Autotür auf, was sie mit einem gutmütigen Lächeln quittierte. Beim Zurücksetzen ließ er das Lenkrad lässig durch seine Hände gleiten. Er wartete auch nicht ab, bis das Auto stand, sondern gab gleich wieder Gas, nachdem er den Vordergang eingelegt hatte. Eine geschmeidige und coole Abfahrt sollte es werden. Doch Tanja sah das anders.

»Warum müsst ihr Jungs eigentlich beim Autofahren immer so angeben«, spöttelte sie. Sie hatte ihn erwischt, wieder einmal.

Im Wildschütz hatte Tanja ihren großen Auftritt. Für Düsseldorfer Verhältnisse mochte sie underdressed sein, für den Wildschütz reichte ihr Styling aus, um beim Reinkommen gefühltermaßen sämtliche Blicke auf sich zu ziehen. Martin konnte nicht deuten, ob ihr das gefiel oder ob ihr der Auftritt eher unangenehm war. Auch Martins Freunde glotzten sie recht unverhohlen an, vor allem Flo und Maxi. Während Maxi offenbar etwas eingeschüchtert war, fasste sich Flo recht rasch.

»Das ist ja ein geiles Geschoß«, tuschelte er in Richtung Martin als sie sich an ihren Stammtisch setzten.

»Das geile Geschoß dankt«, sagte Tanja und ließ ihn wissen, dass sie alles gehört hatte. Die meisten anderen hätten sich vor Scham am liebsten in Luft aufgelöst, nicht so Flo, der grinste auch noch. »Ganz schön frech, deine Freunde«, konstatierte Tanja mit Grübchen in den Wangen, weshalb Martin wusste, dass sie es nicht böse meinte.

»Wie ist er denn so, unser Martin?«, wollte Flo wissen.

»Einer der liebsten Kerle, die ich je getroffen habe. Aber ihr kennt ihn doch schon viel länger als ich. Solltet nicht lieber ihr mir etwas über ihn erzählen?«

»Was willst du denn wissen?«

»Alles.«

»Geh dir ein Bier holen«, befahl Flo und schaute Martin direkt an, »wir klären inzwischen dein Geschoß auf.«

Martin schüttelte den Kopf, doch auch Tanja drängte ihn, zu verschwinden. Widerwillig ging er an die Bar, um Getränke zu holen. Graserl begrüßte ihn mit einem breiten Grinser.

»Erfolgreiche Jagd gewesen in dieser Woche?«

»Hmmm, ja. Schon.«

Ihm gefiel zwar, dass er für seine Eroberung bewundert wurde. Trotzdem war ihm diese Aufmerksamkeit unangenehm, und er wollte nicht zu viel damit angeben, als befürchtete er ein böses Omen, wenn er es tat. Mit einer normalen Cola für sich und einer Cola-Rum für Tanja kehrte er an den Tisch zurück, wo man sich prächtig amüsierte.

»Wir sind gerade die Tophits deiner Verflossenen durchgegangen«, meinte Maxi, »so viele waren das ja nicht.«

»Sollte so etwas nicht eher ich selbst erzählen?«, brummte Martin.

»Also dein Geschoß findet das süß, dass du noch ein Neuwagen bist«, gackerte Flo. Widerwillig aber doch lachte er mit, vor allem weil Tanja dieses Getratsche offenbar auch mit Humor nahm.

»Magst du tanzen?«, fragte ihn Tanja.

»Ach du weißt doch, ich und tanzen, das passt irgendwie nicht.«

»Er ist zu schüchtern«, gab Flo wie immer ungefragt seinen Senf dazu.

»Ach mach schon. Keine Angst. Ich küsse dich auch nicht vor all den Leuten«, zwinkerte sie ihm zu.

Mit einem Gesicht, als müsste er mit der hässlichsten Frau der Welt tanzen, ließ sich Martin dann doch auf die Tanzfläche ziehen. Während er sie, oder eigentlich mehr sie ihn, im Arm hielt, sang Prince in *Purple Rain*, dass er nie ein Wochenendliebhaber seiner Liebsten sein wollte und dass ihre Freundschaft hier endete. »I never want to be your weekend lover. I only wanna be some kind of a friend. Baby I could never steal you from another. It's such a shame, our friendship had to end!" Martin hoffte, dass Tanja nicht auf den Text geachtet hatte. Die schlimme Vorahnung schien sich zu bestätigen, als Tanja plötzlich eine Frage in den Raum stellte.

»Was mach ich denn jetzt eigentlich mit dir?«

»Mich knutschen, wenn wir von dieser Tanzfläche runter sind«, versuchte es Martin mit Humor.

Ihre Grübchen verrieten ihm, dass er es zumindest vorerst geschafft hatte, einem ungemütlichen Thema den Giftzahn zu ziehen. Sie kuschelte sich enger an ihn und alle Blicke im Wildschütz waren auf sie beide gerichtet. So fühlte es sich jedenfalls für Martin an, und zu seiner eigenen Überraschung war es ihm mittlerweile egal.

Auf *Purple Rain* folgte die nächste Deprischnulze mit *Über sieben Brücken musst du gehen*. Hatte sich denn die ganze Musikwelt in dieser Disco gegen ihn verschworen, fluchte Martin in sich hinein.

»Du weißt, dass ich morgen wieder nach Hause fahren muss?« Martin nickte, was sie zwar nicht sehen konnte, aber sie spürte die Bewegung seines Kopfes. »Und was machen wir dann?«

»Telefonieren«, meinte Martin einsilbig, weil er nicht reden konnte.

»Mein kleiner Pragmatiker«, lächelte Tanja.

»Willst du meine Freundin sein?« Martin überrumpelte sogar sich selbst mit seiner Offensive. Sie kicherte ein wenig.

»Wir sind doch keine Teenager mehr. Naja. Zumindest ich bin keiner mehr. Gibste mir etwas Zeit bitte. Ich muss mir erst selbst über einige Dinge klarwerden.« Nach einer Pause setzte sie fort. »Und wie würdest du dir das vorstellen, wenn wir ein Paar wären?«

»Besuchen.« Er hatte immer noch seinen Kloß im Hals.

»Was?«

»Besuchen. Also du kannst mich doch hier besuchen und ich kann dich in Düsseldorf besuchen.«

»Düsseldorf ist weit weg von hier. Das sind gut neun Stunden mit dem Auto.«

»Für dich würde ich überall hinfahren.« Sie drückte ihn und warf ihre eigene Regel über Bord, niemals in der Öffentlichkeit zu küssen. Sie presste ihm einen kurzen aber intensiven Schmatzer auf die Lippen.

»Aber weißte, ich habe ja immer noch so etwas wie einen Freund.«

»Den untreuen Arsch? Schieß ihn in den Wind!«

»Ich weiß, du würdest mich nicht hintergehen.«

»Niemals!« Sie kuschelte sich wieder an ihn.

»Aber ich glaub, ich bin zu alt für dich.«

»Das Alter ist doch völlig egal«, meinte er jetzt ein wenig genervt, wohl weil er gewusst hatte, dass dieses Argument irgendwann kommen würde.

»Ich denke, dass ein Mädchen in deinem Alter trotzdem besser zu dir passen würde.«

»Bitte sag so was nicht. Das ist Blödsinn.«

»Warum soll es Blödsinn sein? Es ist wahr.«

»Nein, verdammt. Alles was ich will, das bist du.«

Er kämpfte um seine erste Beziehung, die noch nicht einmal offiziell Bestand hatte, und er führte sich ein wenig so auf, wie unlängst die kleine Franzi bei ihm. Passend dazu legte Graserl jetzt von Wolfgang Petry Wahnsinn auf, was sich aber nicht zum engen Tanzen eignete. Vor allem nicht, weil alle in der Disco beim Refrain immer wieder schreiend »Hölle, Hölle, Hölle« skandierten.

Sie gingen zurück an den Tisch und trafen dort auf Rosi und ihren Freund Tom. Auch Tom machte große Augen, was Rosi nicht sonderlich gefiel.

»Soso. Du hast also das Herz von unserem lieben Martin erobert«, meinte Rosi mit einer Prise Missgunst in der Stimme. Tanja schien den Tonfall überhört zu haben.

»Ja, ich glaube, der gehört jetzt mal mir.«

Martin hingegen hatte den Unterton mitbekommen und strafte Rosi mit einem bösen Blick.

»Ich bin übrigens die Rosi«, stellte sie sich jetzt höflich vor.

»Tanja.«

»Sei nett zu ihm. Er ist ein lieber Kerl.«

»Ja, das ist er. Das muss er sein, weil das auch alle über ihn sagen. Und keine Sorge. Ich kann lieb sein.«

Sie unterhielten sich noch eine Weile, vor allem übers Hahnenkammrennen und übers Skifahren. Tanja hatte vor, nächstes Jahr wieder zu kommen und einen weiteren Skikurs zu machen.

»Hoffentlich wieder bei mir«, stellte Martin fest.

»Na den Skilehrer werde ich nicht mehr austauschen«, meinte Tanja, »der hat mich ja erst so weit gebracht.«

Schließlich wollte Tanja nach Hause. Sie war müde und hatte am nächsten Tag eine lange Fahrt vor sich. Am Weg zum Forsthaus bog Martin im Wald in einen Seitenweg ab.

»Was wird denn das?«, wollte sie wissen, nachdem er den Motor abgestellt hatte.

»Ich hab gedacht, wir wollen noch ein bisschen knutschen.«

»Nein, heute nicht mehr. Bitte nicht böse sein, aber ich bin wirklich müde und muss morgen früh los.«

»Nicht mal ein bisschen?«

»Bitte nicht betteln. Das steht dir überhaupt nicht.« Er war jetzt ein wenig beleidigt. »Gut, du kriegst einen Kuss und dann bringste mich bitte heim.«

Nach dem versprochenen Kuss wollte er noch einen, sah aber ein, dass es zwecklos war. Pflichtbewusst lieferte er sie vor der Haustür ihrer Großeltern ab. Sie umarmten sich lange und innig, ehe sie ihn fortschickte. Sie blieb noch vor der Tür stehen, um ihm zum Abschied zu winken.

An Schlaf war für Martin nicht zu denken, er war gleichzeitig verknallt und unglücklich. Auf das Hochgefühl folgte der Absturz, weil Tanja schon wieder abreiste. Er fuhr mit dem Auto noch in der Gegend herum und hörte sich die Kassette mit den Bon Jovi Liedern an, die letzte Nacht versehentlich angesprungen war. Verzweifelt sang er bei *Bed Of Roses*, *Always* und *Never Say Goodbye* mit, um den Trennungsschmerz zu bezwingen. Über *Livin' On A Prayer* und *Lay Your Hands On Me* brüllte er sich schließlich zu *These Days*, seinem musikalischen Pflaster für alle Lebenslagen.

Vor ihm lag der zugefrorene See, auf dessen Eisschicht sich das Mondlicht widerspiegelte. Die Nebel des Tages hatten sich verzogen und auch Martin sah nun etwas klarer. Er würde auf jeden Fall darum kämpfen, dass aus Tanja und ihm ein Paar werden würde. Bei der Umarmung hatte sie ihn noch einmal um Zeit zum Nachdenken gebeten. Die wollte er ihr geben. Allerdings hatte er nicht vor, zu lange zu warten, damit sie sich nicht von ihm entfernen konnte.

Beinahe wäre er noch einmal zum Forsthaus zurückgefahren. Nur was hätte er dort tun sollen? Sturmläuten und alle aus den Betten jagen schien ihm dann doch nicht die passende Alternative zu sein, um Tanjas Herz zu erobern. Also ließ er seine Angebetete schlafen und fuhr nach Hause. Sein Vater war noch wach, als er sich ins Haus schleichen wollte.

»Was ist denn mit dir los? Du schaust ja fertig aus.« Sein Vater sah ihm offenbar an, dass er vorhin mitunter auch hysterisch geheult hatte.

»Passt schon«, meinte Martin nur knapp, »ich muss einfach nur ins Bett und noch ein paar Stunden schlafen. Morgen ist der Slalom und da muss ich früh in Kitzbühel sein.«

»Und sonst ist nichts?«

Martin stockte.

»Da … da ist eine Frau.«

»Hmmm. Ich seh schon. Mein Sohn ist verliebt. Wo ist das Problem?«

»Das Problem ist, dass sie morgen wieder nach Deutschland fährt und ich nicht weiß, was ich jetzt tun soll.«

»Was hat sie denn gesagt?«

»Sie will Zeit zum Nachdenken.«

»Na dann gib ihr die Zeit, und wenn es sein will, dann werdet ihr auch Zusammenfinden.«

»Ja eh. Aber ich hasse es, so in der Luft zu hängen.«

»Das gehört leider dazu. Es heißt nicht umsonst Leidenschaft, die Leiden schafft. Du wirst das Überstehen, glaub mir. Das haben wir alle erlebt und alle überwunden. Genieß einfach die Zeit, in der du jetzt gerade lebst, und welche Wunder du erleben darfst. Schau, dass du nichts versäumst. Denn der Weg vom jungen Hund zum alten Dackel ist kurz.«

»Hmmm.«

»Was?«

»Hat dir schon einmal jemand gesagt, dass du ein gescheiter Mensch bist?«

»In letzter Zeit nicht, aber du könntest es ja bei Gelegenheit deiner Mama sagen. Die hält mich hin und wieder für einen Trottel«, zwinkerte er seinem Sohn zu.

Martin war eigentlich schon zu alt, um von seinem Vater in den Arm genommen zu werden. Doch jetzt ließ er die Umarmung zu und sich trösten.

»Ach Gottchen, die Kinder werden ja so schnell erwachsen«, seufzte sein Vater, »gestern hab ich dich noch im Arm gehalten, weil du als Baby Koliken gehabt hast und heute wegen Liebeskummer.«

»Papa!«

»Hehe. Tschuldige. Väterliche Macht der Gewohnheit.«

Gerädert stand Martin am nächsten Tag im Zielgelände des Slaloms. Auf das Rennen konnte er sich nicht konzentrieren, seine Gedanken waren bei einer Skischülerin, die er gerade einmal eine Woche lang kannte und die im Moment mit ihrem Auto auf dem Weg zurück nach Düsseldorf war. Immerhin wurde der Abschiedsschmerz heute von den österreichischen Skifahrern etwas gelindert. Es gab einen rotweißroten Doppelsieg durch Thomas Stangassinger und Thomas Sykora. Die österreichische Ehre in Kitzbühel war wieder ein wenig hergestellt, nachdem die Abfahrer ausgelassen hatten.

Martin führte mit Thomas Stangassinger ein kurzes Interview und musste dabei die ganze Zeit an Tanja denken. Sie hatte Martin als künftigen Sir bezeichnet und Thomas Stangassinger galt als Sir unter den Skifahrern. Er hatte einfach eine noble Ausstrahlung, sowohl während des Rennens als auch im Umgang mit der Konkurrenz. Für seinen Artikel in der Rundschau wählte Martin dann als Überschrift: »Ein Sir wird zum Ski-König von Kitzbühel«.

Den restlichen Tag versteckte er sich in seinem Zimmer und hörte Musik. Er widerstand dem Drang, bei Tanja anzurufen. Sie wollte Zeit, also gab er ihr Zeit, wenigstens heute. Als er zum Abendessen runterkam, grinste ihn sein Vater an.

»Eine gewisse Tanja von Hochdahl hat vorhin angerufen. Ich soll dich lieb grüßen lassen und dir ausrichten, dass sie gut daheim angekommen ist.«

Martin durchströmte ein warmes Gefühl.

»Danke, aber wieso hast du mich nicht geholt?«

»Ich hab gedacht, dass du schläfst und außerdem wollte sie nur die Botschaft ausgerichtet haben.«

»Was ist das für ein Mädchen?«, wollte seine Mutter wissen.

»Eine Skischülerin von ihm«, erwiderte der Vater, »vermutlich die Enkeltochter vom Holger.«

»Oh«, sagte die Mutter, »oooh.« Es dämmerte ihr. »Du Schatz. Da hat noch ein Mädchen für dich angerufen«, fügte seine Mutter hinzu.

»Noch eins?«, grinste sein Vater.

»Ja, die Blonde vom Skilift. Wie heißt sie gleich noch mal?«

»Niki?«

»Ja, stimmt. Niki heißt sie. Sie hätte gerne, dass du sie zurückrufst.«

»Der Junior im Frauenstress«, neckte ihn sein Vater.

»Wir sind nur befreundet, kein Stress«, erwiderte Martin, während das Telefon klingelte.

»Ja, er ist da. Moment«, sagte seine Mutter und überreichte Martin das neue Funktelefon, das sie seit Weihnachten hatten. »Es ist die Kramer Rosi«, sagte sie in neutralem Ton, während sein Vater große Augen machte, lautlos die Worte »drei?« und »oh mein Gott!« formte und zum Unterstreichen noch fragend drei Finger hochhob.

Martin schüttelte genervt den Kopf und trollte sich mit dem Telefon ins Wohnzimmer.

»Mach nicht zu lange. Es gibt gleich Essen«, rief ihm seine Mutter hinterher.

»Hey, Rosi. Was ist los?«, sagte Martin ins Telefon. Sie klang verheult.

»Nachdem ihr gestern weg gewesen seid, hat es noch einen riesigen Krawall gegeben.«

»Oje. Was war denn?«

»Zuerst haben Tom und Joe wieder gestritten. Graserl hat alle beide rausgeworfen. Im Schnee draußen wollte Tom dann Joe verprügeln, was ich verhindert hab. Ich hab Tom weggezogen.«

»Na, dann ist ja eh alles gut ausgegangen.«

»Nein, ist es nicht. Am Heimweg hat mir Tom dann vorgeworfen, ich würde Joe verteidigen. Er glaubt, ich hätte noch was mit Joe, dieser Idiot.«

»Hast du noch was mit Joe?«

»Nein, natürlich nicht. Du bist auch ein Idiot!«
»Tschuldigung.«

»Daraufhin hab ich ihm vorgeworfen, dass er deine Tanja mit den Augen ausgezogen hat. Was ja auch gestimmt hat.«

»Ok. Und dann?«

»Er hat es bestritten, und ich hab ihm dann vorgehalten, dass er sich dauernd nach anderen Weibern umdreht. Was auch stimmt. Aber er hat das abgestritten.«

»Hmmm. Oje.«

»Und dann haben wir uns so fürchterlich gestritten, dass er noch in der Nacht abgehauen ist, und seither hab ich nichts mehr von ihm gehört.«

»Ach so ein Scheiß, aber das wird schon wieder.«

»Ich weiß gar nicht, ob ich will, dass es noch mal wird. Ich bin sooo sauer.«

»Versteh ich. Aber schau, du magst ihn doch, oder?«

»Momentan grad ein bisschen weniger.«

»Ja, aber prinzipiell magst du ihn.«

»Ich liebe diesen Arsch.«

»Na, dann mach ihm klar, dass da zwischen dir und Joe nichts ist, und vergib ihm seine kleinen Fehler. Wenn er sonst treu ist, dann lass ihn halt schauen.«

»Hmmm.«

»Sonst müsste ich ja auch angefressen sein, weil Tom, meine Freunde und überhaupt alle im Wildschütz Tanja angegafft haben.«

»Ich weiß, was du meinst. Du hast wohl recht. Ich bin trotzdem noch immer sauer auf ihn.«

»Das kannst du auch sein. Am besten ist, wenn du mal eine Nacht drüber schläfst, und morgen versucht ihr halt, normal miteinander zu reden.«

»Ja, ich seh ihn ja ohnehin in der Schule.« Es folgte eine Pause.

»Warum hast du eigentlich mich angerufen und telefonierst nicht mit deinen Freundinnen?«

»Mit denen hab ich eh auch telefoniert. Ich wollte eine männliche Meinung haben.«

»Und? Zufrieden?«

»Ja, denk schon. Du hast mich etwas beruhigt.«

»Gut. Wann bist du wieder in der Skischule?«

»In den Ferien. In zwei Wochen.«

Martin versuchte noch vor dem Essen, Niki anzurufen. Doch sie hob nicht ab. Beim Abendessen wurde er von seinen Eltern ausgequetscht, was Rosi wollte und wer Tanja war. Beim Thema Tanja war zumindest sein Vater zurückhaltender, weil er sich schon längst zusammengereimt hatte, dass es bei der nächtlichen Unterhaltung um sie gegangen war. Dafür war er umso neugieriger, was Rosi von ihm wollte.

»Sie hat Stress mit ihrem Freund und wollte nur reden.«

»Nur reden?«

»Nur reden.«

»Soso.«

Martin kam an diesem Abend mit dem Augenrollen nicht mehr zurande.

»Sagt einmal, kann man denn nicht einfach so mit einem Mädchen befreundet sein?«

»Schon, aber du hast dich doch bisher vor Mädchen gefürchtet«, meinte seine Mutter.

»Also das ist mittlerweile Jahre her«, protestierte er nun energisch, wohl wissend, dass es eher ein paar Wochen waren.

»Und was ist mit dieser Niki? Mit der warst du doch letztens sogar im Kino«, bohrte sein Vater noch weiter nach.

»Auch sie ist nur eine Freundin.« Wieder das Augenrollen. Seine Eltern wussten schon längst, dass sie ihren Sohn nervten. Aber es machte ihnen Spaß, ihn ein wenig zu foltern.

Nach dem Essen erreichte er endlich Niki. Er hatte das Telefon vorsorglich mit auf sein Zimmer genommen, weil er seine Eltern beim Fernsehen nicht stören wollte oder andersrum, er wollte seine Ruhe haben. Auch ihre Stimme klang seltsam, es gab nicht das typische »H-a-a-l-l-o-o«-Gesinge, sondern nur ein strammes »Hi«.

»Hey, was ist los?«

»Ich wollte nur wissen, wie dein Kitzbühel-Wochenende war.«

»Sehr kalt, sehr viele Leute, sehr viel Rambazamba. Das ist die Kurzfassung.«

»Ich will aber die Langfassung, mir ist langweilig.«

Also erzählte er ihr die Details, hatte aber das Gefühl, dass sie ihm gar nicht richtig zuhörte. »Und dann ist mir noch etwas Peinliches passiert. Kennst du den Wetter-frosch vom Tiroler Fernsehen?«

»Mhm, den kennt jeder.«

»Jedenfalls steht der im Pressezentrum beim Buffet plötzlich vor mir. Und ich begrüße ihn wie einen alten Bekannten mit ‚Servus, wie geht's dir?' Dann ist mir erst geschossen, dass ich den Mann zwar seit meiner Kindheit aus dem Fernsehen kenne, aber er hat mich ja noch nie in seinem Leben gesehen.«

»Aha.«

»Am liebsten wäre ich im Boden versunken. So schlimm. Aber er hat mich ebenso angestrahlt, wie ich ihn. Vermutlich denkt er jetzt noch darüber nach, woher er mich kennen müsste.«

»Mhm. Süß.«

»Sag mal, interessiert dich das alles überhaupt?«

»Doch, doch, doch. Und war sonst noch was Spannen-des an diesem Wochenende?«

»Hmmm.«

»Was, hmmm? Erzähl schon!«

»Ich glaub, ich bin verknallt!«

»In die Düsseldorferin …«

»Ja. Moment. Woher weißt du, woher sie kommt?«

»Na, das weiß doch jeder mittlerweile.«

»Wie jeder?«

»Es gibt seit dem letzten Abend kein anderes Thema mehr, als dass der Martin eine geile Düsseldorferin abge-schleppt hat. Außerdem hat es mir die Rosi erzählt.«

»Ah. Jetzt versteh ich. Du wolltest gar nicht wissen, wie Kitzbühel war. Du wolltest wissen, was mit Tanja war.«

»Jaja, jetzt erzähl schon!«

»Also gut. Wir waren am Freitag in Kitzbühel was Trinken. Und bei der Heimfahrt hat sie begonnen, mich zu streicheln. Wir haben dann im Auto wie die Teenager herumgeknutscht.«

»Na, du bist ja auch noch einer.«

»Hey. Frechheit!«

»Hihi, na stimmt doch.«

»So was Ähnliches hat sie auch gesagt.«

»Und dann hast du sie verführt?«

»Nein.«

»Nein? Wieso nicht?«

»Sie wollte nicht. Sie hat ja eigentlich noch einen Freund.«

»Oh mein Gott. Und auf so etwas lässt du dich ein?«

»Naja. Er hat sie betrogen und deswegen wird sie wohl mit ihm Schluss machen.«

»Hmmm.«

»Was?«

»So was glaub ich immer erst, wenn es soweit ist. Wie seid ihr verblieben?«

»Sie will Zeit zum Nachdenken.«

»Und die gibst du ihr?«

»Ja, klar. Sie ist so eine tolle Frau. Und überhaupt. Du wolltest doch, dass ich eine Freundin finde. Wieso jetzt so skeptisch?«

»Weil ich nicht will, dass dir jemand weh tut.«

»Quatsch«, sagte er, obwohl ihn diese Sorge in Wellen ebenfalls immer wieder erfasste.

»Sag mal, Niki, du bist aber nicht eifersüchtig oder so?«

Kurze Pause.

»So ein Blödsinn«, sagte sie schließlich, »du weißt, dass ich einen Freund habe, und wir beide nur Kumpel sind.«

Sie zögerte mit der Antwort allerdings für den Bruchteil einer Sekunde zu lange, weshalb er ahnte, dass sie möglicherweise geschwindelt hatte. Doch Martin tat so, als würde er ihr glauben, und schloss diesen Gesprächsteil ab.

»Ok. Und wann wollen wir dir das Skifahren beibringen?«, fragte er, um das Thema zu wechseln. Niki schien die Plapperlaune aber wieder vergangen zu sein.

»Weiß nicht. Wenn der schwer beschäftigte Mister Skilehrer halt einmal für mich Zeit hat«, meinte sie kurz angebunden. Er versuchte, den Tonfall zu ignorieren.

»Naja, halt an einem Wochenende, an dem du mal nicht arbeiten musst.«

»Ich muss jetzt jedes Wochenende arbeiten. Reden wir ein anderes Mal darüber. Ich bin müde und will mich vor den Fernseher hauen. Gute Nacht!« Sie legte auf und wartete gar nicht ab, bis Martin ihr ebenfalls eine gute Nacht gewünscht hatte.

Entnervt warf er das Funktelefon auf sein Bett und ärgerte sich gerade über die Frauen im Allgemeinen und über Niki im Speziellen. Warum musste ausgerechnet sie ihm diese Sache mit Tanja so miesmachen und seine Zweifel noch verstärken? Warum konnte sie sich nicht einfach mit ihm freuen? Denn sie selbst war für ihn ja sowieso unerreichbar, das hatte sie ihm klar mitgeteilt.

Der Wecker riss ihn aus dem Schlaf. Er war angezogen auf dem Bett eingeschlafen und sah ziemlich zerknautscht aus. Er musste sich beeilen, denn in dieser Woche wurde wieder vor den Skikursen trainiert. Sie mussten rund um die Faschingswochen wieder ihre Ski-Show vorführen und Hubert führte ein strenges Regiment. Er wollte Perfektion oder zumindest so nah wie möglich an die Vollkommenheit herankommen. Dementsprechend triezte er das gesamte Team beim Formationswedeln so lange, bis er halbwegs zufrieden war. Die Skilehrertruppe war aber nicht allein beim Üben an diesem Montagmorgen. Auch der Skiclub Pillersee war mit der Jugendmannschaft beim Training. Offenbar hatten die Jugendlichen fürs Skitraining schulfrei bekommen. Sie hatten am Rand der roten Piste beim Hochleitenlift einen Slalom ausgeflaggt. Martin und die anderen sahen den Teenagern zu, wie sie durch den Stangenwald rauschten.

Martin war zwar in seinem Leben auch schon einige Skirennen gefahren, aber noch nie einen Slalom. Von der Theorie her war es einfach, und er hatte es ja gerade erst am Tag davor live beim Slalom in Kitzbühel gesehen. Man musste die Stange mit dem Schienbein niederfahren und wegdrücken, sodass die Kippstange ihrem Namen gerecht wurde und zur Seite kippte. Martin beschloss, nach dem Skilehrertraining einen Versuch zu wagen. Doch was Martin nicht bedacht hatte: Die Rennfahrer und auch die Jugendlichen trugen alle Schienbeinschützer. So fuhr Martin mit Brutalität auf die erste Stange los. Gleich bei der ersten Berührung mit der Torstange meinte er, seine Schienbeine müssten brechen. Er fluchte laut und zugleich blieb ihm durch den Schmerz die Luft weg. Zu allem Überfluss kippte die Stange auch nicht, wie in der Theorie erdacht, komplett zur Seite, sondern schwang lediglich ein bisschen nach links. Das heimtückische Ding hatte diesen Schwung aber nur genommen, um wie eine Feder zurückzuschnellen. Sie traf Martin mit voller Wucht am Kinn und knockte ihn aus, denn er hatte freilich auch keinen Helm mit einem Kinnschutz, wozu denn auch? All das passierte in Sekundenbruchteilen, ehe er unsanft auf der eisigen Piste landete. Und das vor den Augen der Skiclubjugend, die gerade mit dem Schlepplift am Weg nach oben an ihm vorbeifuhr.

Kitzbühel hatte recht. Schnee konnte hart sein, sehr hart sogar.

Tiefer Schnee

»Gott, was ist denn mit dir passiert«, wollte Niki wissen, als er unten bei der Talstation seine Skier abschnallte.

»Kleiner Unfall beim Stangentraining. Bin etwas zu brutal in den Slalom reingefahren.«

»Ach herrje. Das schaut gar nicht gut aus. Warte, ich komm raus zu dir«, sagte sie und verschwand hinter ihrem Kartenschalter. Sie tupfte seine Lippe mit einem Taschentuch ab und wickelte Schnee in ein zweites Taschentuch, um das Kinn zu kühlen. Martin grinste. »Was lachst denn so blöd?«

»Weil du dich aufführst, als wäre ich schwerstens verwundet.«

»Blödmann.«

»Eh total lieb von dir. Und wenigstens redest wieder mit mir.«

»Hmmm … ja. Ich war gestern nicht gut drauf. Es sind ein paar Sachen, die mich gestern geärgert haben. Tut mir leid, dass ich es an dir ausgelassen hab.«

»Schon verziehen. Was hat dich denn so geärgert?«

»Streit mit Sebastian. Das erzähl ich dir irgendwann einmal. Aber sicher nicht hier vor allen Leuten.«

Martin war zwar neugierig, musste aber sowieso zum Morgenappell und zur Zuteilung seiner neuen Skigruppe. Er durfte sich wieder um eine Anfängergruppe kümmern, Erwachsene. Er wusste zu dem Zeitpunkt aber noch nicht, dass es um lauter weibliche Erwachsene ging. Manfred hatte ihm einen schwäbischen Kegelverein umgehängt, zehn Hausfrauen allein auf Urlaub ohne ihre Familien, und freilich ganz ohne ihre Männer. Entsprechend schrill wurde Martin auf dem Sammelplatz von der weiblichen Meute begrüßt.

»Ja, scheiß die Wand an. So ein hübsches Büble.« »Hast du den Knackarsch gesehen?« »Juhuuu, Süßer. Da sind wir.«

Zwanzig Skistöcke winkten ihm zu, fanatisch wedelnd wie ein Hundeschweif. Er spürte eine Überforderung aufkeimen, noch lange ehe ihm klar war, was ihm in dieser Woche blühen sollte. Wenn er sich einst gedacht hatte, er wäre mit der Kindergruppe gestraft gewesen, das hier wurde eine Strafaktion biblischen Ausmaßes. Augenblicklich war ihm bewusst, dass Angriff die beste Verteidigung war. Er musste sein introvertiertes Wesen innerhalb von Sekunden in einen selbstbewussten Kerl verwandeln, der die Frauentruppe mit seinem Charme um den Finger wickeln und sofort das Kommando übernehmen konnte. Gleich wie bei den Kindern gab es aber auch hier eine klare Hierarchie.

Die Anführerin der Truppe hieß Magda, eine großmäulige und aufgetakelte Mitvierzigerin mit blonden Strähnchen. Ihrer Haut sah man an, was von ihrer Stimme bestätigt wurde: Sie rauchte seit Jahren zu viel. Allerdings hatte sie keine schlechte Figur, was ihr selbst wohl am allermeisten bewusst war und weshalb sie den Begriff eines hautengen Skianzuges überstrapazierte.

Die Frau mit dem meisten Geld in der Runde, war wohl Adelinde. Ihr Mann war Anwalt und hatte ihr einen Designer-Skianzug gesponsert, wie sie stolz zwischendurch immer wieder einstreute. Martin nannte sie frech das Glitzerperlchen, weil die Strasssteine auf ihrem Anzug in der Sonne mit dem Schnee um die Wette glitzerten. Für den Spitznamen Glitzerperlchen erntete er gleich einmal viel Gelächter von den Allgäuer Amazonen, so nannten die Damen ihren Kegelverein. Adelinde war erst Ende zwanzig und somit das jüngste Mitglied der Kegelrunde, weshalb sie auch in der Hackordnung noch weiter unten stand.

Als Vizechefin nah am Futtertrog der Macht saß die sabbernde Sabine. Diesen Spitznamen gab ihr Martin insgeheim, weil sie ihn von Beginn an lüstern anstarrte, als wäre sie kurz vorm Geifern. Sabine hatte wohl einige Kilo zu viel auf der Waage, weshalb sie niemals das Standing innerhalb der Truppe haben würde, um die Nummer eins zu sein. Als dicke Vizechefin wurde sie hingegen geduldet und hofiert, soweit das die anderen Damen für notwendig erachteten.

Die restlichen Frauen waren die klassischen Mitläuferinnen, die es sich in ihrem Leben und in der Truppe bequem eingerichtet hatten. Sie hingen an Magdas Lippen, das Wort ihrer rauchigen Stimme war Gesetz. Und so erklärte Magda zunächst einmal Martin, wie das hier laufen würde, und nicht umgekehrt. Sie wollten vor allem in der Sonne fahren und nicht im Schatten, außerdem verlangte sie, dass Martin nach dem Kurs jeden Tag mit ihnen zum Après-Ski zu gehen hatte. Martin warf vorsichtshalber gleich einmal ein, dass er noch einen zweiten Job hatte und deswegen vermutlich nicht jeden Tag mit an die Ski-Bar gehen konnte. Schließlich konnte er die Damen dazu überreden, endlich ihre Skier anzuschnallen und mit dem Kurs zu beginnen. Extra für die Frauen führte er gemeine Dehnübungen in seinem Kurs ein, um der plappernden Gemeinschaft etwas die Luft zum Reden zu nehmen.

Zunächst ließ er die Frauen mit den Händen bis zu ihren Skispitzen nach vorne wandern und langsam wieder zurück. Danach verlangte er von ihnen, so tief in die Hocke zu gehen, bis der Hintern die Skibindung berührte. Freilich schaffte das nur Martin so tief runter, aber zumindest für den Moment waren seine Anfängerinnen einmal beschäftigt.

»Mein Arsch kommt nicht so tief runter«, bellte Sabine beleidigt.

»Dann müssen wir noch viel üben«, grinste Martin.

»Ich schaue lieber dir beim Üben zu«, sabberte Sabine und alle anderen kicherten.

Nach der Gymnastikeinheit stapfte Martin voraus durch das Kinderparadies, gefolgt von den Allgäuer Amazonen. Fast wie erwartet, kippte Sabine als erste um und musste hochgehoben werden. Beim Hochziehen hielt sie sich bei Martin fest, wohl zufällig beim Ansatz seines Hinterns.

»Danke, mein hübsches Büble!«

Es wurde wieder so lange gekichert, bis die rauchige Stimme von Magda befahl, dass es jetzt zum Lift gehen sollte. Martin musste minutenlang auf sie einreden und ihr klarmachen, dass das noch einen Schritt zu früh war.

»Na, dann komm mal in die Puschen«, verlangte Magda, »wir sind ja hier zum Skifahren und nicht zum Skiwandern.«

Alle Frauen lachten, Martin lachte ein bisschen mit. Immerhin, nach dem Einüben des Schneepflugs, ging es noch am Vormittag zum Babylift. Dort schaffte es Sabine, dass sie mitsamt Zugseil umkippte und durch den Dominoeffekt sämtliche Kegelschwestern mit aus dem Lift kickte.

»Alle neune«, stellte Martin fest.

Glitzerperlchen neben ihm lachte, bis sie den bösen Blick von Magda sah, die sich am Boden wälzte. Der Reihe nach richtete Martin die umgekegelte Kegelrunde wieder auf, und die meisten hielten sich beim Hochziehen am Ansatz von Martins Hintern fest, auch diesmal wohl wieder zufällig. Beim ersten Runterfahren stellten sich alle recht gut an, überraschenderweise sogar Sabine.

»Na Mädels, das haut doch schon gut hin! Jetzt können wir zum richtigen Skilift«, forderte Magda unter dem Johlen ihrer Anhängerschaft ein.

Auch nun musste sich Martin wieder den Mund fusselig reden, um sie davon zu überzeugen, dass sie noch nicht so weit waren. Einige Übungsfahrten und mehrere Aufstehhilfen mit Körperkontakt später, konnten sie schließlich zum Schlepplift wechseln. Martin zeigte ihnen einen Schleppliftbügel und führte ihnen vor, wie ihnen der Liftwart den Bügel unter den Hintern schieben würde.

»Kannst ruhig fester auf mein Popöchen klatschen«, meinte Magda und alle lachten wieder. Ein gequältes Lächeln von Martin.

»Aufpassen, dass ihr den Bügel beim Einsteigen nicht zwischen die Beine kriegt«, erklärte er weiter.

»Deinen Bügel kannst mir gerne zwischen die Beine stecken«, kommentierte Magda. Alle lachten, bis auf Martin und Sabine. Sabine schaute etwas böse, Martin war jetzt erstmals richtig überfordert.

Sabine hatte sich vorgedrängt, um als erste mit Martin mit dem Lift zu fahren. Während der Fahrt am Hochleitenlift textete sie ihn zu. Unter anderem erzählte sie davon, dass sie zum Spaß hin und wieder in einem Nagelstudio aushalf. Arbeiten musste auch sie nicht, weil ihr Mann genug Geld heimbrachte. Martin hatte allerdings schon wieder vergessen, was Sabines Mann von Beruf war. Er erfuhr dafür ungefragt, dass ihr Mann kaum Zeit zu Hause verbrachte und viel auf Reisen war. Sabine war offensichtlich einsam und die Allgäuer Amazonen waren ihr einziges Hobby.

Endlich waren sie an der Ausstiegsstelle bei der Mitte des Liftes angelangt. Während er Sabine schon auf der Seite geparkt hatte, nahm er die schnatternde Kegelrunde in Empfang. Beim Aussteigen warfen sie ihm wieder Blicke zu, als würden sie ihn am liebsten auffressen. Martin musste an die Miss-Tirol-Vorwahl denken und irgendwie taten ihm die Frauen jetzt sehr leid.

Glitzerperlchen kam als letzte oben an und legte sich gleich einmal beim Aussteigen in den Schnee. Sie glitzerte tatsächlich mit den Schneekristallen um die Wette. Die Damenrunde stand etwas entfernt und grölte.

»Anpacken! Anpacken! Anpacken!«

Martin verstand zunächst nicht, was gemeint war. Adelinde murmelte eine Entschuldigung, langte beim Hochhelfen genau auf seinen Hintern und packte zu. Das war diesmal kein Zufall und es wurde auch nicht mehr so getan, als ob es einer wäre. Martin erschrak, versuchte aber, das so weit wie möglich zu verbergen. Währenddessen johlten die Allgäuer Amazonen, als hätte Glitzerperlchen soeben einen Strike geschafft. Martin hatte keine Ahnung, wie er sich verhalten sollte. Sollte er mit ihnen reden oder weiter den Coolen spielen. Er entschied sich für die coole Masche. Nachdem ihm allerdings auch kein entsprechender Spruch einfiel, sagte er einfach nichts. Hinter seinem Rücken hörte er das Getuschel.

»Und wie war er?«, fragte eine.

»Fest und prall«, antwortete Adelinde.

»Also ganz so, wie Mama ihn mag!«, bestätigte Magda.

Martin seufzte innerlich und lotste die Frauengang im Schneepflug zurück ins Tal. Es war schon fast zwölf, weshalb Martin die Mittagspause ausrief. Er selbst brauchte nämlich dringend eine Pause und einen Rat, wie er mit der Gruppe weiter umgehen sollte. Er erzählte Manfred, wie der Vormittag abgelaufen war, doch der war deswegen nicht weiter verstört.

»Sei nicht so zimperlich. So was kommt vor. Spiel mit und hau ein paar lässige Sprüche raus, dann kriegst am Ende ein dickes Trinkgeld von den Tanten.«

»Mitspielen? Sicher?«

»Ganz sicher. Sie wollen einen kernigen Tiroler Buben. Und den lieferst du ihnen halt.«

Martin war überrascht. Diesen Tipp hätte er sich von Manfred nicht erwartet. Inzwischen war Joe in das Büro gekommen und mischte sich ebenfalls ein.

»Hebt sich unser Milchbubi an ein paar Frauen einen Bruch?«

»Geh komm, sei still!«, antwortete Martin genervt.

»Wenn du die paar Hasen nicht schaffst, dann gib mir deine Gruppe und ich mach das schon für dich. Ach, geht ja nicht. Du kannst ja leider nicht Snowboarden und deswegen nicht meine Gruppe übernehmen«, ätzte Joe.

Martin schnaubte grantig und verließ das Büro. »Mitspielen!«, rief ihm Manfred noch von drinnen nach.

Er verstand wohl, was sein Chef meinte. Er fühlte sich dabei aber irgendwie nuttig. Um auf andere Gedanken zu kommen, wollte er mit Niki plaudern. Doch die hatte Stress und gerade viele Leute am Kartenschalter zu bedienen. Sie deutete ihm, dass er hinten zu ihr reinkommen sollte, was er auch tat. Es war eine interessante Perspektive, die man von Nikis Arbeitsplatz aus auf den Skitrubel hatte. Man sah genau, was sich bei der Warteschlange vor dem Sessellift abspielte. Als endlich etwas Ruhe bei Niki war, drehte sie sich zu ihm um.

»Mann, bist du prall!«

»Was?«, fragte Martin hastig und wunderte sich, woher Niki die Hinterngrapschaktion und die Bewertung durch Glitzerperlchen mitbekommen hatte. Hatte sie aber gar nicht.

»Deine Lippe. Ganz schön prall angeschwollen mittlerweile. Hast fast schon so dicke Lippen wie ich.«

»Du hast doch keine dicken Lippen. So etwas nennt man einen Kussmund.«

Sie lachte schallend.

»Wer hat dir denn den Blödsinn erzählt?«

»Irgendeine Frauenzeitschrift in Mamas Salon!«

»Na, dann hast du heute auch einen Kussmund. Andere nehmen Botox dafür, du machst das mit einer Torstange. Weiß nicht, was schmerzvoller ist.«

»Natürlicher ist die Torstange!«, hielt er mit einem erhobenen Zeigefinger fest. Niki kicherte vor sich hin und ging raus, um Schnee zu holen. Sie drückte ihm den kalten Schnee auf die nun pulsierende Lippe. »Du wirst mal eine gute Mutter«, blödelte Martin. Dafür bekam er wie schon öfters von Niki einen Klaps auf den Arm. Aber sie hatte ihn tatsächlich ein wenig von seinem Problem abgelenkt. Am Nachmittag musste er sich allerdings den Allgäuer Amazonen wieder stellen.

Er beschloss, dass er kein Opfer sein wollte und stattdessen wieder mehr in die Offensive gehen würde. Er würde mitspielen, so wie es Manfred ihm geraten hatte, aber mit einer Prise mehr Dominanz. Er wollte endlich sagen, wo es langging.

»Willkommen zurück im Skikurs, liebe Allgäuer Amazonen, oder sollte ich lieber Allgeile Amazonen sagen?« Den Spruch hatte er sich zurechtgelegt. Großes Gelächter und ein paar langgezogene »wuu-uuu« bekam er dafür als Belohnung. »Hergehört, Amazonen. Antatschen ist verboten«, betonte Martin und deutete auf sein Hinterteil, »sonst tatscht euch meine Freundin an.«

»Hoho, hört, hört. Das süße Büble hat eine Freundin«, johlte Magda.

Es waren zwei Schritte vorwärts und wieder ein Schritt zurück, aber insgesamt immerhin ein Fortschritt für ihn bei der Gruppendynamik. Die nächsten Fahrten mit dem Schlepplift und auch die Talfahrten verliefen erfreulich ereignislos. Martin kam sogar dazu, der Frauentruppe den Stemmbogen beizubringen. Inzwischen hatte es außerdem zu schneien begonnen und der Schneefall dämpfte das ansonsten schwer zu ertragende Geschnatter. Die nächste Liftfahrt ging ganz rauf auf die Hochleiten und Martin fuhr mit Magda. Sie ging gleich mal ohne Smalltalk direkt auf Tuchfühlung.

»Na, wie wär's denn mit uns beiden? Magst du bei mir aufsitzen?«

Sie hatte ein rasselndes Lachen von der Raucherei.

»Was meinst du mit aufsitzen? Wir sind doch schon im Lift.«

Jetzt lachte sie erst recht laut und etwas dreckig.

»Mit aufsitzen meinen wir Schwaben vögeln. Hast du Lust? Ich bin eine Granate im Bett. Ich kann dir einen blasen, dass dir die Luft ausgeht.«

Das alles sagte sie so beiläufig, als hätten sie gerade übers Wetter und die dicken Schneeflocken geredet. Martin schoss das Blut ins Gesicht und die Lippe fing wieder an zu pulsieren.

»Äh. Danke. Aber das geht nicht.«

»Oh guck, wie süß. Jetzt bist du rot geworden. Wieso soll das nicht gehen?«

»Na ich hab eine Freundin und du bist verheiratet.«

»Ob ich verheiratet bin, lass mal schön meine Sorge sein, und du hast sicher keine Freundin.«

Bluffte sie nur oder hatte sie seinen Bluff durchschaut? Martin war sich nicht sicher und protestierte vorsichtshalber.

»Doch, doch. Ich hab eine Freundin. Sie heißt Tanja und kommt aus Düsseldorf.«

»Oh, das ist sehr weit weg. Sie bekommt das doch gar nicht mit, wenn wir zwei hier Spaß haben.« Doch auch wenn das stimmen mochte, in Martin regte sich etwas – und zwar Widerstand. »Ach, zier dich nicht so, gib Mama ein Küsschen«, sagte sie und rückte ihm mit ihrem Zigarettenatem näher. Martin zog es unter dem Anorak eine Gänsehaut auf und ohne es zu wollen, schüttelte es ihn. »Wie bitte? Ekelst du dich etwa vor mir?«, fauchte ihn Magda an.

»Was bitte willst du von mir? Ich könnte dein Sohn sein.« »Ich wäre eine geile Mama und hätte dir jeden Wunsch erfüllt. Chance verpasst.«

Der Rest der Liftfahrt war eisiges Schweigen.

Oben versammelte Martin den Kegeltrupp wieder, um über die blaue Piste nach unten zu fahren. Er hatte ein ganz schlechtes Gefühl, weil schon wieder getuschelt wurde. Tunlichst versuchte er, sich auf seine Arbeit zu konzentrieren.

»Es ist hier heroben ein bisschen steiler, aber keine Angst. Ihr könnt das.«

»Ich glaub, unser Büble hat die Hosen voll. Deswegen ist sein Arsch so prall«, stichelte Magda.

Hysterisches Gelächter. Martin reichte es.

»Ich hab wenigstens noch einen Arsch in der Hose.« »Ohoho«, schallte es aus der Reihe. »Der Arsch vom Büble ist gerade erst aus den Windeln raus.«

Wieder Gelächter, diesmal etwas weniger hysterisch, dafür siegessicher. Er überlegte kurz, ob er etwas sagen sollte über alte Schabracken, die nach Zigaretten stinken. Er ließ es aber sein und forderte stattdessen Glitzerperlchen auf, ihm als erste zu folgen. Doch als er sich umdrehte, bekam er einen halbfesten Stockhieb auf seinen Hintern. Ohne sich umdrehen zu müssen wusste er, dass das Magda gewesen war. Er wendete schnell und fuhr drohend bis auf einen halben Meter an Magda heran. Sie lächelte ihn eiskalt an.

»Suchst du meine Vulva?«

Martin war sichtlich geschockt, riss seine Skier herum und fuhr unter großem Gelächter los. Er hatte damit nicht nur diese Schlacht auf der Hochleiten verloren, er hatte hier im dichten Schneegestöber den ganzen Krieg in den Schnee gesetzt. Das war ihm klar.

Ab hier konnte er nur mehr durchtauchen, das Getuschel, die Anspielungen und die teilweise offenen Feindseligkeiten bestmöglich ignorieren. Das schaffte er mal besser und mal schlechter. Er versuchte zumindest, seinen Mann zu stehen und diesen Skikurs hinter sich zu bringen, indem er sich rein auf die Arbeit konzentrierte. Am schwersten war es, die Fassung zu bewahren, wenn ihm wieder eine Amazone auf den Hintern tatschte. Sie ließen kaum eine Gelegenheit dazu aus. Es war aber anders als am ersten Vormittag, wo sie sich daran aufgeilt hatten. Nun wollten sie ihn einfach nur demütigen. Dabei wären das so schöne Tage gewesen. Es hatte durchgeschneit. Es war ein Winter, wie ihn Martin normalerweise liebte, einer mit viel Schnee. Offiziell gemessen wurde bei der Talstation knapp ein Meter. Oben auf der Buchensteinwand war es sogar eine anderthalb Meter dicke Schneedecke, die sich über alle Sorgen und Nöte legte.

Am letzten Tag des Skikurses fuhren sie nach dem Rennen, das Adelinde gewonnen hatte, rauf auf die Buchensteinwand. Es sollte die Schlussabfahrt über die blaue Einser werden. Am einzigen Steilhang der Piste, verging den Amazonen das Schnattern endlich. Sie waren sichtlich beeindruckt von dem Gefälle, und die Schneemassen rundherum taten ihr Übriges, um sie still werden zu lassen. Martin dachte sich, er hätte schon früher mit der Horde herauffahren sollen.

Sie fuhren in den Steilhang hinein und tasteten sich Stemmbogen für Stemmbogen nach unten. Als der Steilhang bezwungen war, stellten sich die Frauen wieder der Reihe nach auf. Doch Sabine schaffte die letzte Kurve nicht mehr und fuhr stattdessen geradeaus weiter. Mit einem gellenden Schrei machte die dickliche Sabine einen Riesensatz über das Ende der Piste hinaus und stürzte kopfüber in den Tiefschnee unterhalb der Piste. Sie steckte fest und von der Piste oben waren nur mehr Sabines strampelnde Skier zu sehen.

Martin reagierte augenblicklich, hüpfte regelrecht aus der Skibindung und sprang über die Pistenböschung nach unten in den Schnee. Während die Kegelschwestern oben wild herumschrien, buddelte Martin mit den Händen hastig Sabine frei. Sie wiederrum schlug mit ihren Beinen um sich, an deren Enden immer noch ihre Skier waren. Martin bekam einen Ski in die Flanke gerammt. Er arbeitete sich trotzdem entlang der Beine weiter nach unten, bis er ihre Skijacke endlich zu fassen bekam und sie aus dem Schnee herausziehen konnte.

Sabine war knallrot, spuckte und hustete wie eine Ertrinkende. Währenddessen schnallte ihr Martin die Skier ab, damit sie sich im Tiefschnee überhaupt wieder bewegen konnte. Nachdem sie wieder halbwegs Luft bekam, umarmte sie Martin als Dank für die Rettung. Reden konnte sie noch immer nicht, und auch das Stimmengewirr der Amazonen oben auf der Piste hatte sich wieder etwas gelegt, es war leiser geworden.

Nun standen sie aber vor dem nächsten Problem. Wie sollte er Sabine wieder auf die Piste hochschaffen? Sie standen gut zwei Meter unterhalb der Piste auf dem steilen Hang und vor ihnen baute sich eine Wand aus Schnee auf. Martin befahl den Frauen oben, dass sie Sabine raufziehen sollten, während er von unten schob. Doch das sagte sich leichter, als es sich in die Tat umsetzen ließ. Die stämmige Sabine mit ihren Skischuhen war einfach sehr schwer. Noch dazu musste er darauf achten, dass er bei dem Gefälle nicht selbst wegrutschte. Erst beim dritten Versuch schaffte er es, Sabine hochzuheben. Die Frauen oben erreichten Sabines Arme und zogen, während Martin wie Herkules mit dem Felsbrocken in den Händen dastand. Der Brocken war in diesem Fall Sabine und Martin schob und drückte gegen die Sohlen ihrer Skischuhe. Sabine ächzte am lautesten, obwohl sie noch den leichtesten Part bei der ganzen Bergeaktion hatte. Schließlich schafften sie das schier Unmögliche und hatten Sabine wieder oben auf der Piste.

Martin warf Skier und Stöcke rauf und versuchte nun selbst die Wand hinaufzuklettern. Er rammte seine Skischuhe in die Schneewand und schob sich immer weiter ein bisschen nach oben, bis die Amazonen auch seine Arme packen konnten. Sie halfen mit und zogen ihn hoch. Sie waren alle erledigt. Sekunden später surfte die Snowboarder-Gruppe von Joe lässig den Steilhang hinunter und an ihnen vorbei.

»Schaut«, rief Joe, »ein Milchbubi als Schneemann.«

Jetzt konnten die Amazonen wieder lachen und außerdem tuschelten sie schon wieder. Martin war noch auf der Piste gesessen, stand jetzt auf und klopfte sich den Schnee ab. Er hatte keine Lust mehr auf das alles. Wortlos half er Sabine noch in die Skier, schnallte sich dann selbst die Latten an und wollte losfahren.

»Willst du dich nicht bei uns entschuldigen«, kam es von Magda.

»Entschuldigen? Entschuldigen wofür?«, fragte Martin ungläubig.

»Du hast uns in diese gefährliche Situation gebracht. Wärst du mit uns nicht über diese steile Piste, dann hätten wir diesen Unfall nie gehabt.«

Martin schüttelte erst fassungslos den Kopf und war dann kurz davor, zu explodieren.

»Ich hab jetzt langsam genug von euch blöden Weibern. Wir fahren jetzt da runter und wie wär's, wenn ihr einfach mal die Goschen halten würdet.«

Nach einer kurzen Schockstarre kamen die Amazonen wieder in Fahrt.

»So eine Frechheit!« »Das Büble will wohl einen auf Baby-Diktator machen!« »Das wird er noch bereuen.« Das waren die Satzfragmente, die Martin aufschnappte.

»Schluss jetzt, ihr Schabracken! Entweder ihr fahrt jetzt hinter mir nach, oder ich lass euch hier heroben am Berg. Mir egal!« Sprach's und startete mit einem zornigen Gesichtsausdruck los.

Glitzerperlchen und Sabine folgten gleich, die übrige Truppe zeternd mit etwas Abstand. Sie fuhren die restliche Strecke beinahe durch und machten nur mehr eine Pause. Unten angekommen schnallte Martin seine Skier ab und erklärte den Skikurs für beendet.

Während er seine Sachen verstaute, sah er noch, wie Magda Sabine vor sich her dirigierte und beide in das Büro der Skischule marschierten. Wie sich herausstellen sollte, hatten sie ihn bei Manfred angeschwärzt. Denn der kam wenige Minuten später mit einem ernsten Gesichtsausdruck in den Garderobenraum.

»Hast du zu deinen Skischülerinnen gesagt, dass sie Schabracken und blöde Weiber sind?«

»Ja!«

»Aber du kannst doch nicht einfach die Leute beschimpfen. Wieso hast du das denn gemacht?«

»Weil sie mich die ganze Woche belästigt haben. Vom Dauergrapschen bis hin dazu, dass sie mich ins Bett kriegen wollten. Und nachdem ich nicht drauf eingestiegen bin, haben sie sich gegen mich verschworen und haben mir vorhin oben auf der Einser eine Szene gemacht. Sie wollten mir die Schuld geben, weil eine von ihnen über die Piste raus einen Köpfler in den Tiefschnee fabriziert hat.«

»Welche war's?«

»Die Dicke, die eh bei dir im Büro war.«

»Ist ihr was passiert?«

»Nein, nichts. Ich hab sie aus dem Schnee gezogen und wieder auf die Piste gehievt.«

Martin war wütend und er steigerte sich immer mehr in diese Wut hinein. Er stellte sich während des Gesprächs bereits vor, dass Manfred zu den Amazonen halten würde. Doch der schwieg erst einmal nach Martins Ausführung.

»Hmmm … und das war mehr als nur ein bisschen Spaß machen, sagst du? Was haben sie getan?«

»Mein Arsch ist achtzehn Jahre lang nicht so oft betatscht worden, wie jetzt in einer Woche.«

Die drei anderen Skilehrer im Raum grinsten, bis jetzt hatten sie geschwiegen und nur zugehört.

»Beschimpfen ist sowieso das Beste, was du machen kannst. Die Trotteln brauchen das«, meinte Sigi und alle außer Manfred lachten.

»Zurück zum Ernst der Sache«, mahnte der Chef, »die warten im Büro. Sie wollen eine offizielle Entschuldigung von dir oder sie wollen dich bei der Polizei anzeigen.«

»So eine Frechheit! Die können …« »Na-na-na-na, wir lösen das jetzt ganz einfach auf. Du gehst dich sicher nicht entschuldigen. Ich mach das schon.«

Martin beruhigte sich wieder. Während Manfred hinausging, grinste Sigi.

»Schabracken? Ein besseres Schimpfwort ist dir nicht eingefallen? Blunzn sagt man zu solchen Weibern. Ich glaub, du musst noch ein bisschen was von mir lernen, du junger Zipfelklatscher.«

Wieder Gelächter, während durch die Wand lautes Geschimpfe einer hysterischen Frauenstimme zu hören war und anschließend das Zuhämmern der Bürotür. Martin ging rüber ins Büro.

»Und was war jetzt?«

Manfred grinste.

»Ich hab ihnen gesagt, wenn sie dich anzeigen wegen Beleidigung, dann werden wir sie auch anzeigen, nämlich wegen sexueller Belästigung.«

»Oh. Und was war dann?«

»Die eine hat nur mehr herumgeschrien und dann sind sie abgedampft. Ich gehe davon aus, dass die Sache erledigt ist. Eine Anzeige wegen sexueller Belästigung wiegt schwerer als ein paar Schimpfwörter.«

»Danke! Damit hätte ich jetzt nicht gerechnet, dass du so hinter mir stehst.«

»Na klar doch. Ein bisschen Spaß darf schon sein, aber irgendwann hört der Spaß auch wieder auf. Und niemand vernadert mir meine Leute. Aber bitte, verzichte das nächste Mal aufs Schimpfen und komm gleich zu mir.«

Martin dachte sich jetzt zwar, dass er das ohnehin getan hatte, aber er beließ es dabei. Er war müde von der Konfrontation, das hatte ihn emotional ausgelaugt. Sie vereinbarten noch, dass Martin nicht zur Siegerehrung zu kommen brauchte. Sie gingen zwar davon aus, dass die Amazonen nach den Vorkommnissen ebenfalls schwänzen würden, doch sollten sie auftauchen, dann würde sich Hubert darum kümmern. Martin fuhr nach Hause, schnappte sich das Funktelefon und legte sich in sein Bett. Er hatte vor, Tanja anzurufen. Er wollte heute nur noch mit ihr reden und alles andere vergessen. Lange ließ er es läuten, doch sie hob nicht ab. Sie war wohl nicht daheim. Schließlich meldete sich der Anrufbeantworter. Er sprach ein paar Sätze drauf und legte dann auf.

Er musste eingeschlafen sein, denn es war schon stockdunkel draußen, als ihn das Telefon hochschrecken ließ.

»Hallo, hier bei Hofer.«

»Hallo, mein Süßer. Ich bin's.« Er erkannte Tanjas Stimme und erzählte ihr, was in dieser Woche alles passiert war. »Nein, und die haben wirklich an deinem Hintern herumgefummelt? So eine Frechheit, das darf doch nur ich.«

»Hmmm, wenn du das so sagst, dann klingt das danach, als wärst du meine Freundin.«

»Ja ich bin ja auch deine Freundin. Aber ob wir zusammenkommen, das weiß ich immer noch nicht.«

»Hmmm.«

»Die Antwort gefällt dir nicht, ich spür das.«

»Nein, sie gefällt mir nicht. Ich hab gedacht, dass du schon längst überlegt hast, wie es mit uns beiden weitergeht.«

»Weißte, das ist nicht so leicht, wie du dir das vielleicht vorstellst. Ich bin in meinem Leben schon viel weiter als du. Ich habe Verpflichtungen und einen stressigen Job. Im Krankenhaus war diese Woche so viel los, dass ich nur noch zum Schlafen heimgekommen bin. Ich denk ja drüber nach, versprochen. Und damit es dir besser geht: Es ist auch für mich eine schöne Vorstellung, deine richtige Freundin zu sein.«

Er spürte eine Wärme, die von seinem Bauch aufstieg und sich in alle Körperteile ausbreitete.

»Das ist schön, dass du das sagst. Ich will dich jedenfalls hier bei mir haben.«

»Ja, ich wäre jetzt auch noch gern in St. Ulrich. Dann würde ich den blöden Weibern in den Arsch treten.«

»Hihihi, meine kleine Rächerin.«

»Ja, ist doch wahr. Weißte, solche Frauenvereine sind immer am schlimmsten. Da entwickelt sich eine eigene Dynamik, wenn sich alle gegenseitig hochschaukeln. Und genau das ist bei dir in dieser Woche auch passiert. Und … sie wollten einen feschen, knackigen Skilehrer vernaschen.«

»Dankeschön!«

»Bitteschön!«

Er hatte jetzt einen breiten Grinser im Gesicht, während sie das Gespräch dem Ende zuführte.

»Ich würde sehr gerne noch weiter mit dir flirten, aber ich muss ins Bett. Ich bin hundemüde, weißte.«

»Gut. Ich will nur … ich will nur, dass du weißt, dass ich dich wirklich gern mag.«

»Ich mag dich doch auch gern. Sehr sogar.«

Eisplatten

Die darauffolgende Woche war erstaunlich ereignislos verlaufen. Er hatte ein paar Erwachsene zu betreuen, die allesamt schon ein bisschen Skifahren konnten. Noch dazu waren weder Ehrgeizlinge noch aufdringliche Frauen darunter, weshalb es endlich eine Woche ohne Dramen gab. Er hatte sogar die Energie, um wieder ein paar Artikel für die Rundschau zu schreiben. Bernd Prechtl hatte sich schon beklagt, dass von ihm in letzter Zeit wieder zu wenig kommen würde. Gemeint hatte er zwar das Anzeigengeschäft, aber auch die schreiberische Seite seiner Arbeit für die Rundschau hatte, abgesehen von seinem Bericht über das Hahnenkammwochenende, gelitten. Und zur Freude von Bernd schaffte er es auch, zwei neue Inseratenkunden zu ködern. Ein Kunde war die Bergbahn Pillersee, die traumhafte Pisten in einem herrlichen Skigebiet für Familien versprach. Die zweite neue Kundschaft war eine Bastelstube aus dem Ort. Die Besitzerin war eine alte Freundin seiner Mutter. Vermutlich kaufte sie nur deswegen und ein bisschen mitleidshalber bei ihm den Platz für ein kleines Inserat.

Am Abend hatte er meistens mit Tanja telefoniert, außer sie hatte Nachtschicht oder einen Dienst, der vierundzwanzig Stunden dauerte. Ihre Gespräche liefen meist sehr locker mit gegenseitigen Bekundungen, wie gern man sich mochte, und auch ein bisschen verknalltes Gestammel. Mit jedem Telefonat wuchs sein Selbstbewusstsein, wenn er die Zuneigung dieser Frau spürte. Er hatte nun endlich eine Idee davon, wie es war, sich als Mann zu fühlen. Und auch wenn es in seinem Inneren loderte, vermied er es weiter nachzubohren, wie es um den Status ihrer Beziehung stand. Er hatte Sorge, er würde sie vergraulen, wenn er zu sehr insistierte. Bloß hoffte er inständig, dass sie seine Qualen bald beenden würde und ihm die fünf Worte sagen würde, die er hören wollte: Ich will deine Freundin sein.

Dafür hatte er wenig Zeit mit Niki verbracht, die ihn deswegen auch an diesem Montag nach einem extralangen und ungeduldigen »H-a-a-a-a-l-l-o-o-o-o« zur Rede stellte.

»Na, Fremder? Dich sieht man gerade ja sehr selten.«

»Hmmm, ja. Viel zu tun. Für die Zeitung und so.«

»Und vermutlich hängst du jede freie Minute am Telefon«, stellte sie mit einem neckischen Grinser fest.

»Nicht jede freie Minute. Ich muss ja auch noch essen und schlafen.«

»Blödmann«, sagte sie und streckte ihm die Zunge heraus.

»Das sagst du aber sehr oft zu mir.«

»Vielleicht, weil du einer bist.«

»Aber du liebst mich«, schnatterte er zurück und wünschte sich in dem Moment, er hätte magst statt liebst gesagt. Sie schaute aber nur einen kurzen Augenblick irritiert und zwinkerte ihm dann zu.

»Ja natürlich liebe ich dich. Glaubst du, wer anderer dürfte so frech zu mir sein?« Einmal kurz durchschnaufen, das war gerade noch gut gegangen. »Wann bringst du mir endlich das Skifahren bei? Jetzt bin ich doch neugierig, wie das so ist.«

»Wann hast du denn Zeit?«

»Wie wär's am Wochenende, diesmal hab ich frei.«

»Passt, dann scheuch ich dich den Hügel runter.«

»Blödmann.«

Auf den Abschieds-Blödmann von Niki folgte ein Begrüßungs-Blödmann von Rosi.

»Hey, Blödmann. Du hast mich nicht zurückgerufen.«

Das stimmte wohl. Er erinnerte sich wieder an ihre Nachricht auf dem Anrufbeantworter und dass er sie eigentlich anrufen wollte.

»Uh, ja. Tut mir leid. Hab's komplett vergessen. Wie geht's dir mit Tom?«

»Das wollte ich dir ja erzählen. Wir haben uns versöhnt. Dein Rat hat geholfen.«

»Ah, super. Dann muss ich mir keine Sorgen um dich machen.«

»Als ob du dir je Sorgen um mich gemacht hättest«, sagte sie lachend, aber mit einem vorwurfsvollen Touch in der Stimme, »denn dann hättest du mich nämlich angerufen!«

»Jaaa, Tschuldigung!«

»Blödmann.«

Das hörte er heute entschieden zu oft. Aber immerhin, Rosis Anwesenheit bedeutete für ihn, dass er mit ziemlicher Sicherheit keine Kindergruppe aufgedrückt bekommen würde. Rosi und die anderen Ferial-Skilehrer mussten sich normalerweise um die Kleinen kümmern. Tatsächlich bekam Martin keine Kinder zugewiesen, aber auch keine Erwachsenen. Er musste eine Anfängergruppe mit Teenagern übernehmen, alle so um die fünfzehn herum. Er war sich nicht sicher, ob er es gut finden sollte, keine Kinder zu haben. Oder sollte er in Panik verfallen, weil ihm halbfertige Menschen angehängt wurden, die weder mit sich selbst noch mit der Welt im Reinen waren? Außerdem befürchtete er, dass er bei den Jugendlichen keine Autorität besitzen würde. Immerhin war er ja nur ein paar Jahre älter als sie. Wie sich herausstellen sollte, waren es lauter Kinder von holländischen Familien, und zwei Geschwister kamen aus Belgien, ein Bursche und ein

Mädchen. Also das nächste Problem, er musste den kompletten Unterricht auf Englisch absolvieren.

Sie durchliefen die üblichen Prozeduren zum Beginn und Martin baute sich wieder seine Namens-Eselsbrücken. Da war der elendslange Eddie, ein schlaksiger Bursche, der als Teenager schon deutlich größer war als Martin. Es gab Schneewittchen Sylvia, das belgische Mädchen, das ihn mit ihren langen, schwarzen Haaren und ihrer hellen Haut eben an die Prinzessin erinnerte. Und dann war da noch der ruhige Ruud, der eigentlich gar nicht so ruhig war, wie aber erst später klar wurde.

Schnell stellte sich dafür heraus, dass sich die Truppe gut anstellte. Die Teenager hatten nicht mehr die Koordinationsschwierigkeiten der Kinder und zugleich kannten sie keine Angst vor dem Sturz, wie die Erwachsenen. Außerdem waren alle acht sehr sportlich, außer vielleicht der elendslange Eddie, der noch am meisten mit der neuen Sportart zu kämpfen hatte.

Da es mit der neuen Truppe so gut lief, konnte er währenddessen sogar immer wieder mit Rosi quatschen und sich mit ihr amüsieren, weil Joe erneut die Arschkarte gezogen hatte. Er musste mit den Kindern arbeiten, die Snowboarden lernen wollten. Rosis Kinder waren ebenfalls gut unterwegs, weil sie keine blutigen Anfänger waren und schon im vorigen Winter Skifahren gelernt hatten. Während Martin und Rosi gerade kindisch wegen Joe kicherten, kam der ruhige Ruud nach seiner Fahrt zurück zum Babylift.

»Your girlfriend is very beautiful«, sagte er mit einem charmanten Lächeln und hielt sich am Liftseil fest. Sie lachten beide, wobei Rosi ihm nur ein »thanks« nachschrie.

Den Irrtum selbst klärten sie nicht auf, weshalb Schneewittchen Sylvia etwas eingeschnappt war. Martin witterte schon wieder ein melodramatisches Problem, weshalb er schließlich doch vor der Gruppe bekanntgab, dass Rosi nicht seine Freundin wäre. Doch damit sollte das Drama erst so richtig beginnen. Denn der Teenager Ruud war offensichtlich scharf auf Rosi und begann sie ziemlich unverhohlen zu umgarnen. Und das sorgte zunehmend für ein grantiges belgisches Schneewittchen, das nämlich nicht auf Martin stand, sondern auf Ruud. Um eine Eskalation zu vermeiden, wagte Martin die Flucht nach vorne. Er ging schneller mit seiner Gruppe rüber zum Hochleitenlift, damit Ruud nicht ständig Rosi Avancen machen konnte. Schneewittchen Sylvia regte sich auch wieder etwas ab, weshalb der Skikurs vorerst in Ruhe fortgesetzt werden konnte.

Und es klappte alles sehr gut. Skitechnisch harmonierte die Gruppe, weswegen Martin einen Schritt nach dem anderen wagte und das viel schneller als bisher bei allen anderen Anfängerkursen. Am Nachmittag fuhren sie bereits die rote Piste von der Hochleiten herunter. Abgesehen von ein paar Eisplatten ganz oben, war auch die Piste optimal. Der Schnee schmierte so richtig schön unter den Skiern. Keine Gefahr also, dachte sich Martin und ließ die sportlichen Teenager bereits den Stemmbogen üben.

Doch bei der nächsten Abfahrt von der roten Hochleitenpiste passierte es. Der elendslange Eddie fuhr ganz am Ende der Schlange und schaffte es beim ersten Stemmschwung nicht mehr, die Kurve fertig zu ziehen. Statt wieder schräg den Hang entlangzufahren, fuhr er einfach nach unten. Er versuchte, mit dem Schneepflug zu bremsen, doch dafür war der Hang viel zu steil. Seine Arme hatte er wie Flügel ausgebreitet, damit er besser die Balance halten konnte. So rauschte er die Piste hinunter, wie ein Adler im Sturzflug und dabei schrie er auch noch fast so schrill wie der Greifvogel.

Martin hatte aus dem Augenwinkel beobachtet, dass sich Eddie verselbständigt hatte. Er hechtete sofort hinterher, hatte aber keine Idee, wie er den Burschen stoppen sollte. So raste Eddie unaufhaltsam dem Tal entgegen, während Martin neben ihm herfuhr und ihm Kommandos hinüberschrie.

»Bleib vorne mit deinem Gewicht, nicht zurücklehnen!«

»What do you mean?«, brüllte Eddie zurück. In der Aufregung hatte er vergessen, dass der Junge ja kein Deutsch verstand.

»Stay ahead and don't sit back.« Zur Antwort bekam er ein schreiendes »Wuuuhuuuhuuu«. Das klang so ähnlich wie in den Zeichentrickfilmen mit Sport Goofy.

Bei der ersten Kuppe hätte es Eddie beinahe ausgehoben, weil er doch zu weit hinten war mit seinem Körpergewicht. Er bekam Luft unter die Skier und sprang im Schneepflug einen guten halben Meter. Bei der Landung hätte es ihn erst recht beinahe zerbröselt, weil die Skier sich fast überkreuzt hätten. Beide schrien. Der eine nach wie vor im Schneepflug dahinrasend weiterhin »wuuuhuuuhuuu«, der andere wiederholte nebenher carvend sein »don't sit back!« Immerhin war wenigstens die Piste frei und keine anderen Skifahrer im Weg. Doch die zweite Kuppe kam auf sie zu und mit ihr die Sprungschanze von der Ski-Show vom vergangenen Wochenende.

»Don't sit back! Don't sit back! Try to make a turn! Try to make a turn!«, flehte Martin brüllend und hatte wenig Hoffnung, dass Eddie diese Schanze unversehrt überstehen würde. Er überlegte schon, ob er den Burschen seitlich rammen sollte, damit er wenigstens etwas kontrollierter stürzte, als wenn er über die Schanze rodelte. Doch zu seiner Überraschung schaffte es Eddie, eine leichte Kurve zu fahren. Es reichte gerade aus, um seitlich an der Schanze vorbeizuschrammen.

Nur noch ein paar Meter und die Piste würde wieder flach werden. Tatsächlich überstand Eddie auch die letzten Sekunden im Steilhang und kam mit viel Geschwindigkeit ins Flache. Dort verlangsamte sich sein Tempo endlich und er konnte mit Kurven schließlich doch zum Stillstand kommen. Er hatte seine Schneepflugschussfahrt heil und ohne Sturz überstanden.

»The Eagle has landed«, schnaufte Martin direkt daneben, der mit seinen Nerven mehr am Ende war als Eddie. Der war voller Adrenalin und brüllte diesmal wieder »wuuuhuuuhuuu«, allerdings im Freudentaumel und nicht mit panischem Unterton. Die Teenager oben auf dem Berg antworteten ebenfalls mit »wuuuhuuuhuuu«. Und vom Schlepplift rüber riefen Rosi und ihre Kinder »wuuuhuuuhuuu«.

Aufgrund seines Adlerfluges taufte Martin Eddie nun um, er war nicht mehr der elendslange Eddie, sondern Eddie the Eagle. Das sagte er dem rothaarigen Burschen auch, der selig dastand und grinste. Von einem englischen Skispringer mit demselben Spitznamen hatte Eddie allerdings noch nie gehört.

Eddie the Eagle war die restliche Woche der Star der Truppe. Immer wenn einer der Teenager verlangte, er solle den Adler machen, breitete er seine Arme aus und fuhr mit offenen Schwingen hinterher, dann aber ohne Sturzflug. Die Teenager wurden zur besten Anfängergruppe, die Martin je angeleitet hatte. Nur auf die schwarze Dreier traute er sich dann doch nicht mit ihnen, irgendwie lag ihm das Eddie-Erlebnis noch im Magen.

Gegen Ende der Woche gab es Ruud dann auf, weiter mit Rosi zu flirten und hatte stattdessen huldvoll dem Werben von Schneewittchen stattgegeben. Beim Abschlussfest mit der Medaillenfeier, knutschten die zwei innig, ehe sie von Sylvias Vater unsanft getrennt wurden. Die belgisch-holländische Liaison war somit schon wieder beendet, mit einer tränenreichen und hysterischen Schreierei zum Schluss.

Sein eigenes Wochenende begann mit Streit. Endlich erreichte er Tanja wieder einmal am Telefon, nachdem sie sich zwei Tage nicht mehr gehört hatten. Nach dem obligatorischen Schäkern meinte sie:

»Ich habe am Wochenende frei und werde mal wieder ausgehen. Was machst du so?«

»Ich werd mich auch mal wieder mit meinen Freunden treffen. Ah ja und am Wochenende geh ich mit einer Freundin Skifahren. Oder besser gesagt, ich bringe es ihr bei.«

»Welche Freundin?«, fragte Tanja und Martin hätte klar sein sollen, dass er sich auf einer großen Eisplatte befand.

»Niki. Ich hab dir doch von ihr erzählt, und gesehen hast du sie damals auch schon.«

»Die schöne Blondine?«

»Äh, ja.«

»Aha.«

»Was, aha?«

»Aha, du findest sie also schön.«

»Äh. Naja, sie ist eine schöne Frau, aber das bist du doch auch!«

»Aha!«

Er traute sich kaum zu fragen, tat es aber doch.

»Wieso schon wieder aha?«

»Du findest mich also auch schön!«

Stille. Er musste nachdenken.

»Äh, bist du vielleicht eifersüchtig?«

»Weiß ich nicht, sag du es mir.«

»Stört es dich, wenn ich mit Niki Skifahren gehe?«

»Na, wenn du meinst, dass du mit anderen Weibern Skifahren gehen musst, dann gehste halt.«

»Aber ich hab doch im Skikurs auch andere Frauen. Die haben mich sogar angegraben und es war dir egal.«

»Die haste aber nicht hübsch gefunden, weißte!«

Er seufzte und log.

»Also, so hübsch finde ich Niki doch gar nicht.«

»Soso.«

»Schau, außerdem hat sie doch einen Freund und ich habe dich. Was soll denn da sein?«

Sie wirkte nur etwas besänftigt.

»Meinste? Ich mache mir da schon meine Gedanken. Aber wenn du eben mit deiner nicht ganz so hübschen Blondine Skifahren gehst, dann gehst du eben mit ihr Skifahren.«

»Du hättest am Wochenende ja auch herfahren können, dann wäre ich mit dir Skifahren gegangen.«

»Hättste auch nach Düsseldorf kommen können, mein Freund, dann wäre ich hier mit dir ausgegangen.«

Einmal ausgesprochen, kam ihm diese Idee gar nicht so absurd vor.

»Darf ich dich nächstes Wochenende besuchen?«, fragte er.

»Hmmm … das muss ich mir noch überlegen. Warten wir mal ab, was dieses Wochenende passiert«, sagte sie und verabschiedete sich. Diesmal ohne Kussgeräusche und ohne mehrminütige Zuneigungsbekundungen.

Hatte er sie jetzt erwischt? Mit dem Telefon in der Hand marschierte er runter in die Küche. Dort wartete schon seine Mutter auf ihn.

»Soso. Hat der Sohn wieder mit Deutschland telefoniert?«

»Äh, ja. Wieso?«

»Weil wir eine horrende Telefonrechnung gekriegt haben. Sag mal, geht's dir noch gut? Über eintausend Schilling hast du vertelefoniert.«

»Ja, so viel ist das jetzt auch wieder nicht.«

»Na wenn der Sohn meint, dass das nicht so viel ist, dann kann er es ja gerne von seinem Gehalt bezahlen.«

»Mensch, Mama. Jetzt sei doch nicht so pingelig.«

»Pingelig? Ich bin pingelig? Das traust du dich zu sagen?«

Er wusste, dass er diesen Konflikt genauso wenig gewinnen konnte wie den Streit vorhin mit Tanja.

»Ja, schon gut. Tut mir leid. Ich werd in Zukunft nicht mehr so lang telefonieren.«

»Nein, nein, mein Sohn. Du wirst einen Teil der Telefonrechnung bezahlen. So schaut's aus!«

Um fünfhundert Schilling ärmer traf er sich am nächsten Vormittag mit Niki vor dem Skilift. Er erkannte sie sofort aus der Entfernung an ihrem pinken Parka. Bei näherer Betrachtung wirkte sie irgendwie fahrig und nicht ganz bei sich selbst. Hoffentlich nicht noch ein Streit mit einer Frau, dachte er sich und schob den Gedanken beiseite, während er mit den Skiern auf der Schulter auf sie zuging. Er vermutete nun, dass sie sich nur unwohl fühlte, weil sie noch nie auf Skiern gestanden war. Das hatte er schließlich schon bei genügend Anfängern in diesem Winter erlebt, die sich zunächst ängstigten und sich dann aber doch in den Skisport verliebten. Sie begrüßte ihn immerhin mit einem klassischen »H-a-a-l-l-o-o«, es war nicht überschwänglich, aber auch nicht unterkühlt. Deshalb ging er einmal nicht davon aus, dass sie auf ihn sauer war.

»Herr Skilehrer, ich fürchte mich schon ein bisschen«, sagte sie beim Einsteigen in die Bretter.

Er lag also mit seiner Vermutung richtig, wiewohl er fühlte, dass da bei Niki noch etwas anderes mitschwang.

»Fürchte dich nicht, ich bin ja bei dir. Wir machen alles Schritt für Schritt.«

»So wie mit Eddie the Eagle?«, grinste sie jetzt. Er hätte ihr diese Geschichte nicht erzählen sollen.

»Nein. Wir machen das schon. Ich pass ja auf dich auf.«

Sie war noch immer etwas angespannt, als sie im Kinderparadies mit ihren Skiern herumstapften. Doch minütlich wurde sie sicherer und somit auch lockerer. Ihre grünen Augen strahlten langsam wieder diese Wärme aus, die ihre Nähe so behaglich machte, und sie konnte auch wieder etwas lachen. Als sie das erste Mal quasi in Zeitlupe seitlich in den Schnee umkippte, gackerte sie schon richtig. Nachdem er sie hochgezogen hatte, unterzog er sie seinem berüchtigten Gymnastik-Drill. Auch sie musste versuchen, mit den Händen bis zu den Skispitzen nach vorne zu greifen, ohne dabei umzufallen. Zufällig fiel dabei sein Blick auf ihr Hinterteil, das sich unter der Skihose abzeichnete. Er konnte sich erst davon lösen, als Niki wieder die Balance verlor und diesmal auf die andere Seite kippte. Sie hatte viel zu lachen an diesem Vormittag, nämlich immer dann, wenn sie auf dem Boden lag. Und das geschah einige Male.

Er brachte ihr bei, wie der Schneepflug funktionierte und wie man damit Kurven fahren konnte. Er fuhr mit ihr den Babylift rauf und runter. Einmal ließ sie beim Rauffahren das Seil zu früh los, noch ehe sie oben auf der Kuppe war und rutschte rückwärts. Martin fing sie auf, indem er sie wie ein kleines Kind zwischen seine Beine nahm und sie mit hochzog. Niki fand auch das irrsinnig lustig, die Anspannung vom Vormittag hatte sich komplett aufgelöst. Nachdem sie ein paar Mal sturzfrei hinuntergefahren war, wechselten sie rüber zum Schlepplift. Beim Liftfahren hatten sie auch etwas mehr Zeit zum Quatschen.

»Warum bist du in der Früh so schlecht drauf gewesen? Nur Angst gehabt vorm Skifahren?«, wollte Martin wissen.

»Ein bisschen schon. Aber eigentlich hat das damit nichts zu tun gehabt. Es war wieder ein heftiger Streit mit Sebastian. Das hat mir den ganzen Morgen verdorben. Ich wollte dann nur mehr raus.«

»Was ist passiert?«

»Müssen wir darüber reden?«

In ihrem Augenwinkel sammelten sich die Tränen.

»Nein, nur wenn du willst!«

Sie wischte sich mit der Rückseite ihrer Handschuhe über die Augen.

»Vielleicht später. Jetzt will ich das alles vergessen. Und das Skifahren hat mich doch tatsächlich abgelenkt.«

»Dann warte mal, bis du es richtig gut kannst. Man fühlt sich beim Schwingen richtig unbeschwert, es ist fast wie ein Stück Freiheit.«

»Das stell ich mir schön vor. Aber was heißt, bis du es richtig kannst? Ähem Ähem!«

»Ja ganz toll machst du das schon, wirklich toll. So red ich immer auch mit den Kindern, wenn sie zum ersten Mal den Schneepflug geschafft haben.«

Er bekam wieder einen Klaps von Niki auf die Schulter, doch im Lift hätte sie deswegen beinahe die Balance verloren. Mit Mühe konnte Martin verhindern, dass sie aus dem Lift kippte.

»Ich glaub, ich muss dich wieder zwischen die Beine nehmen, so wie die Kinder«, frotzelte er.

Nachdem Niki ihn wegen der Sturzgefahr nicht noch einmal hauen konnte, kam das altbekannte und trotzdem liebevolle »Blödmann«.

»Der Blödmann ist dein Skilehrer, bitte etwas mehr Respekt«, spöttelte Martin und zog ihr den Bügel weg, damit sie besser aussteigen konnte.

Sie waren erst bei der Mitte der Hochleiten, eben dort, wo es noch flach war. Und trotzdem war Niki beeindruckt, weil sie noch nie so eine lange Strecke auf Skiern zurückgelegt hatte. Martin fuhr vor ihr her und passte sein Tempo so an, damit sie ihm leicht folgen konnte. Sie waren schon wieder fast unten beim Lift, als ihnen Joe mit seinem Snowboard in die Quere kam.

»Da schau her, auch eine Privatstunde«, stellte er fest und verwies auf seinen Snowboard-Schüler, der ihm folgte. »Schaut super aus, Niki«, sagte er im Vorbeifahren, »du hast bloß den falschen Skilehrer.«

»Ach so?«, antwortete Niki und tat, als wäre sie ganz überrascht. »Ich hab gedacht, ich hab mir den besten Lehrer der Skischule ausgesucht.«

»Dann hättest mich nehmen müssen«, sagte Joe und wartete eine Antwort nicht mehr ab, weil er schon wieder weiterfuhr.

»Dankeschön«, sagte Martin und schickte ihr ein Luftbussi.

»Na, stimmt doch, ich hab doch den Besten.«

Er fühlte sich in Nikis Gesellschaft einfach sehr wohl. Das Gefühl der Beklemmung, das er sonst in der Nähe von schönen Frauen hatte, war verschwunden. Er konnte mit Niki genauso herumalbern, wie tiefsinnigere Gespräche führen. Sie fuhren den ganzen restlichen Vormittag, machten nur eine kurze Mittagspause und am Nachmittag ging es gleich weiter. Niki beherrschte mittlerweile den Stemmbogen und er traute ihr zu, dass sie schon bereit für die blaue Einser war.

»Du willst da rauf? Mit mir?«, fragte Niki etwas ungläubig.

Martin nickte.

»Das kannst du schon. Wir sind beim Hochleitenlift jetzt auch schon die rote Piste runtergefahren. Steiler ist es da oben auch nicht.«

»Hmmm, na gut. Ich vertrau dir.« Sie setzten sich nebeneinander in den Sessellift. »Mir ist ein bisschen kalt. Stört es dich, wenn ich mich ganz ohne Hintergedanken an dich kuschle?«, fragte sie plötzlich.

Martin war überrascht und schüttelte den Kopf, was ihn mindestens genauso wunderte. Niki rutschte näher an ihn heran und er spürte ihren weichen Körper an seiner Seite. Niki schien die Liftfahrt und das Kuscheln zu genießen, denn sie legte auch noch ihren Kopf auf seine Schulter. Das Gefühl selbst war auch für Martin alles andere als unangenehm, er hatte nur ein schlechtes Gewissen wegen Tanja. Andererseits passierte ja nichts Schlimmes, redete er sich selbst gut zu. Und so fuhren sie ab der Mitte der Seilbahn aneinandergeschmiegt und schweigend die Buchensteinwand hinauf.

»Danke fürs Wärmen«, sagte sie oben kurz vor dem Aussteigen und schenkte ihm ein bezauberndes Lächeln.

Er war ein bisschen wie in Trance, als er Niki die Spuren in der Piste runter zum Gipfellift vorzog. Sie folgte ihm tapfer, fluchte aber manchmal halblaut vor sich hin, wenn es ihr etwas zu schnell ging. Martin drosselte dann das Tempo und gab ihr immer wieder Zeit, um zu verschnaufen. Auf halber Höhe erzählte er ihr, wie er sich vor ein paar Wochen hier beim Vorfahren hingelegt hatte. Sie amüsierte sich darüber sehr, bevor sie das restliche Stück hinunter zum Schlepplift in Angriff nahmen. Der Lift fuhr dann nach dem Einsteigen dermaßen ruckartig los, dass Niki beinahe erneut zur Seite rausgeflogen wäre. Martin konnte sie gerade noch an ihrem pinken Parka packen und stabilisieren, während sie ein überraschtes »Huch« hervorbrachte. Erst dann wurde ihm bewusst, dass er ihr auf den Busen griff und ließ sofort los. Ihm wurde heiß und kalt zugleich.

»Oh mein Gott, tut mir das leid. Bitte entschuldige, das wollt ich wirklich nicht. Ich wollt dich nur festhalten. Bitte entschuldige.«

Statt einer Schimpftirade kam von Niki aber nur ein lautes Gackern.

»Wolltest wohl mal hupen, oder? Alles gut. Beruhige dich wieder. Das weiß ich doch, dass das keine Absicht war.«

Martin atmete tief durch.

»Es tut mir echt leid. Das ist mir noch nie passiert.«

»Echt? Ich hab gedacht, als Skilehrer hast du die Damen immer gut im Griff«, kicherte Niki. Martin schüttelte empört den Kopf. »Es war ein Scherz«, sagte Niki und grinste dabei noch immer überlegen. »Zu früh?«

»Zu früh«, bestätigte Martin, der sich weiterhin abgrundtief schämte.

»Na gut. Aber denk dran! Wir sind erst quitt, wenn ich dann auch mal hinlangen darf«, lachte sie mit einem Augenzwinkern.

Er traute sich nicht, sie noch einmal anzufassen, ansonsten hätte diesmal er ihr auf die Schulter gehauen. Die restliche Liftfahrt musste Niki immer wieder losprusten. Offenbar fand sie es sehr komisch, dass er sich so sehr schämte für den versehentlichen Übergriff. Wenigstens sorgte ihr Lachen auch dafür, dass er sich irgendwann nicht mehr ganz so mies fühlte.

Sie fuhren die Einser den Berg runter, bis hin zum Steilhang. Niki schluckte ein wenig, weil der Hang doch etwas bedrohlicher aussah, als sie es sich gedacht hatte.

»Keine Angst«, forderte Martin ein und deutete mit dem Stock auf eine Stelle am Ende des Steilhanges. »Bis dort fahren wir jetzt ganz langsam und gemütlich hin. Und dann kriegst du eine Belohnung.«

»Hast du ein Zuckerl mit oder was?«, grinste Niki.

Vorsichtig einen Stemmbogen nach dem anderen arbeiteten sie sich den Steilhang hinunter. »Toll machst du das«, lobte Martin immer wieder, um sie bei Laune zu halten. Sie war zu konzentriert, um antworten zu können. Ohne Probleme standen sie schließlich an jenem Punkt am Ende des Steilhanges, auf den Martin vorhin gezeigt hatte.

»Und wo bleibt jetzt meine Belohnung?«, forderte sie schwer atmend ein.

»Die Belohnung ist eine witzige Geschichte«, sagt er und erzählte ihr, wie die Amazone Sabine an dieser Stelle den Abflug von der Piste vollführt hatte. Er schilderte ihr noch einmal in allen Facetten, wie er Sabine wieder hochgehievt hatte, denn prinzipiell kannte sie die Geschichte schon.

»Ach hier war das!«, grinste Niki und zerkugelte sich bei der Vorstellung, wie Martin im Tiefschnee steckend eine Schülerin raufschob.

»Zum Glück musst du mich da nicht raufstemmen, sonst hättest du nach meinen Brüsten auch noch meinen Hintern in den Händen gehabt.« Sie lachte wieder und Martin konnte nun wenigstens grinsen.

Sie fuhren weiter und kamen über einen Skiweg zum letzten Hang, der nicht mehr ganz so steil war, aber an diesem Tag einer Buckelpiste ähnelte. Viele zusammengeschobene Schneehaufen machten das Ausstemmen für den Schwung schwieriger. Niki schaffte es diesmal nicht genau, die Spur von Martin zu halten und fuhr über einen Schneehaufen. Sie wurde ausgehoben und stürzte mit dem Kopf voraus. Es sah wild aus, doch sie hatte sich nicht verletzt. Sie sah nur aus wie eine Schneefrau, mit Schnee im Gesicht, in den Haaren, im Genick und wo überall sich sonst noch Schnee in ihrem Parka verfangen konnte. Martin trettelte die paar Meter zurück bis zu Niki und half ihr hoch. Sie standen sich genau gegenüber und Martin wischte ihr den Schnee aus dem Gesicht. Für einen kurzen Moment trafen sich ihre Blicke. Diese grünen Augen, dieser Ausdruck. So einen Blick sah er nun zum zweiten Mal in seinem Leben, und er fühlte, dass ein Kuss in der Luft lag. Im Zeitraffer kämpften seine Gefühle miteinander, auf zehnmal »tu es« folgte neunmal »tu es nicht«. Doch ehe er zum Kuss hätte ansetzen können, entspannte Niki die Situation wieder. Sie zog den Kopf zwischen den Schultern ein, schüttelte sich und fing an zu lachen.

»Ich bin voller Schnee. Es ist so grauslich«, stellte sie fest und bat darum, dass er ihr den eiskalten Batzen aus dem Genick holte. »Vorne hab ich auch Schnee drin, aber den hol ich selbst heraus«, spöttelte sie.

»Hört das denn gar nicht mehr auf?« Martin rollte mit den Augen. Sie schüttelte energisch mit dem Kopf.

»Nein, aber ich glaub, wir machen Schluss für heute. Ich bin schon ziemlich erledigt. Ich will mich nur noch heiß duschen und vor den Fernseher legen.«

»Ist ok. Machen wir morgen weiter?«

»Ja, unbedingt. Und vielen Dank!«, sagte sie und gab ihm ein Bussi auf die Wange.

»Wofür war das denn?«, fragte er verdutzt.

»Erstens fürs Skifahren, zweitens, weil du mich heute so schön abgelenkt hast, und drittens fürs Befummeln.«

»Ich gebe auf«, flehte Martin, und Niki ballte die Fäuste und streckte als Zeichen des Sieges die Arme in die Höhe.

Sie fuhren unfallfrei den letzten Streckenabschnitt runter und packten zusammen.

Kaum daheim angekommen, meldete sich bei Martin das schlechte Gewissen wieder. Der Beinahe-Kuss und das Kuscheln im Sessellift nagten an seiner Psyche. Unter der Dusche überlegte er, ob er Tanja davon erzählen sollte. Er stellte sich vor, wie sie ihm dann eine Eifersuchtsszene à la Shakespeare aufführen würde. Außerdem bestand die Gefahr, dass sie dann nichts mehr von ihm wissen wollte. Dieses Risiko war ihm zu groß, wobei er nun eben wieder an dem Thema Ehrlichkeit zu knabbern hatte. Er beruhigte sich langsam, indem er sich selbst immer wieder vorsagte, dass ja nichts passiert war. Das Funktelefon lag drohend auf seinem Bett und schien nur darauf zu warten, eine bestimmte Nummer in Düsseldorf zu wählen.

Er brauchte nach dem Abtrocknen noch über eine halbe Stunde, ehe er sich soweit beruhigt und das Gefühl hatte, dass er jetzt Tanja anrufen konnte. Er wählte ihre Nummer und wartete auf das Freizeichen. Martin widerstand dem Drang, wieder aufzulegen. Er war viel nervöser als bei seinem allerersten Anruf bei ihr. Es läutete mehrfach und Tanja ging nicht ran, es meldete sich der Anrufbeantworter. Halb war er erleichtert, dass er jetzt nicht mit ihr reden musste, halb war er enttäuscht, weil er sich trotzdem nach ihr sehnte. Er hinterließ ein paar Sätze und einen Kuss und legte wieder auf.

Sie rief nicht zurück, was ihn dann doch ärgerte. Er wusste ja, dass sie an diesem Wochenende nicht arbeiten musste. Für Martin kamen zwei Möglichkeiten in Betracht. Vielleicht war sie immer noch sauer wegen der privaten Skistunde mit Niki oder sie hatte doch noch einspringen müssen. Er hoffte, dass es Nummer zwei war.

Er überlegte lange, ob er noch ausgehen sollte, und entschied dann, doch in den Wildschütz zu schauen. Wegen der Faschingsferien war mehr los als sonst. Über den Geweihlampen hingen wieder bunte Girlanden aus Krepppapier, vermutlich waren es die gleichen wie bei der Silvester-Deko. Außerdem ließ Graserl ein paar Lampions von der Decke baumeln. Seine Freunde saßen an ihrem Stammtisch, wobei sie Martin gar nicht erwartet hatten.

»Ja hallo, wo kommst du denn her?«, fragte Maxi.

»Nur weil ich jetzt zwei Wochen nicht da war?«

»Seit du der Weiberei frönst, sehen wir dich kaum noch«, attestierte Flo, der diesmal selbst ein Mädchen dabei hatte.

Martin verstand ihren Namen nicht, aber sie war eine Klassenkameradin von Rosi und Andi, und sie schien nett zu sein. Rosi tanzte mit Tom, bis sie Martin sah und ihn nach dem Ende von *Skandal im Sperrbezirk* ansteuerte.

»Dein Lied, Rosi«, begrüßte er sie neckisch.

»Ich weiß«, gab sie selbstbewusst zurück, »über einen Martin hat noch niemand ein Lied gesungen.« Dagegen konnte er leider nichts sagen, ihm fiel kein Lied über einen Martin ein. »Wie ich gehört hab, warst du heute mit Niki Skifahren.«

»Wo hast du das gehört?«

»Von Niki, außerdem hab ich euch beim Snowboarden gesehen. Ihr habt auf dem Sessellift gekuschelt.«

»Ach Kuscheln ist wohl übertrieben. Ihr war kalt und sie wollte sich aufwärmen.«

»Aha, so nennen das die jungen Leute heutzutage«, meinte sie altklug. Martin zeigte ihr seine Zungenspitze.

»Ach, du hast schon wieder mit einer gekuschelt?«, mischte sich Flo in das Gespräch ein.

»Jaja, gebt Ruhe. Da war wirklich nichts«, sagte er und betete inständig, dass Rosi nicht auch noch den Busengrapscherunfall oder die Situation nach Nikis Sturz beobachtet hatte. Wenn es so war, dann ließ sie sich noch nicht in die Karten schauen.

»Bitte spiel nicht mit ihr. Sie ist grad sehr verletzlich.«

»Das würde ich nie tun. Außerdem war da echt nichts. Aber was ist los mit ihr?«

»Das kann ich dir nicht sagen, aber es geht ihr gerade nicht gut.«

»Das hab ich selbst auch gemerkt, aber sie wollte nichts Genaueres sagen.«

»Eben, und deswegen sag ich auch nichts, außer dass du bitte lieb zu ihr bist.« Er versprach, sich gut zu benehmen, was er aber sowieso gemacht hätte. »Ach ja, und danke, dass du mir damals beim Kuscheln nicht auf die Titten gegriffen hast«, sagte sie jetzt noch mit einem süffisanten Grinser.

»Nein! Du hast es gesehen?«, stellte er mit geweiteten Augen fest.

»Nein, Niki hat's mir erzählt. Sehr lustig. Wir haben uns zerkugelt.«

»Was-was-was? Was ist passiert?«, wollte Flo jetzt genau wissen.

Rosi ließ sich nicht lange bitten und erzählte genau, was am Gipfellift geschehen war. Martin hielt es nicht länger aus und holte sich ein Bier von der Bar. Das Gelächter vom Tisch verfolgte ihn bis dorthin. Als er wiederkam, wurde er gleich als Draufgänger begrüßt.

»Gut, dann bin ich jetzt mal der Draufgänger«, sagte er und schnappte Rosi bei der Hand. »Entschuldige Tom, du kriegst sie gleich zurück. Ich muss nur was mit ihr bereden.« Ihm war eingefallen, dass sie möglicherweise auch mehr über den Moment auf der Einser wissen könnte. Und da wollte er keine neugierigen Zuhörer dabeihaben. »Hat Niki sonst noch was erzählt vom heutigen Tag?«, wollte er wissen, nachdem er sie im Getümmel fortgezogen hatte.

»Es hat abgesehen vom Kuscheln offenbar noch einen romantischen Moment zwischen euch gegeben.«

»Romantisch? Was hat sie gesagt?«

»Sie ist sich nicht sicher, aber sie glaubt, dass du sie küssen wolltest.«

»Hmmm.«

»Wolltest du?«

»Vielleicht. Ich weiß es nicht.«

»Sie hätte zwar nichts dagegen gehabt, aber das ist genau das, was ich vorhin gemeint hab. Bitte geh vorsichtig mit ihr um.«

Er versprach erneut, keinen Blödsinn zu machen. Allerdings hallte der Satz in ihm nach, dass sie nichts gegen einen Kuss gehabt hätte. Warum nicht?

Über Nacht hatte ein Schneesturm eingesetzt. Der Wind ließ zwar am Vormittag nach, aber es schneite immer noch dicht, als der pinke Parka auf ihn zukam.

»Das ist irgendwie total romantisch«, sagte Niki und streckte ihre Arme aus mit den Handflächen nach oben, um den Tanz der Schneeflocken gebührend zu würdigen. Erst danach kam ihr »H-a-a-l-l-o-o«-Gesang.

»Heute bist du wieder besser drauf, oder?«

»Ja, sagen wir so, es hat sich vieles geklärt. Aber reden wir bitte nicht darüber, lass uns Skifahren. Ich hätt ja nie geglaubt, dass mir das so Spaß machen würde.«

»Na, dann schauen wir doch gleich, ob du beweglicher geworden bist.«

Er ließ sie wieder die Gymnastikübungen ausführen und sie stand dabei tatsächlich schon besser auf den Skiern. Sie wackelte nicht und kippte auch nicht um. Sie fuhren ein paar Mal die Hochleiten herunter, alles noch im Stemmbogen. Danach begann er damit, ihr den Parallelschwung beizubringen. Das war an diesem Tag etwas schwieriger, weil die Pisten wegen des Neuschnees nicht wie ein Teppich präpariert werden konnten. Es gab überall zusammengeschobene Haufen, um die man herumzukurven hatte. Entsprechend timte Martin auch immer den Schwung, damit sie keine Probleme bekam. Sie hielt sich wacker, wurde aber auch recht schnell müde. Sie fuhren mit dem Sessellift hoch auf die Buchensteinwand, um oben auf der Berghütte einzukehren. Die Welt um sie herum war in Watte gepackt, der Schnee schluckte alle störenden Geräusche, es war still und ruhig.

»Genau das, was ich momentan brauche«, sagte Niki am Sessellift. »Ruhe und etwas Geborgenheit!«

»Hast du das mit Sebastian nicht?«

»Ich mag noch immer nicht darüber reden. Ist das ok?«

»Ja, klar.« Offenbar fröstelte es sie wieder ein wenig, denn sie kuschelte sich erneut an Martin, so wie gestern, nur diesmal ohne Vorwarnung.

Auf der Skihütte roch es nach Grillwürstel, fettigen Pommes und irgendwie nach Germknödel. Diese Melange an Düften sorgte bei beiden umgehend für ein Hungergefühl. Beide bestellten sich eine Nudelsuppe und einen Germknödel mit Vanillesauce und viel Mohn. In der rustikalen Hütte mit dem offenen Kamin in der Mitte war es so warm, dass sie ihre Jacken auszogen. Niki hatte unter ihrem pinken Parka nur einen weißen, hautengen Pulli angezogen, der sich gar keine Mühe gab, ihre weiblichen Konturen zu verbergen. Er wusste, dass er ja nicht glotzen durfte. Aus dem Augenwinkel riskierte er dann doch einen verstohlenen Blick, nur ganz kurz, doch Niki hatte ihn bemerkt.

»Schaust du gerade, wo du gestern schon dran warst?«, grinste sie, ohne von der Speisekarte aufzublicken.

Er suchte dringend nach einer guten Ausrede, fand aber keine.

»Hab ich nicht gestern schon um Gnade gewinselt?«

»Doch, aber ich find's irrsinnig lustig, wenn ich dich mal ärgern kann. Sonst neckst du mich ja die ganze Zeit.«

»Du musst halt beim Liftfahren besser aufpassen, dass es dich da nicht ständig zerwuzelt, dann muss ich dich auch nicht antatschen«, sagte er und war zufrieden, dass ihm endlich wieder eine halbwegs schlagfertige Antwort eingefallen war.

»Siehst du. Und schon hast du mich wieder auf der Schaufel«, lächelte sie.

Nach dem Essen fuhren sie im Parallelschwung die Einser runter. Immerhin bis zum Steilhang, dort traute sich Niki noch nicht so richtig schwungvoll zu fahren. Sie wählte lieber den Stemmschwung, um halbwegs sicher über die buckelige Piste zu kommen. Danach ging es aber parallel und ohne Zwischenfälle weiter runter bis zur Talstation. Dort übten sie noch das Abkristeln, das abrupte Stehenbleiben, indem man einen kurzen Schwung setzte und die Kanten tief in den Schnee grub. Damit hatte Niki noch so ihre Schwierigkeiten, vor allem, dass sie beim sofortigen Stopp nicht das Gleichgewicht verlor und umkippte.

»Mit Schlittschuhen geht das viel einfacher«, maulte sie.

»Vorsicht. Mit dem Abkristeln kann man nämlich auch unartige Mädchen einstauben«, grinste Martin frech.

»So ein Glück, dass ich ein braves Mädchen bin. Hier gibt's nur einen Schlingel, und der bist du! Also wehe, du staubst mich ein!«

Sie beschlossen, noch einmal auf die Buchensteinwand raufzufahren. Kaum im Lift war Niki diesmal nicht im Kuschelmodus, sondern in der Laune, direkte Fragen zu stellen.

»Wie ist das jetzt eigentlich mit dir und Tanja? Seid ihr ein Paar?«

Martin wurde von der Frage überrumpelt.

»Hmmm, ich weiß es nicht.«

»Wie, du weißt es nicht?«

»Naja sie ist immer noch am Nachdenken, wie es gehen soll, und ich hab sie nicht gedrängt, weil ich dann … weil ich dann irgendwie Angst hab, dass sie sich gegen mich entscheidet.«

Er hatte es nun laut ausgesprochen und irgendwie tat das gut, war aber auch schmerzhaft. Niki schüttelte leicht den Kopf.

»Sie hält dich hin.«

»Wie meinst du das?«

»Na eigentlich weiß man es schon, wenn man mit jemandem zusammen sein will. Da braucht man nicht so lange darüber nachzudenken.«

»Ach quatsch, sie hat einfach viel zu tun.«

»Auch wenn ich viel zu tun hab, kann ich mich entscheiden. Das ist eine Bauchsache. Wenn sie eine Kopfsache daraus macht, dann geht es ihr nicht um Liebe oder zumindest nicht nur. Dann hält sie noch an etwas fest und dich hält sie eben hin.«

Martin dachte darüber nach, ob er sich über Niki ärgern sollte oder ob sie möglicherweise den Kern des Problems schneller erfasst hatte als er.

»Ich weigere mich zu glauben, dass sie mich hinhält.«

Niki seufzte etwas zu laut für Martins Geschmack.

»Es ist ganz einfach. Willst du sie?«

»Ja.«

»Will sie dich?«

Er starrte auf die Skipiste unter ihnen und eine kurze, verräterische Stille breitete sich aus.

»Ich glaub schon«, sagte er schließlich.

»Siehst du? Beweisführung abgeschlossen. Du sagst sofort ja und bist dir bei ihr aber nicht sicher, ob sie genauso fühlt.«

Martin war nun traurig, denn möglicherweise hatte Niki tatsächlich recht. Er musste daran denken, dass Tanja auch zu seinem Vorschlag, sie nächstes Wochenende zu besuchen, nicht gleich ja gesagt hatte. Das schlechte Gewissen nach dem gestrigen Tag wurde abgelöst von einem ganz miesen Gefühl, das sich durch seinen Bauch nagte. Am liebsten hätte er sofort mit Tanja telefoniert und sich von ihr die Bestätigung geben lassen, dass alles in Ordnung war.

»Machen wir noch diese Abfahrt, dann ist es genug für heute. Wenn du zu müde wirst, dann wird's gefährlich«, sagte er nun zu Niki, »außerdem schneit es immer mehr.«

Sie lächelte etwas wehmütig.

»Ja. Wir wollen ja nicht, dass du mich wieder vom Schnee befreien musst.«

Eingeschneit

Der Schneesturm blieb nicht ohne Folgen. Nachdem es das restliche Wochenende durchgeschneit hatte und der Wind auch noch dafür sorgte, dass sich hohe Schneewechten auftürmten, mussten alle drei Zufahrtsstraßen nach St. Ulrich gesperrt werden. Alle Straßen führten mehr oder weniger durch Schluchten hinaus aus dem Seitental, in dem Nuarach lag. Die Gefahr einer Lawine war einfach zu groß. Die Einheimischen konnten mit dieser Situation gut umgehen, weil sie praktisch einmal pro Winter eingeschneit wurden. Aber für die Gäste war es ein mulmiges Gefühl, so von der Außenwelt abgeschnitten zu sein. Martins erste Aufgabe war es deshalb, seinem neuen Anfängerkurs nicht die Angst vor dem Skifahren zu nehmen, sondern ihnen gut zuzureden.

»Ihr müsst euch überhaupt keine Sorgen machen. Die Straßensperren sind nur eine Vorsichtsmaßnahme, damit nichts passiert. Hier im Tal besteht überhaupt keine Lawinengefahr. Und morgen oder spätestens übermorgen werden die Straßen auch wieder frei sein!«.

»Dann wird ja alles gut, oder?«, sagte Papa Piet, ein holländischer Familienvater. Er klang beim Reden ähnlich vernuschelt wie Rudi Carrell. Er war zusammen mit seiner Frau und seinen beiden erwachsenen Kindern bei Martin im Skikurs. Die Tochter Anike war ein bezauberndes Geschöpf mit blonden Zöpfen und eine Frau zum Verlieben, wenn Martin nicht ohnehin schon im Gefühlschaos gesteckt hätte. Sie war im gleichen Alter wie Martin. Ihr Bruder Finn war ein Jahr älter und dazu gab es noch Mama Mareike. Alle drei sprachen kein Deutsch, weshalb Papa Piet für Martin die wichtige

Funktion des Dolmetschers für seine Familie und auch für ein weiteres Paar aus den Niederlanden übernahm. Die Deutschen waren diesmal in der Minderheit und nur mit einem Paar aus Bremen vertreten, das noch die Mutter Henriette zum Skikurs mitgeschleift hatte. Henriette ging schon auf die sechzig zu, wollte aber tatsächlich noch »Ssskilaufen« lernen, wie sie es mit ihrem zischenden S nannte.

Martin begann sein übliches Programm mit etwas Ski-Aerobic zum Aufwärmen. Die blutigen Anfänger plagten sich sichtlich, die Übungen durchzuführen, ohne umzukippen. Erstaunlich problemlos ging das bei Henriette, denn sie machte daheim immer Yoga, wie sie erzählte. Sie hatte auch beim Herumstapfen im Kinderparadies keine Gleichgewichtsprobleme, während Papa Piet und Mama Mareike ein paar Mal die Piste küssten.

»Das ist ganz schön schwierig, oder?«, meinte Piet nach dem dritten Umfaller. Aber er war zumindest stark genug, um aus eigener Kraft wieder aufstehen zu können.

Mit dem Einüben des Schneepfluges ging aber auch den beiden holländischen Eltern ein Licht auf, wie man auf den Skiern fahren und zugleich die Balance halten konnte. So kam die Truppe relativ schnell voran. Am restlichen Vormittag noch am Babylift, am Nachmittag dann schon am Hochleitenlift. Dort schätzte er vor allem die Gesellschaft von Papa Piet, der neben seinem derzeitigen Job als Skischüler auf der Universität in Utrecht als Professor dozierte. Er war spezialisiert auf Medienwissenschaft und als Piet erfuhr, dass Martin Journalist war oder besser gesagt werden wollte, hatte er bei dem bärtigen Holländer erst recht gepunktet.

»Und du willst bei einer Zeitung schreiben, oder?«

»Ja, ich glaub schon.«

»Und Radio oder Fernsehen hast du noch nie überlegt, oder?«

»Hmmm, ich glaube, ich bin da irgendwie eher beim Schreiben daheim.«

»Aber für Radio und Fernsehen muss man auch gut schreiben können, oder?« Bei Papa Piet klang immer alles, wie eine Frage, auch dann, wenn er eine Feststellung machte.

»Vermutlich, damit hab ich mich noch nie beschäftigt.«

»Dann solltest du dich damit beschäftigen. Ich habe einen Freund in Tirol. Der baut gerade einen Radiosender auf. Den könnte ich einmal fragen, oder?«

»Was? Das würdest du tun?«

»Aber sicher. Wenn du es möchtest, oder?«

»Ja, sehr gerne«, sagte Martin schnell. Er spürte, dass das eine Chance sein könnte.

Mutter Henriette wiederrum sah in Martin so etwas wie einen lieben Enkelsohn. Sie fragte ihn mindestens fünfmal pro Liftfahrt, ob er etwas Schokolode haben wollte. Martin lachte jedes Mal und lehnte dankend ab.

»Aber zum Ssskilaufen gehört doch Schokolade«, beharrte sie.

»Das mag schon sein, Henriette, aber wie schaut denn das aus, wenn ich da vor euch Schokolade mampfe.«

»Das ist doch nichts Schlimmes«, sagte sie, brach ein Stück von ihrer Schokoladentafel ab und schob es Martin in den Mund wie einem kleinen Kind. Er musste sich mit dem Kauen beeilen, damit er vor dem Aussteigen aus dem Lift damit fertig wurde. Ein zweites Stück konnte er in letzter Not erfolgreich abwehren. »Mein Junge, du musst mehr essen, du bist ja so dünn.« Diesen Spruch hatte er bisher noch nicht einmal von seiner eigenen Oma gehört.

Mit Mama Mareike konnte er sich im wahrsten Sinne des Wortes nur mit Händen und Füßen unterhalten, da sie auch kein Englisch verstand. Wenn Papa Piet also im Lift nicht dabei war, musste er mit den Händen auf seine Füße zeigen, wie sie ihre Skier richtig auf die Liftspur legen musste, damit sie nicht ständig verkanteten. Er rettete sie einige Male vor dem Rausfallen und fragte sich, wie sie es ohne ihn den Lift hochschaffte.

Mit Finn konnte er vor allem über die Formel 1 reden. Er war ein großer Fan von Jos Verstappen und hoffte, dass Verstappen irgendwann zumindest einmal ein Rennen gewinnen würde. Martins Idol, Gerhard Berger, hatte gerade erst seine Karriere beendet. Der Tiroler Rennfahrer hatte dem Holländischen zumindest voraus, dass er mehrere Rennen gewonnen hatte. Gemeinsam freuten sie sich darüber, dass der Kanadier Jacques Villeneuve Weltmeister geworden war und nicht Michael Schumacher.

Mit Anike war das Reden zunächst ähnlich schwierig, wie mit ihrer Mutter. Hier ging es nicht um etwaige Verständigungsprobleme, sondern in ihrer Nähe fiel Martin zunächst in alte Muster zurück und redete selbst relativ wenig. Er konnte ihr ja schlecht sagen, wie hübsch er sie fand. Joe würde so etwas vielleicht tun, aber er wollte das nicht. So fuhren sie zunächst schweigend nebeneinander den Lift hinauf, bis ihm einfiel, sie nach ihrem Musikgeschmack zu fragen. Sie stand auf die Backstreet Boys, also gleich einmal ein Griff ins Klo, eine holländische Band, von der er noch nie gehört hatte, und sie mochte Bon Jovi. Ein Volltreffer. Über Bon Jovi konnte er stundenlang philosophieren. Er erzählte ihr von einem Konzert, auf dem er vor drei Jahren mit seinen Freunden gewesen war. Es dauerte über drei Stunden, weil der gute Jon und seine

Mannen offenbar selbst nicht genug von dem Abend kriegen konnten. Begonnen hatte es schon damit, dass eine Blasmusikkappelle zum Einmarsch *Lay Your Hands On Me* spielte. Das Leuchten in seinen Augen musste ansteckend gewesen sein, denn sie lächelte ihn vergnügt an. Sie hatte Bon Jovi noch nie live gesehen, wollte das aber unbedingt nachholen.

Alles in allem hatte er diesmal eine sehr nette Gruppe erwischt, auch die beiden anderen Paare waren gechillt und unkompliziert. Das alles lenkte ihn etwas von seinem Kummer ab. Er hatte Tanja auch am Sonntag nicht erreicht. Er hatte es sogar drei Mal versucht, bei ihr anzurufen. Immer wieder ging nur der Anrufbeantworter ran. Während er bei den beiden ersten Nachrichten wohl noch relativ normal geklungen hatte, hoffte er, dass er bei der letzten Nachricht nicht zu weinerlich gewirkt hatte. »Hi Tanja, ich bin's nochmal. Ich mache mir langsam Sorgen, weil ich dich nicht erwische. Ich hoffe, dir ist nichts passiert und du hast ein schönes Wochenende gehabt. Vielleicht kannst du mich ja bitte mal zurückrufen. Ich will nur wissen, wie es dir geht.« Bis hierhin wäre der Text noch halbwegs verkraftbar gewesen, aber nach einer Pause redete er noch weiter. »Weißt du, du fehlst mir und ich hab dich irrsinnig gerne. Bitte stoß mich nicht weg. Ich schick dir noch tausend Bussis und freu mich, wenn du mich zurückrufst.« Drei Sätze. Mit drei Sätzen hatte er einen Offenbarungseid geleistet und sich zum Narren gemacht. Er wünschte, er könnte diese letzte Nachricht einfach löschen. Doch er konnte weder das beeinflussen, noch ob und wann sie ihn wohl anrief.

Nachdem er am Sonntag noch eher Panik schob, dass er Tanja verlieren könnte, keimte inzwischen der Ärger in ihm. Wie konnte sie ihn nur so ignorieren, nur weil er mit Niki Skifahren gewesen war? Wie konnte man so zickig sein und vor allem so gemein, sich einfach nicht zu melden? Er beschloss, sie heute nicht anzurufen. Sollte sie doch den nächsten Schritt machen. Sollte sie sich nach ihm verzehren. Er wünschte sich jetzt fast, sie würde ihm auf den Anrufbeantworter reden, obwohl das seine Eltern dann auch hören würden. Jedenfalls würde er dann sie ignorieren und sich nicht bei ihr melden. Jawohl. Dabei wusste er genau, dass er in Wahrheit sofort zum Telefon greifen würde, aber die Vorstellung von sich als starker und unabhängiger Kerl gefiel ihm. Er überlegte, ob er Trost und Rat von Niki einholen sollte, doch sie war der Mitgrund, warum er so verzweifelt war. Sie hatte ihm den Floh ins Ohr gesetzt, dass er hingehalten wurde. Also sparte er sich an diesem Tag den Weg zur Liftkassa. Am Abend stocherte er ziemlich lustlos in seinem Essen herum, was seine Mutter darauf zurückführte, dass er Krautfleckerl nicht besonders mochte.

»Ist dem Sohn das Essen heute nicht gut genug?«

»Doch, doch. Kein Hunger.«

»Na, kein Wunder, wenn du dich von Omas mit Schokolade füttern lässt.«

»Es war ein Stück und hat damit nichts zu tun«, grantelte er.

»Schon wieder Frauenprobleme?«, fragte sein Vater.

»Irgendwie schon.«

»Hat sich die Kleine von Hochdahl nicht mehr gemeldet?«

»Vorerst nicht.«

»Na, wird schon noch.«

»Hauptsache sie ruft dich an, denk an die Telefonrechnung«, wandte seine Mutter ein.

»Geh Christl! Sei doch nicht so unromantisch«, hielt ihr der Vater vor.

Sie wollte gerade mit ihm zu schimpfen beginnen, als das Telefon läutete. Einem inneren Impuls folgend wollte Martin schon aufspringen, wartete aber, bis seine Mutter ans Telefon ging.

»Für dich«, sagte sie und sein Herz machte einen Aussetzer, »es ist die Kramer Rosi.«

Er schnaubte kurz, nahm das Telefon und ging nach oben.

»Hey Rosi, wart noch kurz, ich geh grad rauf in mein Zimmer.«

Doch sie wartete nicht und legte zeternd los, als er gerade die Stiege erreicht hatte.

»Du Vollidiot, du! Du Hornochse, du Depp!«

»Äh, was ist denn los?«, fragte er perplex.

»Was hast du mit Niki gemacht?«

»Wieso, was soll ich mit Niki gemacht haben? Ich war ganz normal, so wie du es von mir verlangt hast.«

»Sie hat sich gestern die Augen ausgeheult wegen dir, du Idiot.«

»Wegen mir? Was hab ich denn gemacht?«

»Du hast ihr gesagt, dass du die doofe Trulla aus Düsseldorf willst.«

»Ja, hab ich, und was ist jetzt so schlimm daran?«

»Du checkst wirklich gar nichts.«

»Was wollt ihr denn von mir?«, fragte er leicht überfordert und schloss die Zimmertür hinter sich. »Ich versteh das wirklich nicht. Niki hat doch selbst einen Freund.«

»Hatte!«

»Wie hatte?«

»Der Streit, von dem sie dir erzählt hat. Sie haben sich getrennt. Es ist nicht mehr gegangen.«

»Ja, wieso sagt sie mir das denn nicht einfach?«

»Weil sie selbst noch nicht damit umgehen kann. Und

sie wollte wohl unvoreingenommen sehen, wie sehr du an der Düsseldorferin hängst.« Martin atmete tief durch, weil er eine Pause brauchte, doch die bekam er von Rosi nicht. »Und du Depp, schwärmst ihr von einer anderen Frau vor. Sie hat sich in dich verliebt und ist verzweifelt.«

»Ich … ich weiß nicht … ich weiß nicht, was ich jetzt tun soll«, sagte er wahrheitsgemäß.

»Wieso weißt du das nicht? Magst du Niki nicht?«

»Ich bete sie an«, schlüpfte es aus ihm heraus, »aber ich hab doch nie im Leben daran gedacht, dass ich bei ihr eine Chance haben könnte. Wir sind Freunde.«

»Wenn du Idiot endlich einmal begreifen würdest, dass du schnuckelig bist. Wir Frauen stehen auf so was.«

»Du auch?«, grinste Martin jetzt.

»Es hat mal eine Phase gegeben, ja. Aber jetzt hab ich Tom. Und darum geht's gerade nicht, oder?«

»Jaja, schon gut. Sag mir, was ich tun soll.«

»Was ist mit Düsseldorf?«

»Weiß nicht, meldet sich seit Tagen nicht mehr. Aber ich mag sie auch.«

»Du wirst dich entscheiden müssen, wen du lieber magst. Und wenn sie sich seit Tagen nicht mehr gemeldet hat, dann wird's das so oder so gewesen sein.«

»Das glaub ich nicht.«

»Mhm, glaub's mir ruhig. Es ist ganz einfach. Wenn du Niki nicht verlieren willst, dann ruf sie an und halte sie auf. Sie will zurück nach Innsbruck.«

»Aber sie arbeitet doch den ganzen Winter noch beim Lift.«

»Sie hat heute hingeschmissen, hast du nicht mitgekriegt, dass sie nicht mehr da war?«

»Nein. Ich war heute nicht bei ihr«, murmelte er kleinlaut.

»Verdammt, ruf sie an und halte sie auf!«

»Und was soll ich ihr sagen?«

»Mensch, muss man dir alles erklären? Sag ihr das, was du vorhin mir gesagt hast, dass du sie anbetest. Das wäre doch schon einmal ein ganz guter Anfang. Dann sagst du ihr, dass du ein blöder Trottel bist, ein Vollidiot, und dass du sie nie wieder gehen lässt. Verstanden?«

»Ja, hab's gleich, muss noch fertig mitschreiben!«

»Was?«

»Scherz.«

»Du bist echt doof«, lachte sie nun entnervt, »tu weiter und hol sie dir! Hoffentlich ist es noch nicht zu spät!«

»Na weit kann sie noch nicht sein, wenn wir eingeschneit sind.«

Er wählte Nikis Nummer. Es läutete lange bis doch noch abgehoben wurde.

»Hallo?«, meldete sich eine männliche Stimme. Das musste dann wohl Sebastian sein, ihr Ex. So ein Mist, wäre es Martin beinahe laut entkommen, aber da musste er nun durch.

»Äh hallo, ist Niki da?«

»Wer ist da überhaupt?«, knurrte die Stimme ins Telefon.

»Ich bin Martin«, sagte er wahrheitsgemäß und fügte noch etwas schwammig hinzu, »von der Arbeit beim Lift.«

»Soso, Martin von der Arbeit beim Lift«, wiederholte er langsam.

»Äh ja, kann ich bitte kurz mit Niki reden?«

»Sie ist nicht da!«

»Wie, sie ist nicht da?«

»Sie ist weg, mit dem Zug nach Innsbruck.«

»Wie kann das sein, wenn wir eingeschneit sind?«

»Seit einer Stunde ist die Straße nach Fieberbrunn wieder offen, und jetzt nerv mich nicht länger, du blödes Arschloch … oh Entschuldigung … ich hab natürlich gemeint: Martin von der Arbeit beim Lift!«, gab Sebastian höhnisch von sich und legte auf. Im Telefon tutete es vor sich hin, während Martin die Information erst langsam verdauen musste.

Niki war weg und sie hatte sich nicht verabschiedet. Er wollte sie aber nicht so einfach verloren geben. Er überlegte nicht lange, schnappte sich Schlüssel und Jacke und lief zum Auto. Er fuhr viel zu rasant, aber es konnte ihm nicht schnell genug gehen. Er wollte ehestmöglich zum Bahnhof nach Fieberbrunn, denn vielleicht war der Zug ja noch nicht da gewesen. In der Schlucht, die bis vor Kurzem noch gesperrt war, gab es einen Gegenverkehrsbereich. Die abgesprengte Lawine blockierte eine Straßenhälfte. Das kostete ihn wieder wertvolle Minuten, und er verlor langsam den Glauben daran, dass seine Rückholaktion noch eine Chance haben könnte. Endlich kam er am Lawinenkegel vorbei, musste sich jetzt aber hinter den Autos durch die Schlucht schlängeln, die vor ihm waren. Ein paar Minuten später war er endlich beim Bahnhof, hüpfte aus dem Auto und lief zum Bahnsteig. Er rief Nikis Namen, doch niemand antwortete. Auf dem Bahnsteig standen fast nur Männer mit Aktenkoffern oder Umhängetaschen. Er sah nur zwei Frauen und keine davon war Niki, denn den pinken Parka hätte er sofort erkannt. Er stürmte zum Bahnhofsvorsteher an den Kassenschalter.

»Zug … nach … Innsbruck«, schnaufte Martin, »war … der schon … da?«

»Ja, tut mir leid. Der ist vor einer viertel Stunde gefahren.«

Martin setzte sich auf eine Wartebank und war jetzt

wirklich verzweifelt. Er hatte keinen Plan, wie er weiter vorgehen sollte. Mit dem Auto dem Zug hinterherzufahren, schien ihm keine Option zu sein. Er raffte sich langsam auf und ging zum Wagen zurück. Als er bei der Telefonzelle vorbeikam, hatte er eine Eingebung. Er schlug das Telefonbuch für Innsbruck auf und suchte nach Moser. Er fand über 70 Einträge, aber keine Moser Nicole, und wie ihre Eltern hießen, wusste er nicht. Er schaute nach links und nach rechts und nachdem niemand zu sehen war, riss er die Seite mit den Mosers einfach aus dem Telefonbuch. Er würde von daheim aus alle Leute durchtelefonieren.

Seine Eltern blickten besorgt, als er wieder daheim ankam. »Wo bist du denn so plötzlich hin?«, fragte seine Mutter.

»Ich war am Bahnhof und wollte Niki aufhalten. Ich war zu spät. Sie ist mit dem Zug heim nach Innsbruck.«

»Oje, das tut mir leid. Die hast du doch so gemocht.«

»Ja«, brachte Martin noch heraus, ehe er fast gekotzt hätte, weil ihm plötzlich so schlecht geworden war. Er beendete das Gespräch, indem er über die Treppe nach oben lief und sich in seinem Zimmer verbarrikadierte. Das Telefon lag noch auf dem Bett, wo er es hingeworfen hatte. Er blickte auf die Uhr, es war gerade einmal acht. Um diese Zeit konnte man schon noch bei jemandem anrufen, vermutete Martin. So dachten aber offensichtlich die Mosers nicht zwangsläufig. Die meisten reagierten unwirsch bis wütend auf seine Frage, ob sie eine Tochter namens Niki hätten. Gut die Hälfte der Leute hatte er angerufen und auf der Telefonbuchseite durchgestrichen.

Dazwischen rief er jetzt noch einmal Rosi an und erzählte ihr, was passiert war. Auch sie hatte die Innsbrucker

Telefonnummer von Niki nicht. Sie versprach ihm, dass sie ihm die Nummer beschaffen würde, wenn Niki sich bei ihr melden sollte. Er legte auf und verfluchte diesen Tag und insbesondere sich selbst für seine Borniertheit. Ein bisschen suhlte er sich auch gerade im Selbstmitleid, als das Telefon läutete.

»Hier bei Hofer«, meldete er sich emotionslos. »Endlich erreiche ich dich, bei dir ist ja dauernd besetzt!«

Es war Tanja. Er schluckte kurz und begrüßte sie dann etwas distanziert.

»Hi! Schön, dass du dich auch wieder einmal meldest.«

»Ja, ich weiß. Ich war am Wochenende viel unterwegs.«

»Aha«, sagte er, und es klang so beiläufig, wie es klingen sollte. Darauf war er stolz. Weniger stolz war er allerdings gleich darauf wegen seiner nächsten Frage. »Soll ich jetzt fragen, wo du unterwegs warst oder mit wem?«

»Hmmm. Du bist eifersüchtig.«

»Scheint wohl so.«

»Aber du hast keinen Grund, eifersüchtig zu sein. Weißte, wir sind ja nicht zusammen.«

»Nur weil du dich nicht entscheiden kannst«, protestierte Martin.

»Ich weiß«, sagte sie ungewohnt kleinlaut und schluckte so geräuschvoll, dass Martin es durchs Telefon hören konnte. »Hör mir bitte zu, Martin, ich hab nachgedacht und du bist so ein lieber Kerl, aber du bist auch so weit weg.«

»Was wird das jetzt? Schießt du mich ab?« Seine Hände wurden zittrig und es fühlte sich so an, als würde sich sein Magen umdrehen. Schon wieder.

»Ach, ich will dich nicht abschießen. Ich will, dass wir Freunde bleiben, Martin. Aber ich kann nicht deine Freundin sein, auch wenn es ein Teil von mir sehr gerne wäre.«

»Warum hörst du dann nicht auf diesen Teil?«, fragte Martin leise und kämpfte gerade absurderweise wieder um diese Beziehung, die er vor ein paar Stunden insgeheim schon aufgegeben hatte.

»Bitte, mach es mir doch nicht so schwer. Ich hab dich sehr gerne, und würdest du hier heroben um die Ecke wohnen, ich wäre sofort mit dir zusammen. Weißte, das Leben ist nicht immer so einfach.«

Martin wischte sich die Augen trocken. Der Vorteil, noch nie eine Freundin gehabt zu haben, war eigentlich, dass es auch nie einen Trennungsschmerz geben konnte. Jetzt war Tanja noch nicht einmal seine richtige Freundin gewesen und trotzdem musste er den Schmerz einer Trennung erleiden. Er fühlte sich vom Schicksal betrogen. Er sagte eine Weile nichts und es herrschte Stille zwischen ihnen, nur im Telefon knackste es, als Tanja einmal etwas lauter ausatmete.

»Biste noch da?«, fragte sie schließlich.

»Ja«, sagte er nach einem kurzen Zögern, »bist du jetzt wieder mit ihm zusammen?« Sie seufzte.

»Ich hab Rolf am Wochenende getroffen. Wir haben zum ersten Mal seit Wochen miteinander geredet. Wir wollen es noch einmal miteinander versuchen.«

Martin fühlte blanken Zorn und er wurde lauter.

»Der Arsch hat dich betrogen! Den Mistkerl nimmst du wieder?«

»Ja, ich weiß, dass er mich betrogen hat. Aber er hat sich bei mir entschuldigt, und er hat mir geschworen, dass er das nie wieder macht.«

»Pfff«, machte Martin.

»Ich weiß, dass dir das wehtut. Aber es ist meine Entscheidung, ob ich meinem Freund noch eine Chance gebe.« Martin wusste insgeheim, dass sie damit recht hatte, aber es passte ihm ganz und gar nicht. Irgendwie fand er nicht die passenden Worte, um sich in dieser Diskussion zu behaupten. »Guck mal, Martin, mein Süßer. Dir werden die Mädels noch die Tür einrennen. Du wirst die Richtige finden, ganz sicher.«

»Aber was ist mit dem, was wir gehabt haben?«

»Das war eine wunderschöne Erfahrung für uns beide. Die gehört nur uns, und ich werde mich immer daran erinnern, wie ich mit meinem heißen Skilehrer im Auto geknutscht habe. Du warst so schnuckelig, weißte? So unerfahren und trotzdem so unglaublich hingebungsvoll. Da habe ich mich ein bisschen in dich verguckt.«

»Nur ein bisschen?«, fragte Martin jetzt frech. Sie lachte.

»Na gut, ein bisschen viel.«

»Und trotzdem reicht das nicht?«

»Trotzdem reicht das nicht«, wiederholte sie seinen Satz, »Fernbeziehungen funktionieren einfach nicht. Sie halten vielleicht ein halbes Jahr oder auch ein ganzes Jahr. Aber irgendwann geht es nicht mehr.«

»Vielleicht hätten wir bis dahin eine Lösung gefunden.«

»Vielleicht, aber ich glaube es nicht. Und dann würde es noch viel mehr wehtun als jetzt, das kannste mir glauben. Ich habe schon ein paar Trennungen hinter mir, weißte?«

Martin atmete tief durch.

»Und wie soll das jetzt weitergehen? Mit uns, mein ich?«

»Wir können doch hin und wieder telefonieren und miteinander quatschen. Würde mich freuen, wenn du mir erzählst, wie es bei dir so läuft. Aber nur, wenn du das auch möchtest.«

»Meine Mum bringt mich um, wegen der Telefonrechnung«, grinste Martin, »aber ich glaub, wir kriegen das hin.«

»Das wäre echt super. Ich mag dich nämlich auch als Mensch sehr, und ein guter Freund ist etwas sehr Wichtiges und Besonderes.«

»Wie schön, dass ich wieder im Freunde-Eck lande. Ist ja wichtiger als der Partner fürs Leben«, spöttelte Martin.

»Du willst mich jetzt aufziehen, oder?«

»Ein bisschen. So was machen Freunde doch, oder?«

»Warte nur, bis ich nächsten Winter wieder bei euch in St. Ulrich bin. Dann steck ich dich in den Schnee für deine Frechheiten.«

»Süß, wenn du glaubst, dass du im Schnee gegen mich eine Chance hast.«

»Grrr. Na irgendwann, wenn du nicht damit rechnest, dann zack und ich hab dich.«

Sie blödelten noch eine Weile herum, um dem Gespräch die Schärfe zu nehmen und wohl auch, um sich zu beweisen, dass sie Freunde sein konnten. Als sie auflegten, war Martin zunächst gar nicht einmal so schlecht gelaunt. Doch nach ein paar Minuten kippte die Stimmung und die Enttäuschung brach aus ihm hervor. Er rotzte seine Bettdecke voll, wobei er nicht hätte sagen können, ob er nun vor allem wegen Niki oder wegen Tanja im Tal der Tränen angelangt war. Zwei Frauen hatten ihn innerhalb weniger Stunden verlassen, so etwas bekam nicht einmal ein Playboy so leicht zusammen, dachte sich Martin. Plötzlich musste er aus seinem Zimmer raus, es war ihm alles zu eng. Er zog sich an und ging wieder raus. Es hatte aufgeklart und es war beinahe noch eine Vollmondnacht. Der weiße Schnee leuchtete fast hellblau im Licht des Erdtrabanten.

Zunächst wollte er eigentlich zum Wildschütz gehen, um ein Bier zu trinken. Doch dann fiel ihm ein, dass die Disco am Montag geschlossen war. Also ging er in Richtung See. Neben ihm plätscherte das schwarze Wasser des Grieselbachs und unter ihm knirschte der gefrorene Schnee bei jedem einzelnen Schritt. Es war bitterkalt und mochte wohl einige Minusgrade haben, doch die Kälte störte ihn nicht. Irgendwie tat der Frost sogar gut. Er sorgte dafür, dass seine schmerzvollen Gedanken einfroren. Er ging mit schnellen Schritten noch weiter bis zur Brücke, wo ein zweiter Bachlauf in den See mündete. Hier warteten tagsüber die Enten darauf, dass sie mit Brot oder Keksen gefüttert wurden. Doch von den Enten war jetzt in der Nacht nichts zu sehen und der See war zugefroren. Über dem Eis lag eine dicke Schneedecke, die an manchen Stellen eingesunken war. Während Martin versuchte, die beruhigende Schönheit des verschneiten Sees auf sich wirken zu lassen, wurde er plötzlich am Bein angestupst. Er zuckte zusammen und brüllte vor Schreck auf.

»Pssst. Nicht so laut. Du verscheuchst mir ja die Rehe!«

Es war der alte Franz, der nicht nur Skilehrer, sondern auch der örtliche Jäger war. Er hatte am Waldrand die Heuraufen für die Rehe beobachtet und der Stupser war sein Hund Seppi. Seppi war kein typischer Jagdhund, sondern eher einer von der gemächlichen Sorte. Jeder im Ort kannte ihn und er wiederrum kannte jeden in Nuarach.

»Puh, habt ihr mich erschreckt«, keuchte Martin und kraulte Seppi hinter dem Ohr, »ich hab doch nicht damit gerechnet, dass da heraußen am See um die Zeit sonst noch wer herumhirscht!«

Franz grinste.

»Naja. Als Jäger hat man jetzt im Wald eigentlich seine Ruh, außer wenn Skilehrerkollegen herumbrüllen. Was machst denn du da um diese Zeit?«

»Liebeskummer«, murmelte Martin und war selbst überrascht, dass er das Franz gegenüber so offenherzig zugab.

»Ui. Dazu kann ich leider nicht viel sagen. Bin ja schon seit bald vierzig Jahren verheiratet. Um wen geht's denn, wenn ich fragen darf?«

Martin dachte kurz nach, ob er Franz noch mehr erzählen sollte.

»Um Niki«, sagte er schließlich.

»Die Niki vom Lift? Ja, das ist ein sehr süßes Mädel! Und was ist mit ihr?«

»Sie ist heim nach Innsbruck. Sie ist heute weg!«

»Hmmm, das ist jetzt nicht so weit.«

»Ja, aber ich muss sie suchen, ich weiß nicht, wo sie wohnt.«

»Und will sie überhaupt gefunden werden?«

»Ich glaub schon. Es war ein Missverständnis.«

»Na, dann such sie. Innsbruck ist nicht so groß. Du wirst sie schon finden!«, sagte Franz und klopfte Martin auf die Schulter. Irgendwie tröstete ihn diese Aussicht tatsächlich und er hatte ja noch einige Nummern aus dem Telefonbuch. Eine davon musste es doch wohl sein.

Verschnupft und etwas zerschlagen stand er am nächsten Tag wieder auf seinen Skiern. Er hatte sich in der eisigen Nacht wohl doch ein wenig erkältet. Außerdem hatte er kaum geschlafen, weil ihn der Verlust von Niki und Tanja doch noch weiter beschäftigte.

»Du schaust müde aus, oder?«, sagte Papa Piet während der Liftfahrt.

»Ja, viele Sorgen gerade«, antwortete Martin.

»Dann hast du jetzt vielleicht eine Sorge weniger. Ich habe gestern noch mit meinem guten Freund telefoniert, oder?«

»Ja, und?«

»Also, er braucht noch gute Leute für seinen neuen Radiosender, oder?«

»Hmmm. Ok, und was heißt das jetzt für mich?«

»Das heißt für dich, dass er dich kennenlernen möchte. Du sollst ihn nächste Woche anrufen, oder?«

»Ehrlich? Wow. Wahnsinn. Vielen Dank, Piet!«

»Alles gut. Ich helfe jungen Leuten immer gern, oder?«, lächelte er und rieb sich mit dem Handschuh die Eiskristalle aus seinem Bart. Es war immer noch frostig und es würde auch nicht wärmer werden in den nächsten Tagen.

Fürs Skifahren waren die Verhältnisse ideal. Ein weicher Teppich aus frischem Schnee, wo es bei jedem schnelleren Schwung nur so aufstaubte. Er dachte dabei wieder an Niki, wie er ihr das Abkristeln beigebracht hatte, und an ihr fröhliches Lachen, wie es ums Einstauben gegangen war. Er versuchte, sich wieder auf seine Arbeit mit der Gruppe zu konzentrieren. Sie konnten mittlerweile bereits die blaue Piste von der Hochleiten runterfahren und wurden immer besser. Das harmonische Gefüge manifestierte sich auch dadurch, dass alle in der Gruppe ungefähr im gleichen Tempo Fortschritte machten.

Martin begann damit, seine Leute mehr zu fordern. Er fuhr schneller und baute alle möglichen Schikanen ein, etwa dass sie extra durch die Halfpipe aus Schnee fuhren, die die Pistenraupe für die Snowboarder angelegt hatte. Sie kamen dann auch recht schnell zum Parallelschwung, mit dem Anike Probleme hatte. Sie schaffte es nicht so schnell wie die anderen, ihre Skier parallel um die Kurve zu bringen. Sie konnte die vorgezogene Spur nicht halten.

Als Martin direkt vor Anike stand, um ihr noch einmal zu erklären, wie sie zuerst entlasten und dann den Außenski belasten musste, sah er ihr rötliches Gesicht. Sie hatte sich offenbar durch die Sonne und den grellen Schnee einen Sonnenbrand eingefangen. Ihr selbst war das noch gar nicht aufgefallen. Martin kramte in seinem Erste-Hilfe-Beutel und fand, wonach er gesucht hatte, einer kleinen Flasche Sonnencreme. Nachdem sie sich eingeschmiert hatte, gab sie ihm die Tube mitsamt einem Bussi auf die Wange zurück.

»Ja, hallo. Soll ich schon Schwiegersohn zu dir sagen, oder?«, flachste Papa Piet erst auf Deutsch und anschließend auf Holländisch. Alle kicherten. Martin wunderte sich über die sanftmütige Reaktion des Vaters, währenddessen verteilte Henriette wieder Schokolade.

Martin verbot sich selbst, irgendwelche Gefühle für Anike zu entwickeln. Er wollte sich ganz auf die Rückholaktion von Niki konzentrieren und dabei erlitt er am Nachmittag einen gehörigen Dämpfer. Bei keinem Moser in Innsbruck schien Niki zu wohnen. Er hatte nun bei allen Telefonnummern angerufen. Später läutete das Telefon und Rosi war dran.

»Hey, ich hab eine gute und eine schlechte Nachricht.«

»Die schlechte zuerst.«

»Geht nicht. Ich muss es chronologisch erzählen. Also Niki hat sich bei mir gemeldet. Es geht ihr gut und sie ist wieder daheim bei den Eltern. Sie hat mir auch ihre Telefonnummer gegeben. Aber ich darf sie dir nicht geben, das ist die schlechte Nachricht!«

»Wieso nicht?«, schoss es aus Martin heraus und sein Magen krampfte schon wieder.

»Sie will nicht mit dir reden. Also zumindest jetzt nicht. Sie braucht Zeit, sagt sie. Das hast du ganz schön verbockt.«

»Aber hast du ihr nicht gesagt, was ich für sie empfinde?«

»Doch, aber sie wollte es nicht hören.«

Eiszeit und Tauwetter

Es wurde noch kälter. Selbst tagsüber kamen die Temperaturen über minus zehn Grad nicht hinaus. Die klaren Winternächte waren noch deutlich eisiger. Selbst Martin, dem sonst nicht so schnell kalt war, brauchte jetzt einen zusätzlichen Pulli unter seiner Skilehrerkluft. Und zum ersten Mal überhaupt sah er, dass Hubert eine Haube aufsetzte. Die Gruppe war angeschlagen von der Eiszeit, aber sie hielt durch. Mutter Henriette gab dazwischen ihre Kriegsgeschichten zum Besten.

»Also ich war ja noch ein kleines Kind, aber der Winter 44 war so bitterkalt, dagegen kommt mir das jetzt wie Sommer vor.«

»Na dann alle los und Badehose anziehen, oder?«, scherzte Papa Piet.

Martin kürzte die Mittagspause um eine halbe Stunde, dafür machten sie am Vormittag und am Nachmittag eine Extrapause in der Skihütte, damit sich alle aufwärmen konnten. Papa Piet wollte auf der Hütte eine Runde Schnaps ausgeben, wurde aber von seiner Frau daran gehindert. Martin konnte ihre Unterhaltung nicht verstehen, weil sie auf Niederländisch geführt wurde. Doch er konnte sich so viel zusammenreimen, dass Mama Mareike mitten am Vormittag noch keinen Schnaps erlaubte. Etwas griesgrämig bestellte sich Piet einen Jagertee und damit war seine Frau zufrieden. Sie wusste wohl nicht, was da außer heißem Wasser und einem Teebeutel noch drinnen war.

»So ist das mit den Frauen. Sie sind der Chef, oder?«, grinste er und zwinkerte Martin zu.

Martin steckte inzwischen mit Finn in einer hypothetischen Diskussion darüber, wer der beste Rennfahrer in der Geschichte der Formel 1 war. Finn hielt Ayrton Senna für den Besten, doch das war Martin zu langweilig. Er glaubte, dass Ayrton Senna gegen Jochen Rindt keine Chance gehabt hätte, wenn die zwei je gegeneinander gefahren wären. Anike hatte ihrer Mutter wohl inzwischen gesteckt, dass im Jagertee Rum drinnen war. Jedenfalls fing Mareike plötzlich an zu zetern, als der Tee gebracht wurde. Möglicherweise war ihr aber auch nur das Stamperl mit Rum aufgefallen. Papa Piet durfte den Tee trinken, aber nur den Tee. Den Rum verschenkte Mareike weiter an den Sohn von Henriette. Im Gegenzug dafür bekam sie von Henriette ein Stück Schokolade angeboten.

Das Skirennen am Freitag gewann Finn ganz überlegen vor seiner Schwester und Henriettes Sohn. Statt einer Medaille hätte Finn lieber einen Kranz gehabt, wie ihn die Formel-1-Rennfahrer nach einem Sieg bekamen. Martin zuckte nur mit den Schultern und erklärte ihm spaßeshalber, dass es im Winter keine Kränze geben würde. Finn gab sich zufrieden und ballte am Siegertreppchen seine Faust.

»Er jubelt wie unser Hermann Maier bei den Olympischen Spielen nach seinem Wahnsinnssturz und der Goldenen im nächsten Rennen«, brüllte Joe im Wildschütz ins Mikrofon.

Piet freute sich bereits auf die Trinkspiele, es war seine Möglichkeit, um ungestraft an Schnaps heranzukommen. Martin schien es langsam so, als würde ihn Mareike an der kurzen Leine halten.

Immerhin gewannen sie zwei Spielrunden und somit auch zwei Runden Tequila, was bei Martin ausreichte, um demoralisiert einen Durchhänger zu haben. Er dachte an Niki und dass ihm ihr »H-a-a-l-l-o-o«-Gesang fehlte. Aber es war nicht nur ein Vermissen, das er spürte. Er wurde auch etwas sauer, weil sie nicht mit ihm reden wollte. Es war ihre ganz persönliche Eiszeit in diesem Moment, und er war sich nicht sicher, ob es jemals ein Tauwetter geben würde. Anike schnappte ihn in diesem Moment an der Hand und wollte ihn auf die Tanzfläche ziehen. Doch Martin wehrte ab und wedelte mit dem Zeigefinger.

»I am sorry. I don't wanna dance. I don't like it.«

Anike ging nach diesem Korb sichtlich enttäuscht allein auf die Tanzfläche und wurde sogleich zu *You Can't Touch This* von Joe angebaggert. Er tanzte fast schon hauteng mit ihr, was Papa Piet offensichtlich gar nicht gefiel. Der ausgeglichene Vater war einmal, er bedachte Joe mit messerscharfen Blicken, was der aber gar nicht mitbekam.

Einen kurzen Moment dachte Martin, dass Piet jetzt Joe vermöbeln würde. Doch der wütende Holländer wurde von seiner Frau besänftigt oder anders gesagt, sie verbot ihm, eine Szene zu machen. Daraufhin trank Piet in einem Zug sein Bier aus und drehte sich wieder zu Martin um.

»Ich bin froh, dass du ein ehrenhafter Junge bist und kein notgeiler Kerl, oder?«

Martin nickte und bekam einen gläsernen Blick, denn er ärgerte sich trotzdem darüber, dass Joe jetzt mit Anike tanzte. Ihn beruhigte aber die Vorstellung, dass er wusste, was Joe noch nicht wusste. Nämlich dass Joe bei Anike auch keinen Stich machen würde, denn sie würde nach diesem Abend zusammen mit ihren Eltern zurück ins Hotel gehen. Ja, das war eine Aussicht, mit der Martin dann doch wieder ganz gut leben konnte.

»Iss ein Stück Schokolade, du guckst so traurig«, meinte Henriette.

Rechtzeitig zur Faschingswoche kam das Tauwetter, der Föhn brachte warme Luft aus dem Süden ins Pillerseetal und vertrieb den grimmigen Frost aus dem Norden. Der Schnee wurde schnell firnig und man konnte mit den Skiern wunderbar über die Piste dahinschmieren. Die Kinder und einige Skilehrerinnen hatten sich Katzengesichter aufgemalt oder Clownmasken aufgesetzt. Für Martin war das alles nichts, denn erstens verabscheute er den Fasching und zweitens hatte er in dieser Woche ohnehin einen Zirkus in seiner Gruppe.

Er hatte insgesamt nur vier Anfänger, zwei Paare, und sie hassten sich gegenseitig so sehr, dass Martin auch ein Mord mit einem Skistock nicht überrascht hätte. Auf der einen Seite waren Frank und seine Frau Susi, Marke aufblondierte Tussi und Goldketten tragender Prolet aus dem Ruhrpott. Beide waren große Schalke-Fans und trugen auch ihre königsblauen Fußballschals um den Hals. Auf der anderen Seite Norbert und seine Frau Elsa, Marke blasierte obere Mittelschicht mit Mercedes aus dem Saarland.

Es dürfte bei beiden Seiten schon am Montag Hass auf den ersten Blick gewesen sein. Offenbar war man sich in der Früh auf dem Parkplatz in die Quere gekommen. Nun folgte ein Sticheln gegen Schalke hier, ein Lästern nach einem Umfaller da, eine abfällige Bemerkung gegen Franks uralten Opel Manta dort, eine offene Beleidigung gegen Norberts Mercedes und fort war die gute Laune. Martin hatte mehr Mühe, die Situation nicht komplett eskalieren zu lassen, als den beiden Paaren das Skifahren beizubringen.

Das Sportliche klappte prinzipiell ganz gut, freilich mit den obligatorischen Stürzen am Anfang. Weniger üblich war das höhnische Gelächter der Gegenseite, wenn sich jemand im firnigen Schnee panierte. Martin sehnte sich schon nach dem Hochleitenlift und etwas Ruhe, doch die sollte ihm nicht vergönnt sein. Je nachdem, mit wem er gerade hochfuhr, wurde über das andere Paar geschimpft und gelästert. Martin kam nicht einmal dazu, während der Liftfahrt entsprechende Tipps zum Thema Skifahren auszuteilen. Stattdessen breitete sich Susi gerade darüber aus, wie grässlich die rotgefärbten Haare von Elsa wären, noch dazu mit Dauerwelle.

»Das ist ja voll die Achtziger, sag ich Dir. So läuft man doch heute nicht mehr herum.«

»Mhm«, antwortete Martin und wollte eigentlich fragen, ob denn der Vokuhila ihres Mannes noch zeitgemäß war. Er verkniff sich aber die Frage, weil er nicht in den Krieg hineingezogen werden wollte.

Norbert beschwerte sich über das arbeitsscheue Pack.

»Der hat doch seit einem Jahr keine Arbeit mehr, wie kann der faule Hund sich dann einen Skiurlaub leisten? Ich sag dir wie. Auf meine Kosten. Auf meine Kosten. Ich zahl sein Arbeitslosengeld. Dieser faule Arsch.«

Martin hätte jetzt einwenden können, dass er letztens in den Nachrichten gesehen hatte, dass es mit dem Kohlebergbau im Ruhrgebiet bergab ging. Er tat aber auch das nicht, sondern ließ den schimpfenden Tornado weiterziehen.

Elsa mokierte sich darüber, dass Susi wie eine Nutte geschminkt war.

»Aber eines sag ich dir, mehr als 10 Mark die Stunde würde die als Hure nicht kriegen.«

Martin hatte noch nie darüber nachgedacht, was eine Prostituierte verlangen würde. Aber jetzt war ihm klar, dass es wohl deutlich mehr als 10 Mark in der Stunde sein mussten.

Frank ärgerte sich generell über Mercedes-Fahrer.

»Die tun so, als würde ihnen die Welt gehören. Dabei sind wir Malocher der Grund, warum es Deutschland gut geht. Diese fetten Kapitalistenschweine suhlen sich nur im Geld, während wir im Dreck schwitzen.«

»Aha«, sagte Martin und ließ es etwas zustimmend klingen, damit er seine Ruhe hatte. Und danach ging das ganze nervige Spiel von vorne los.

So ging das nun eben schon zwei Tage, dazu der verblödete Faschingsdienstag, und er hatte noch immer nichts von Niki gehört, Martins Laune war am Tiefpunkt. Er brauchte dringend Ablenkung und fand sie im Schreiben für die Rundschau. Er verfasste mehrere PR-Artikel für verschiedene Anzeigenkunden, die ihm Bernd Prechtl aufgetragen hatte. Unter anderem sollte er für einen Pferdehof einen Artikel übers Reiten schreiben. Dabei hatte er keine Ahnung von Pferden und noch weniger vom Reiten. Also rettete er sich vorerst mit Plattitüden über das Problem hinweg. »Das Glück dieser Erde, liegt auf dem Rücken der Pferde« hieß der Titel des Artikels. Er hatte noch ein paar Informationen über die Pferderanch bekommen, aber trotzdem war das für einen halbseitigen Text noch zu wenig. Tanja, kam es ihm in den Sinn, er musste Tanja anrufen. Sie war eine leidenschaftliche Reiterin und hatte sogar ein eigenes Pferd, wie sie ihm stolz erzählt hatte.

»Hey! Schön, dass du anrufst«, sagte sie »aber ich hab wenig Zeit. Ich muss auf einen Ball, weißte?«

»Auf was für einen Ball denn?«

»Na, Karneval natürlich. Das ist bei uns die fünfte Jahreszeit. Am Wochenende war Fastnacht, gestern der Umzug zum Rosenmontag und heute geh ich noch auf einen Ball.«

»Oje, ich hasse Fasching.«

»Siehste. Gut, dass wir nicht zusammengekommen sind«, witzelte sie. »Tut sich schon was in deinem Liebesleben?«, wollte sie wissen.

»Pleiten, Pech und Pannen.«

»Oje, erzähl.«

»Die eine ist abgehauen, die andere hat mit meinem Erzfeind getanzt und die dritte Frau hat mit mir am Telefon Schluss gemacht.«

»Also die Dritte kenne ich vermutlich. Wer sind denn die anderen beiden?«

»Die eine war eine Skischülerin von voriger Woche, aber da war nichts, und ich wollte auch nichts von ihr. Mich hat es nur geärgert, dass sie mit Joe getanzt hat. Und die andere ist Niki.«

»Aha. Ich wusste es! Ich wusste, dass du auf sie stehst.«

»Ja, schon. Aber sie ist weg. Sie ist wieder nach Hause nach Innsbruck und sie will nicht mit mir reden.«

»Hmmm. Haste schon einmal überlegt, ob du zu ihr fährst?«

»Wie denn, ich weiß nicht, wo sie wohnt.«

»Kannste ihr etwas zukommen lassen? Also über einen gemeinsamen Freund oder so?«

»Hmmm, ja es gibt eine gemeinsame Freundin. Was soll ich ihr denn schicken?«

»Schreib ihr einen Brief oder schick ihr ein Geschenk, irgendetwas Persönliches.«

»Ich weiß nicht, ob ich gut im Schreiben bin.« Sie lachte schallend. »Was ist denn? Wieso lachst du jetzt so blöd?«

»Ein Journalist erklärt mir gerade, dass er nicht gut Schreiben kann. Tut mir leid, aber das war jetzt irgendwie sehr witzig, weißte.«

»Ja, ich mein halt, so Liebesbriefe schreiben, das ist nicht so meins.«

Sie musste immer noch kichern.

»Schreib ihr einfach, was du fühlst und wie es dir ohne ihr geht. Sei ehrlich. Das kannste. So, mein Lieber, ich muss jetzt los. Ich muss mich noch schick machen.«

»Warte!«, rief Martin entsetzt ins Telefon »ich brauche noch Infos über Pferde und übers Reiten!« Er erklärte ihr, warum er sie eigentlich angerufen hatte und bekam immerhin noch ein paar Tipps für seinen Artikel.

Den Text über die Pferde tippte er schnell herunter, währenddessen war er mit dem Kopf schon die ganze Zeit bei Niki. Er hatte noch keinen Plan, was er ihr schicken konnte. Vielleicht eine Videokassette mit einer romantischen Komödie, die sie so sehr liebte. Doch den Film, den sie zusammen im Kino gesehen hatten, gab es vermutlich noch nicht auf Video, und sonst fielen ihm keine gescheiten Filme ein. *Pretty Woman* wollte er nicht, weil die Geschichte einer Prostituierten wohl nicht mit der ihren zusammenpasste. Bei *Vier Hochzeiten und ein Todesfall* musste jemand sterben, und bei *Schlaflos in Seattle* war er sich nicht sicher, ob sie den mochte. Sie hatte mal erwähnt, dass Tom Hanks nicht gerade ihr Lieblingsschauspieler war. Er hatte sich das gemerkt, weil er nicht verstehen konnte, wie man Tom Hanks nicht mögen konnte. Die Überlegung mit einem Film brachte ihn jedenfalls nicht weiter.

Im Radio lief gerade *I'd Do Anything For Love* von Meat Loaf, Martin summte mit und hatte einen Geistesblitz. Er würde Niki eine Kassette mit Liebesliedern aufnehmen, denn was konnte es Persönlicheres geben? Er kramte nach einer neuen Aufnahmekassette und seinen CDs. Er begann mit Bon Jovis *I'll Be There For You* und sang bei der Aufnahme inbrünstig seinen Schmerz hinaus.

»I'll be there for you. These five words I swear to you. When you breathe, I'll wanna be the air for you. I'll be there for you. I'd live and I'd die for you, I'd steal the sun from the sky for you. Words can't say what love can do. I'll be there for you!«

Er blieb gleich bei Bon Jovi und spielte noch *Bed Of Roses* und *Always* ein. Er suchte weiter in seiner CD-Sammlung, denn es durften auch keine zweideutigen Texte vorkommen, weshalb *With Or Without You* von U2 nicht in Frage kam und auch nicht *Poison* von Alice Cooper. Von Herbert Grönemeyer schaffte es *Halt mich* auf die Kassette, von den Bangles *Eternal Flame*, und besonders passend fand er das Lied *Tausendmal berührt*.

Er wusste, dass seine Mutter eine CD von der Münchner Freiheit hatte. Die holte er sich und nahm *Ohne Dich* auf, das Lied kannte er seit er ein Kind war. Auch hier konnte er mitsingen. »Ohne dich schlaf ich heut Nacht nicht ein, ohne dich fahr ich heut Nacht nicht heim, ohne dich komm ich heut nicht zur Ruh, das was ich will, bist du!« Bei Roxette hatte er wieder die Qual, sich aus vielen Möglichkeiten entscheiden zu müssen. Er nahm *Listen To Your Heart* für den Schluss, weil ihm eine Textzeile so gut gefiel. »Hör auf dein Herz, bevor du ihm Lebewohl sagst!« Davor spielte er noch *Spending My Time* ein, weil es ein Ausdruck dafür war, was er tat. Er wartete auf sie, er wartete auf ihren Anruf. Neunzig Minuten Herzschmerz hatte er schließlich auf eine Kassette übertragen. Das Mitsingen hatte bereits therapeutische Wirkung für ihn gehabt, er fühlte sich jetzt etwas besser und befreiter.

Vor ihm lag der schwierige Teil, weswegen ihn Tanja ausgelacht hatte, das Schreiben eines Briefes. Er überlegte sich, wie direkt er es angehen sollte. Die ersten beiden Fassungen zerknüllte er und warf sie weg, bevor er beim zweiten Satz war. Bei der dritten Version schaffte er zumindest ein paar Zeilen mehr, bis er doch alles blöd fand, was und vor allem wie er es formuliert hatte. Er schrieb einen Entwurf, wo er die Songtitel einfließen ließ, die auf der Kassette waren, aber dann war ihm das wieder zu profan. Die Worte sollten ja von ihm kommen und nicht von Songschreibern. Eine Stunde brauchte er, bis er schließlich einen Text beisammenhatte, den er halbwegs gelungen fand.

Liebe Niki,
Du bist ein unglaublicher Mensch, eine unglaubliche Frau. So unglaublich für mich, dass ich nie gedacht hätte, bei Dir eine Chance zu haben. Ich bin ein riesiger Idiot. Ich war feig und habe nicht um Dich und Dein Herz gekämpft. Doch ich will nicht mehr feig sein, sondern Dir beweisen, dass ich auf der Welt nur eine einzige Frau will: Dich!
Die Kassette ist ein Ausdruck dessen, was ich fühle und wie ich es fühle. Du und Dein fröhliches Wesen fehlen mir. Ich vermisse Deinen Kopf auf meiner Schulter und dass Du im Kino neben mir sitzt und so laut Popcorn isst, dass sich alle nach uns umdrehen. Mir geht sogar Dein schriller Parka ab. Denn ich weiß, dass in diesem Parka nur Du drinstecken kannst. Was würde ich darum geben, die pinke Jacke mit Dir darin noch einmal sehen zu können. Kannst Du mir verzeihen und diesen Wunsch wahr werden lassen? So wie es bei Roxette heißt: Hör auf Dein Herz, bevor Du mir Lebewohl sagst.
In Liebe, Dein Martin

Ein Songzitat hatte er nun doch verwendet, und er dachte lange darüber nach, wie er enden sollte. Ein »Ich liebe

Dich« hätte es zwar getroffen, aber das traute er sich nicht, und es erschien ihm zu offensiv. Er wollte sie ja zurückgewinnen und nicht verschrecken. Er packte die Kassette und den Brief in ein großes Kuvert, das er verklebte. Er fuhr damit zu Rosi. In Anbetracht der Umstände war er in Hochstimmung, denn endlich hatte er das Gefühl, etwas tun zu können und nicht nur untätig abzuwarten. Als er läutete, kam Manfred an die Tür.

»Ja schau, der Martin«, sagte er überrascht, »was kann ich für dich tun?«

»Ist die Rosi daheim? Ich brauche ihre Hilfe.«

Manfred schaute einen Moment lang ungläubig ins Leere, dann bat er Martin herein.

»Mausl, du hast Besuch!«, rief er über die Stiege nach oben.

»Mensch Papa, du sollst doch nicht Mausl zu mir sagen!«, polterte eine dumpfe Frauenstimme von oben zurück, »wer ist es denn?«

»Der Martin!«

»Aha. Schick ihn rauf.«

»Die Tür bleibt offen!«

»Jaaa!«

Martin hatte inzwischen seine Winterstiefel ausgezogen, während er die leicht surreale Vater-Tochter-Unterhaltung verfolgte.

»Zweite Tür, links«, sagte Manfred und Martin stiefelte in Socken die Stiege hinauf.

Er hörte leise Musik aus der offenen Zimmertür. Rosi lag auf ihrem Bett und las in einem Schulbuch. An der Wand hingen Poster von Metallica und Guns N' Roses. Vor allem mit Slash hatte sie ihre Wände zugeklebt. Für ein Kinderzimmer war es ein großer Raum. Rosi hatte sogar eine eigene Couch, die mit ihrem Blümchenmuster aber nicht unbedingt zum rockigen Flair des Zimmers passte.

»Hey, was gibt's?«, fragte sie und darauf folgte ein prüfender Blick.

»Kannst du mir einen Gefallen tun?«

»Ich darf dir ihre Nummer nicht geben.«

»Deswegen bin ich nicht da«, betonte er und wachelte mit dem Kuvert.

»Was ist das?«

»Das sind ein Brief und eine Kassette, die ich für Niki aufgenommen hab. Hast du ihre Adresse? Kannst du ihr den Brief schicken?«

»Hmmm. Das ist vielleicht gar keine so schlechte Idee. Die Adresse hab ich nicht, aber ich werd sie rauskriegen. Jedenfalls sehr romantisch, du bist echt kein Macho«, grinste sie.

»Hab ich auch nie behauptet.«

»Und trotzdem Skilehrer!«

»Tja. Ausnahmen bestätigen die Regel.«

»Apropos Regeln. Wenn du schon da bist, könntest du mir bei der englischen Grammatik helfen.«

»Besser nicht. Das war mein schlechtestes Fach in der Schule.«

»Dann schau, dass du rauskommst«, mahnte sie mit einem Lächeln, »ich hab morgen eine Schularbeit!«

»Dann viel Glück«, wünschte er und legte den Umschlag auf die gelbgrün geblümte Couch. »Übrigens, nettes Zimmer. Sehr nett«, sagte er mit einem Augenzwinkern und drehte sich um.

»Ciao, Softie«, rief ihm Rosi noch nach.

Unten wurde er wieder von Manfred in Empfang genommen. Er zog sich die Stiefel an und verabschiedete sich höflich.

Keine Spur von Höflichkeit wiederrum am nächsten Tag im Skikurs. Die verfeindeten Lager hatten sich quasi eingegraben, lieferten sich einen Stellungskrieg, und Martin war die Schweiz und versuchte zu vermitteln. Er musste aber auch penibelst darauf achten, dass er für jeden gleich viel Zeit aufwendete. Ansonsten wurde ihm das sofort negativ ausgelegt, wenn er sich eine Minute länger mit einer Partei beschäftigte.

»Frank, du machst das schon sehr gut. Aber beim Ausstemmen musst du noch mehr entlasten. Geh auf deine Zehenspitzen, dann machst du den Pflug und dann erst verlagerst du dein Gewicht«, analysierte Martin, weil ihm Frank in den Kurven etwas zu sehr hudelte.

»Dauert das noch lange? Können wir dann mal weiter?«, fragte Norbert genervt.

»Ach, du hast wohl Stress, wie? Zeit ist Geld, oder wie heißt das bei euch Kapitalisten?«, stichelte Frank, während die beiden Frauen böse Blicke austauschten.

»Alles gut«, sagte Martin »ich nehme mir für jeden die Zeit, die er braucht. Und weiter geht's.«

Er erstickte eine weitere Diskussion im Keim, indem er gleich startete und die vier ihm folgen mussten. Sie fuhren aufgefädelt hintereinander. Elsa folgte Martin, danach kam Norbert, hinter ihm Frank und zum Schluss Susi. Nachdem es Frank nicht schnell genug ging, kürzte er die Kurve ab und überholte Norbert.

»Hey, hier wird nicht überholt«, donnerte Norbert.

»Dann musste halt schneller fahren«, schrie Frank zurück.

Martin fühlte sich an den Skikurs mit den Kindern erinnert. Doch bei den Kindern war die Gefahr einer Schlägerei nicht gegeben, hier schon. Bei Norbert brannte die Zündschnur und als sie unten beim Lift waren, wollte er schon auf Frank losgehen.

»Komm nur her, komm nur«, forderte ihn Frank auf. Doch Elsa hielt ihren Mann gerade noch zurück.

»Lass dich doch nicht so provozieren. Der will ja nur, dass du ihn schlägst und dann holt er sich Schmerzensgeld.«

Martin schickte die Gruppe etwas früher in die Mittagspause, damit sich alle etwas abregen konnten.

Der Nachmittag begann mit eisigem Schweigen bei frühlingshaftem Tauwetter. Die Paare redeten überhaupt nicht mehr miteinander. Dafür durfte sich Martin im Lift weiterhin die jeweiligen Beschwerden anhören. »Der Norbert bremst uns alle nur ein!« »Dieser Prolet ist doch ein Nullchecker, wieso wirfst du den nicht aus der Gruppe raus?« »Die blöde Kuh ist mir beim Anstellen auf die Skier getreten! Das war mit Absicht!« »Die Tussi drängt sich immer vor und wie obszön weit sie den Reißverschluss offen hat. So eine Schlampe.« Irgendwann schaltete Martin auf Durchzug und er dachte über sein Leben nach. Er fragte sich, wie Niki wohl auf seinen Brief reagieren würde und was er nach dem Winter machen sollte. Dabei fiel ihm wieder ein, dass er ja unbedingt noch Piets Freund anrufen musste, das hatte er in der Aufregung um Niki verdrängt.

Nach Feierabend pfefferte Martin genervt sein Skigewand auf seine Couch und zog sich um. Diese Leute waren Energieräuber, dachte er und legte sich für ein paar Minuten auf sein Bett. Das Funktelefon und etwas zu Schreiben hatte er sich schon hergerichtet. In Gedanken ging er noch einmal durch, was er diesem Freund von Piet sagen wollte. Er hieß Raimund Hauser und Martin kannte den Namen aus dem Radio. Hauser besaß offenbar ein Handy, was wohl darauf hindeutete, dass der Mann einen wichtigen Job hatte.

Es läutete nicht lange, Hauser hob gleich ab. Er meldete sich mit einer sonoren, tiefen Stimme, eben einer Radiostimme.

»Hallo, hier ist Martin Hofer. Ich habe ihre Nummer von ihrem Freund Piet bekommen.«

»Ah ja, richtig. Wie geht es Piet? Kann er jetzt endlich Skifahren?«

»Also blaue Pisten kommt er runter, bei den roten plagt er sich noch.«

Hauser lachte, das bei ihm irgendwie spitzbübisch und trotzdem wohltemperiert klang.

»Also Herr Hofer, wie schaut's aus? Wollen wir uns treffen? Das würde ich gescheiter finden, als wenn wir uns jetzt hier lang und breit am Telefon unterhalten.«

»Ja, sehr gerne«, staunte Martin, »aber wollen sie vorher nichts von mir wissen?«

»Ich weiß schon genug. Piet hat mir viel über sie erzählt, und auf Piets Einschätzung kann ich vertrauen, das weiß ich.«

Sie vereinbarten ein Treffen in Innsbruck, sobald die Wintersaison vorbei war. Es war alles so schnell gegangen, dass er es noch gar nicht richtig realisiert hatte. Er erzählte die Neuigkeit beim Abendessen.

»Ich hab ein Vorstellungsgespräch, bei einem Radiosender.«

»Beim Radio?«, fragte seine Mutter überrascht, »bei welchem Radio?«

»Radio Alpenglühen oder so ähnlich. Den Sender gibt es noch nicht. Die starten erst im Sommer.«

»Ja, Glückwunsch. Aber zahlen die auch gescheit?«

»Mama, das weiß ich alles noch nicht. Erst einmal muss ich mich mit dem Senderchef unterhalten, und dann schauen wir weiter.«

»Das wird schon«, meinte sein Vater, »wär doch eine super Gelegenheit, wenn sie dich nehmen!«

»Ich weiß. Radio hab ich zwar nicht auf meiner Rechnung gehabt, aber das hat sich zufällig ergeben.« Er erzählte von Piet aus seinem Skikurs und wie sich alles gefügt hatte.

Die Skiwoche endete mit blankem Hass, Missgunst und Ablehnung. Beim Skirennen fuhren die beiden Frauen zuerst. Susi war deutlich schneller als Elsa, was Susi zu einem hämischen Grinsen verleitete. Dann kam Frank und pulverisierte Susis Bestzeit noch einmal. Siegessicher wartete die Fraktion Schalke im Ziel auf Norbert. Der wuchs über sich hinaus und war noch einmal um eine halbe Sekunde schneller als Frank. Die beiden Ruhrpottler sagten nichts, aber ihre Ausstrahlung war umso zorniger. Als Norbert von seiner Frau die Zeiten erfuhr, riss er triumphierend die Arme in die Höhe und ließ ein lautes »Jawoll« folgen. Das nächste Problem war der Fototermin, weil beide Seiten ein Gruppenfoto verweigerten. Also posierte Martin mit jedem Paar einzeln für das Foto.

Noch schlimmer war die Situation am Abend. Als Martin im Wildschütz eintraf, waren beide Paare schon da, und beide saßen weit voneinander entfernt auf verschiedenen Tischen. Er wusste, dass er keine Chance hatte, die Streithammel an einen Platz zu bekommen. Das Problem für ihn war, wo er sich hinsetzen sollte. Da er für keine Seite Partei ergreifen wollte, begrüßte er beide Paare und ging dann an die Bar. Immerhin saß dort auch Rosi auf einem Hocker, er stellte sich zu ihr.

»Ich hab deinen Brief heute weggeschickt. Sie weiß, dass sie etwas von dir bekommt.«

»Danke. Das ist super«, sagte er und zweifelte in diesem Moment gerade, ob er die richtigen Worte gewählt hatte.

Er fragte sich, ob er Rosi den Brief lesen hätte lassen sollen. Doch dafür war es jetzt ohnehin zu spät.

»Hat sie was dazu gesagt?«

»Ich weiß nicht, ob sie sich freut, aber sie ist zumindest neugierig und hat es nicht abgelehnt.« Das gab ihm wieder etwas Hoffnung. »Ich krieg noch zehn Schilling von dir für die Briefmarke.«

»Oder ich geb dir ein Bier aus.«

»Das geht auch«, grinste sie, und er bestellte bei Graserl zwei Bier.

»Ohne Alkohol steh ich den Abend heute sowieso nicht durch«, meinte er nach einem kräftigen Zug. »Ich hab zwei Paare, und sie hassen sich gegenseitig abgrundtief.«

»Dann frag Joe, ob er sie beim Spielen nicht auf die anderen Gruppen aufteilen mag. Dann hast du weniger Stress.«

Das war prinzipiell eine blendende Idee, fand Martin, wenn er dafür nicht mit Joe hätte reden müssen. Er überwand seinen eigenen Groll gegen Joe, um dem hasserfüllten Quartett und auch sich selbst, einen schlimmen Abend zu ersparen. Joe war erstaunlich gut drauf und versprach, dass er die beiden Paare aufteilen würde. Davor musste aber noch die Siegerehrung überstanden werden, ohne dass es zu einer Rauferei kam. Um den Kontrahenten möglichst keine Angriffsfläche zu bieten, gratulierte Martin gleich einmal überschwänglich Elsa zu Platz vier. Enthusiastisch feierte er Susi und überreichte ihr die Bronzemedaille. Extremst gut aufgelegt hängte er Frank die Silberne um den Hals.

»Und boah, was für eine tolle Zeit«, jubilierte Martin und schmückte Norbert mit Gold.

Als die vier notgedrungen nebeneinanderstanden, zischte Susi:

»Wir haben zwei Medaillen!«

»Dafür haben wir die Goldene«, gab Elsa zurück.

Bevor Schlimmeres passieren konnte, beklatschte Martin seine Gruppe und schickte jedes Paar wieder zurück in seine Ecke. Für ihn war die Arbeit somit erledigt. Nachdem er keine eigene Gruppe mehr hatte, musste er auch nicht bei den doofen Trinkspielen mitmachen. Er saß an der Bar und amüsierte sich, wie die beiden Paare sogar beim idiotischen Becherlauf durch die Disco miteinander wetteiferten. Hier war Norbert klar unterlegen gegen den jüngeren und athletischeren Frank. Der Ruhrpottler feierte frenetisch mit Schalke-Schlachtgesängen, was ihm aber wiederum Ärger einbrachte, weil sich in seiner eigenen Gruppe ein fanatischer Dortmund-Anhänger befand. Nun hätte es fast doch noch eine Keilerei gegeben, die von Joe aber gekonnt unterbunden wurde, wie selbst Martin zugeben musste.

»Das hier ist die neutrale Zone, Jungs. Trinkt zusammen einen Schnaps und freut euch über euren gemeinsamen Sieg.«

Mit Tequila stießen ein Dortmunder und ein Schalke-Fan miteinander an und schlossen zumindest für den Augenblick Frieden. Martin staunte, dass das tatsächlich funktionierte, und wünschte sich, dass man jeden Konflikt so einfach lösen könnte. Er nahm es sich zumindest selbst zum Vorbild, bestellte noch ein Bier und brachte es Joe. Sie prosteten sich gegenseitig zu und zogen damit eine Art Schlussstrich unter ihre eigene schwierige Vergangenheit.

Schneeschmelze

Der Brief kam nach über zwei Wochen. Martin hatte schon nicht mehr mit einer Reaktion von Niki gerechnet. Jetzt lag ein Kuvert mit ihrem Absender vor ihm auf dem Küchentisch. Sie hatte sogar ihre Adresse aufgeschrieben, sie wohnte demnach nicht direkt in Innsbruck, sondern im Nachbarort Neu-Rum. Das erklärte für ihn auch, warum er alle Moser in Innsbruck umsonst angerufen hatte. Er wertete es als gutes Zeichen, dass sie ihre Adresse aufgeschrieben hatte. Ein schlechtes Zeichen war seiner Ansicht nach der Brief selbst, denn warum hatte sie ihn nicht einfach angerufen? Er war sichtlich aufgeregt und hatte zittrige Hände, als er den Briefumschlag öffnete. Der Brief ging über mehrere Seiten. Sie hatte eine zauberhafte Handschrift.

Liebster Martin,

danke für Deinen wunderschönen Brief. Ich musste beim Lesen lachen und heulen gleichzeitig, das ist mir noch nie passiert. Danke für die wundervolle Kassette. Ich habe sie mir schon mehrfach angehört, sie ist so schön stimmig, und ich spüre, welche Gefühle Du mir gegenüber ausdrücken willst. Aber das Anhören der Kassette bereitet mir auch Schmerzen und Kummer. Vielleicht hätte *Love Hurts* von Nazareth noch gut draufgepasst, denn ich vergieße auch immer bittere Tränen beim Zuhören.

Ich will Dir sagen, dass ich schon sehr lange in Dich verliebt bin. Da war ich noch fest mit meinem Freund zusammen und habe dagegen angekämpft, Dich so sehr zu mögen. Ich habe versucht, Dich zu verkuppeln und Dich für mich in einen Freund umzuwan-

deln. Du bist auch ein toller Freund für mich geworden, vielleicht sogar der beste, den ich je hatte. Aber
meine Zuneigung zu Dir ist nicht kleiner geworden,
sie ist immer weitergewachsen. Ich habe mich dagegen gewehrt, weil es nicht sein durfte. Und als es endlich doch sein durfte, hast Du mir erklärt, dass Du eine andere willst. Das hat mich schwer getroffen. Ich
habe die ganze Heimfahrt im Zug geweint.

Gut, ich gebe zu, ich hätte Dir vielleicht von der
Trennung erzählen sollen, aber so hast Du frei heraus
gesprochen, ohne zu wissen, ob Du mich haben
kannst. Oder hat es wirklich etwas damit zu tun, dass
Du dachtest, ich wäre für Dich nicht erreichbar? Rosi
erwähnte so etwas, und ich wünschte, es wäre so.
Aber ich bin mir nicht sicher, ob das stimmt. Denn
warum sollte ich unerreichbar sein? So toll bin ich
nun auch wieder nicht, wenn man etwa meinen Klei-
dergeschmack bedenkt (aber sag ja nie wieder ein abfälliges Wort über meinen pinken Parka. Der ist mein
Heiligtum) oder mein lautes Knabbern im Kino. :-)

Du weißt vielleicht noch, dass ich mit dem Ende des
Films unzufrieden war. Ich wollte, dass Julia Roberts
ihren besten Freund doch noch bekommt. Ich wünsche mir für uns ein anderes Ende, ich weiß aber
nicht, ob uns das gelingt. Ich kann leider nicht klar
denken, weil ich noch immer so verwirrt bin (deswegen habe ich auch für diesen Brief so lange gebraucht). Bitte gib mir Zeit, damit ich nachdenken
kann. Ich weiß schon, ich habe Dir erzählt, dass Liebe
Bauchsache und nicht Kopfsache ist, aber manchmal
muss man eben doch den Kopf mitreden lassen.

Bitte dränge mich nicht und ruf mich bitte auch
nicht an. Auch wenn ich es charmant gefunden habe,

dass Du offensichtlich sämtliche Moser in Innsbruck drangsaliert hast, um mich zu finden (einer war nämlich mein Onkel, er hat aber nichts gesagt, weil er Dich für einen Irren gehalten hat). Du kannst mir aber sehr gerne schreiben, wenn Du möchtest. Die Adresse findest Du auf der Rückseite des Kuverts, damit Rosi nicht dauernd unsere Botin spielen muss.
In Liebe, Niki

Martin hatte beim Lesen feuchte Augen bekommen und spürte jetzt zumindest etwas Hoffnung, dass es doch noch gut ausgehen konnte. Er beschloss, ihr eine neue Kassette aufzunehmen und noch einen Brief zu schreiben. Auf einem Sampler aus der CD-Sammlung seiner Eltern fand er sogar das Lied von Nazareth. *Love Hurts* wurde die erste Nummer auf der neuen Kassette. Von R.E.M. folgte *Everybody Hurts.* Weiter ging es zu Bryan Adams und *Everything I Do.* Von seinem Liebling Bon Jovi spielte er diesmal *Never Say Goodbye* und *These Days* auf das Tonband. Roxette ließ er *Crash! Boom! Bang!* auf die Kassette hauchen. Er wollte aber nicht nur Tränendrückerlieder, sondern auch, dass sie etwas zu Lachen hatte. Er erinnerte sich an die frechen Mädchen und an das Lied *Mief* von den Doofen und wie sehr sie darüber gelacht hatten. Die Schlampengeschichte war eine von Nikis Lieblingsanekdoten. Und den *Märchenprinz* der EAV spielte er auch noch auf die Kassette. Nachdem er mit der Aufnahme fertig war, setzte er sich hin und begann zu schreiben.

Liebste Niki,
Du weißt gar nicht, wie lange ICH schon in DICH verliebt bin. Nämlich seit ich Dich das erste Mal gesehen habe (in Deinem pinken Parka) und Du mir

Dein fröhliches »Hallo« entgegengesungen hast. Glaub mir, für mich warst Du unerreichbar und warst es für mich auch noch immer bei unserem Skiwochenende. Ich hätte Dich auf der Piste einfach küssen sollen, aber ich habe mich nicht getraut. Stattdessen habe ich mich wie ein Angsthase zurückgezogen. Hätte ich gewusst, dass Du zu dem Zeitpunkt schon wieder Single warst, dann wäre ich vielleicht mutiger gewesen. Ich denke jedenfalls oft zurück an das Wochenende mit Dir. Es war so schön, vor allem als ich Deine vorstehende Zone berühren durfte (kleiner Scherz). Wir hatten Spaß, obwohl es Dir so schlecht gegangen ist. Das gibt mir Hoffnung. Wir haben schon so viel zusammen erlebt (ich muss gerade wieder an die Schlampengeschichte denken) und ich möchte noch viel mehr mit Dir erleben. Ich bin nicht nur in Dich verliebt, Du bist auch für mich die beste Freundin geworden. Mir fehlen die Unterhaltungen mit Dir. Jedes Mal, wenn ich am Kassenschalter vorbeikomme und Du nicht darin sitzt, gibt es mir einen Stich. Ich hätte Dir so viel zu erzählen. Ich habe zum Beispiel in zwei Wochen ein Bewerbungsgespräch bei einem neuen Radiosender. Dazu muss ich nach Innsbruck fahren. Wenn Du möchtest, und wirklich nur, wenn Du schon so weit bist, dann könnten wir uns danach auf einen Kaffee treffen. Lass mich bitte wissen, wenn Dir danach ist.

Ansonsten werde ich natürlich Deinen Wunsch respektieren und Dich nicht drängen. Solange ich Dir wenigstens schreiben darf, habe ich einen Hoffnungsanker.

In Liebe, Dein Martin

Er konnte sich wieder nicht zu einem »Ich liebe Dich« durchringen. Das hob er sich, mutig wie er inzwischen war, für ein Gespräch mit Niki auf, er wollte ihr dabei in die Augen sehen können. Außerdem hoffte er, dass er seine Botschaft in dem Brief auch so transportieren konnte. Für die Post war es an diesem Abend schon zu spät, er würde den Brief morgen früh noch vor dem Skikurs aufgeben. Es war sein letzter Kurs, denn die warmen Temperaturen und fünf Tage Dauerregen hatten dazu geführt, dass der Schnee schon weitgehend weggeschmolzen war. Die Pisten bestanden bereits mehr aus braunen Flecken denn aus einem weißen Teppich. Er musste mit seinen Leuten fahren wie auf einem Hindernisparcours. Sein Skiwinter hörte jedenfalls so auf, wie er kurz vor Weihnachten begonnen hatte. Mit einer einzigen Familie als Kursgruppe.

Sie waren zu viert. Der Vater hieß Hans-Peter, die Mutter Ulrike. Sie waren anscheinend recht nette Eltern und ließen ihren beiden Töchtern viel Freiraum. Sie hießen Luna und Frauke und waren zwölf und dreizehn Jahre alt. Die beiden waren schon in der Pubertät und schwankten zwischen Girlie und Göre hin und her. Martin war bewusst, dass sie ihn anhimmelten. Für die Mädchen war er gerade schon ein Mann, aber jung genug, um sich vielleicht für sie zu interessieren. Um keine falschen Hoffnungen zu wecken, wie einst bei Franzi, blieb Martin auf Distanz. Er war nett zu ihnen, aber er spielte bei ihren Anmachspielchen nicht mit.

Martin wunderte sich, dass Hans-Peter und Ulrike dabei zusehen konnten, ohne wahnsinnig zu werden. Aber vielleicht spürten sie auch, dass von Martin keine Gefahr ausging. Im Lift fragte die ältere Frauke, ob er eine Freundin hätte.

»Ja, hab ich und sie ist furchtbar eifersüchtig«, schwindelte Martin.

»Wie alt ist sie denn?«, wollte sie wissen.

»Äh, einundzwanzig.« So alt war jedenfalls Niki.

»Und wie alt bist du?«

»Neunzehn«, sagte er, und ihm wurde gerade wieder bewusst, dass Niki auch seinen Geburtstag vor einer Woche verpasst hatte.

Er war viel zu deprimiert gewesen, um groß zu feiern. Er freute sich daheim wenigstens über eine Schokotorte, die sein Vater in der Bäckerei gemacht hatte. Danach war er noch mit seinen Freunden im Wildschütz und ertränkte seinen Frust in Bier. Er wusste gar nicht, wie er heimgekommen war. Flo und Maxi hatten ihn offenbar nach Hause begleitet. Am nächsten Tag war es ihm dann noch schlechter gegangen. Er erinnerte sich aber noch an das ernste Gespräch mit Flo, der versuchte hatte, ihn aufzumuntern.

»Ich glaub daran, dass du Niki noch kriegen wirst.«

»Da bin ich mir nicht so sicher.«

»Doch. Ich schon. Und wenn nicht, dann wirst du eine andere Freundin finden.«

»Ich will aber nur sie.«

»Ja, ich meine ja nur für den Fall, dass es mit euch beiden doch nichts wird.«

»Hmmm.«

»Schau dir doch an, was in diesem Winter aus dir geworden ist. Du hast jetzt viel mehr Selbstbewusstsein, du traust dich endlich, mit Frauen zu reden.«

»Das hab ich mich vorher auch schon.«

»Ja, wenn sie hundert Jahre alt gewesen sind. Wenn eine in unserem Alter mit dir plaudern wollte, hast du den Mund nicht aufgekriegt. Das ist jetzt anders. Darauf kannst du stolz sein, und du solltest zuversichtlich sein, was die Zukunft noch bringen wird. Du bist in diesem Winter zum Mann geworden!«, sagte Flo und prostete ihm dabei zu.

Martin hatte sich nach diesem Satz von Flo vor lauter Lachen verschluckt.

»Du sagst mir, ich bin zum Mann geworden? Du bist ein halbes Jahr jünger als ich.«

»Ich bin halt schneller gereift«, neckte ihn Flo.

»Aber er hat recht«, hatte sich dann auch noch Rosi eingemischt, »du bist in diesem Winter zum Erwachsenen geworden.«

»Du auch noch, Fräulein-noch-nicht-einmal-achtzehn?«

Sie hatte ihm daraufhin die Zunge rausgestreckt.

»Im Herbst warst du noch ein richtiger Klemmi. Deswegen ist damals aus uns auch nichts geworden. Heute wäre das anders.«

Er hatte sich nach diesem Gespräch für ein paar Minuten besser gefühlt, aber eben nur für ein paar Minuten.

»Ist dir deine Freundin nicht viel zu alt?«, wollte Frauke jetzt wissen. »Männer stehen doch auf Jüngere.«

Nun musste er doch tatsächlich Grinsen.

»Ich bin anders. Ich stehe auf ältere Frauen«, sagte er und lächelte die kleine Göre an.

»Also ich hab ja noch keinen Freund, obwohl mir in der Schule die Jungs nachlaufen.«

»Und da ist keiner für dich dabei?«

»Ach, die Jungs in meinem Alter sind doch alle voll unreif. Ich brauche einen Älteren.«

»Darüber wird sich dein Papa sicher freuen.«

»Mein Paps ist cool. Mama ist die, die sich dann aufregen würde.«

»Ach so?«

»Ja, die dreht immer voll am Rad, wenn ich mit meinen älteren Freunden unterwegs bin.«

»Was macht ihr denn dann so?«

»Wir gehen oft ins Kino oder gucken daheim Filme. Letztens haben wir uns den König der Löwen angeschaut. Der Babylöwe ist ja so niedlich.«

Jetzt war sie wieder mehr Girlie. Die Unterhaltung mit Frauke und ihren unterschiedlichen Rollen war irgendwie lustig.

Beim Abschlussfoto wollten unbedingt beide Mädchen neben Martin stehen. Bevor es einen Konflikt gab, musste Hans-Peter ein Machtwort sprechen und bat Martin, dass er fürs Gruppenfoto doch in die Mitte kommen möchte. So strahlten links und rechts neben ihm Frauke und Luna, während Martin ohne Sonnenbrille gegen das gleißende Licht ankämpfte.

Es war klassisches Skifahren im Frühling, das sie die ganze Woche erlebten. Der Schnee staubte nicht mehr auf, er spritzte weg. Es war schwerer, nasser Schnee, vom Aggregatzustand her schon fast mehr flüssig als gefroren. Die letzte Abfahrt des Winters führte Martin mit der Familie über die Einser. Als sie unten ankamen, waren vor allem die Eltern pitschnass. Ulrike und Hans-Peter hatten sich im Steilhang mehrfach hingelegt. Er hatte sogar einen braunen Fleck genau am Hintern, weil er einmal in den Dreck geschlittert war. Vor allem seine beiden Töchter konnten sich sehr darüber amüsieren, aber auch Ulrike grinste ihren Mann an.

Nass, dreckig und auch durchgeschwitzt ließ Martin die Gruppe zum letzten Ski-Heil-Appell antreten. Danach bekamen die vier noch ihre Medaillen sowie Urkunden fürs Skirennen, und Martin brachte ihnen auch noch ihre

Fotos. Zum Abschied erhofften sich offensichtlich sowohl Frauke als auch Luna einen Kuss oder zumindest ein Abschiedsbussi auf die Wange. Mit erwartungsvollen Blicken schauten sie Martin bei der Verabschiedung an. Er schüttelte Hans-Peter und Ulrike die Hand und hielt den beiden Mädchen zum Abklatschen die Ghettofaust hin. Er wollte der Familie als cooler Kerl in Erinnerung bleiben und nicht als Perversling, der die beiden minderjährigen Töchter abknutschte. Etwas widerwillig und mit Wehmut schlugen die Mädchen ein und somit war Martins Wintersaison beinahe beendet. Er ging ins Büro, um Manfred und Hubert die Unterlagen zum letzten Skikurs zu bringen. Manfred bedankte sich per Handschlag für die geleistete Arbeit.

»Ich bin sehr zufrieden mit dir. Vielen Dank! Und wenn du magst, dann haben wir im nächsten Winter wieder ein Platzerl für dich!«

»Das ist gut zu wissen. Aber mal schauen, wie es weitergeht.«

Am Abend war dann noch das gemeinsame Saisonabschlussessen der gesamten Truppe. Man traf sich oben auf der Buchensteinwand auf der Berghütte und aß aus großen Pfannen Käsespätzle, was Martin etwas sonderbar fand. Neben ihm saßen Franz und Ilse, er versuchte in seinem Achtel der Pfanne zu bleiben und vermied eine Berührung der anderen Käsespätzlezonen.

»Und?«, fragte Hubert mit einer aufgeladenen Gabel, »wer war bei der Damenwelt diesmal am erfolgreichsten?« Alle lachten, wobei Martin und einige Skilehrerinnen wohl mehr aus Verlegenheit.

»Sicher wieder der Joe, der alte Hurenbock, oder?«, fluchte der alte Sigi.

»Nein, der Hofer hat diesmal die meisten Frauen abgeschleppt, da bin ich mir ganz sicher«, entgegnete Joe.

Martin hatte zwar keine Ahnung, wie Joe auf diese Rechnung kam, aß aber weiter, ohne eine Bemerkung abzugeben. »Der Hofer hat mindestens fünf Mädels abgeschleppt, das weiß ich genau«, erneuerte Joe mit dem Smile eines Snowboarders seine Behauptung.

Alle starrten jetzt grinsend Martin an. Er blickte auf und sagte nur »kein Kommentar!«.

»Kein Kommentar heißt Zustimmung!«, johlte Joe und alle lachten.

Rosi kannte neben Martin als einzige auf der Skihütte die ganze Wahrheit, doch sie schwieg, lächelte und zwinkerte Martin zu.

Martin bekam also den inoffiziellen Titel als Frauenheld der Saison verliehen. Mit dieser zweifelhaften Würde gesegnet fuhren Martin und die Skilehrertruppe in der Finsternis die schwarze Dreier hinab. Einige Skilehrer hatten Stirnlampen dabei und leuchteten die Piste etwas aus. Andere, wie Martin, verließen sich auf das Mondlicht. Dort wo es noch weiß schimmerte, konnte man gut fahren. Die einzige Gefahr waren die Eisplatten, denn mit der Nacht war der Frost zurückgekehrt und fror die tagsüber aufgeweichte Piste nun zusammen. Sigi, der wohl auch ein paar Bier zu viel getrunken hatte, übersah eine Eisplatte, stürzte und kugelte seitlich über den Pistenrand hinaus. Es krachte laut, denn er war ins Gestrüpp geschlittert und hatte offensichtlich auch einige Äste abgerissen.

»Ist dir was passiert?«, fragte Hubert und leuchtete mit seiner Stirnlampe in den Waldrand hinein. Im Lichtkegel sahen sie Sigi, der mitten in einem Strauch gelandet war und vor sich hin schimpfte.

»So eine Sauerei, überall müssen diese Arschlochbüsche herumstehen. Das Dreckszeug gehört abgeholzt.«

Großes Gelächter. Sie wussten nun, dass Sigi sich nicht verletzt hatte.

»Wer noch so schimpfen kann, dem kann's nicht schlecht gehen«, analysierte Hubert.

Er und Joe befreiten Sigi aus der Umarmung des Strauches, während die restliche Gruppe in dem steilen Hang Sigis Skier, Stöcke und andere Habseligkeiten zusammenklaubten. Ein Ast hatte ihm sogar die Haube vom Kopf geholt. Etwas zerkratzt und mit einem zerrissenen Skianzug stand Sigi wenig später wieder auf der Piste.

»Auf geht's, ihr Deppen! Wer als letzter unten ist, ist ein Dillo!« Mit einem Jauchzer fuhr er los und der Rest hinter ihm her.

Die übrige Strecke, verlief unfallfrei. Unten angekommen, musste Manfred noch mit Sigi diskutieren, dass er das Auto stehen lassen sollte. Nach einigem Fluchen und einigen Beschimpfungen willigte Sigi ein, dass er nach Hause gefahren wurde. Er stieg in Manfreds Auto ein.

Am Wochenende wusch Martins Mutter den roten Skianzug, denn er musste ihn sauber wieder zurückgeben. Er brachte ihn am Sonntagnachmittag zu Manfred nach Hause.

Rosi war oben in ihrem Zimmer und lernte. Diesmal saß sie auf ihrer Blümchencouch, als Martin an die Tür klopfte.

»Hey du, wie geht's dir?«, fragte Rosi. Sie war offensichtlich über den Briefverkehr der beiden bestens informiert. »Bisschen schnulzig, deine Briefe, find ich, aber bei Niki sind sie sehr gut angekommen.«

»Ehrlich?«

»Ja, ich hab vorhin wieder mit ihr telefoniert, und ihr nächster Brief an dich ist schon unterwegs.«

»Weißt du, was drinsteht?«

»Ja, sie hat ihn mir vorgelesen, so wie deine Briefe eben auch. Wobei, langsam könntet ihr dann mal Nägel mit Köpfen machen und euch so treffen, oder bist du Cyrano de Bergerac und schreibst lieber schwülstige Gedichte?«

Martin grunzte belustigt.

»Also, ich bin schon viel geheißen worden, aber das war noch nicht darunter! An mir soll es jedenfalls nicht scheitern, ich würde sofort zu ihr fahren, wenn sie das möchte.«

»Ich weiß. Ich hab ihr eh auch das Gleiche gesagt. Ich meine, sie liebt dich, du liebst sie … könnten wir das Drama dann bitte mit einem Happy End fertigspielen? Das halt ich ja schon nicht mehr aus.«

»Happy Ends gibt's nur in Hollywood, hat meine Mum einmal gesagt.«

»Ach, das stimmt doch nicht. Du hast einfach viel Pech gehabt. Aber irgendwann muss sich das auch wieder umdrehen.«

Er gab ihr ein Bussi auf die Wange, was Rosi mit gespielter Empörung quittierte.

»Du bist nicht der Bergerac. Du bist ein Casanova, mit einer nach der anderen herumbusseln!«, grinste sie.

Nikis Brief war tatsächlich am nächsten Tag schon bei der Post, die Martin vom Briefträger überreicht bekam. Wobei das war kein Brief, das war schon ein kleines Paket. Rosi hatte ihm zwar nicht erzählt, was drinstand, aber sie hatte ihn nicht vorgewarnt. Insofern ahnte er schon, dass er keine böse Überraschung erleben würde, und war beim Öffnen diesmal ruhiger. Zum Vorschein kamen ein Brief und eine Videokassette.

»Das gibt's doch nicht«, murmelte Martin halblaut und starrte auf die Hülle von Vier Hochzeiten und ein Todesfall. Er hatte noch überlegt, ob er ihr dieses Video schicken sollte und hatte es sein lassen. Der Brief war diesmal etwas kürzer als der erste.

Liebster Martin,

ich habe auch diesmal wegen Deiner Kassette viele Tränen vergossen, aber nicht nur aus Rührung, sondern vor allem, weil ich so viel lachen musste. Ich denke immer noch an diese kleine Göre und ihre Schlampenschneefrau, wenn ich die Doofen höre. Ich vermute mal, dass Du das Lied deswegen aufgenommen hast und nicht, weil Du mich gegen die nächste Schlampe austauschen willst. :-)

Ich habe Dir zwar keine Kassette aufgenommen (ich habe nicht so viele CDs daheim), aber ich habe Dir einen meiner Lieblingsfilme geschickt. Falls Du ihn noch nicht kennst, es geht um eine schwierige Liebesgeschichte. Hugh Grant glaubt auch, dass Andie McDowell für ihn unerreichbar ist. Nach vielen Irrungen und Wirrungen steht sie dann zum Schluss klatschnass im Regen vor ihm. Wie es ausgeht, verrate ich Dir nicht, aber Du kannst es Dir vermutlich denken, wenn ich den Film so mag. Schau ihn Dir an und schreib mir erst danach Deinen nächsten Brief.

Schreib mir auch, wann Du in Innsbruck bist und wo wir uns treffen könnten. Ich glaube, ich würde Dich dann sehr gerne sehen!

In Liebe, Niki

Er wusste jetzt, was Rosi gemeint hatte. Warum noch zwei Wochen auf ein Treffen warten, wenn er doch nur eineinhalb Autostunden von ihr entfernt war? Aber er akzeptierte, dass sie noch immer Zeit brauchte. Martin kannte den Film zwar, sah ihn sich aber noch einmal an.

Erst danach schrieb er ihr den Brief, so wie sie es sich gewünscht hatte.

Liebste Niki,
den Film habe ich schon ein paar Mal gesehen, aber ich habe ihn mir noch einmal angeschaut. Ich mag den Film auch sehr gerne. Hugh Grant erinnert mich in seiner Situation tatsächlich ein bisschen an mich, vermutlich hast Du den Film deswegen ausgewählt. Er kämpft den ganzen Film über, weil Andie MacDowell nie für ihn frei ist. In der Regenszene zum Schluss kommen die beiden natürlich zusammen. So wird es bei uns auch sein, darauf hoffe ich sehr.
Ich bin am 2. April in Innsbruck. Ich habe am Nachmittag das Treffen mit dem Radiomenschen. Können wir uns danach um 15.00 Uhr vor dem Goldenen Dachl treffen? Bitte zieh Deinen pinken Parka an, damit ich Dich erkennen kann! :-) Ich bin jedenfalls sehr aufgeregt und freue mich unendlich, wenn wir uns wiedersehen. Ich habe Dir so viel zu erzählen und ich will Dich einfach nur in den Arm nehmen und drücken. Ich hoffe auf unser Happy End unter dem Goldenen Dachl.
In Liebe, Martin
PS: Der Brief ist diesmal etwas kürzer, aber er enthält dafür doppelt so viele Gefühle für Dich!

Niki hatte ihm daraufhin auch noch einen Brief geschrieben und den Tag und den Ort des Treffens bestätigt. Wohler hätte er sich gefühlt, wenn sie es per Telefon ausgemacht hätten, aber es musste eben so gehen. Er hatte sich nach diesem Tag im April verzehrt. Er hatte gespürt, dass dieser Tag seinen weiteren Lebensweg in zweierlei Hinsicht verändern konnte. Wenn alles bestens lief, würde er Innsbruck mit einer Freundin und einem neuen Job verlassen. Wenn es schlecht lief, konnte er möglicherweise seine Journalistenträume und seine Traumfrau vergessen.

Nun saß er da im Gasthof neben dem Goldenen Dachl und wartete auf Raimund Hauser, der sich offensichtlich etwas verspätete. Abgesehen davon, war Martin viel zu früh dort gewesen. Er war nervös und hatte kalte und schweißnasse Hände. Seine Mutter hatte ihm empfohlen, in jede Hosentasche ein Taschentuch zu stecken, damit er sich die Hände trocknen konnte. Er hatte zunächst geglaubt, dass er das nicht brauchen würde. Nun war er seiner Mutter unendlich dankbar für den Tipp.

Raimund Hauser kam lässig mit einem dichten Dreitagebart und in Pullover und Jeans durch die Tür herein, Martin fühlte sich in diesem Augenblick mit seinem Sakko etwas deplatziert. Sie schüttelten sich die Hände, seine war trocken und warm, Martins war zumindest nur noch kalt und nicht mehr feucht.

»So, du bist also der Martin, darf ich du zu dir sagen? Wir Radioleute sind eigentlich immer alle per du!«

»Ja, natürlich. Sehr gerne.«

»Und du interessierst dich fürs Radiogeschäft.«

»Ja, aber ehrlicherweise bin ich erst durch Piet auf die Idee gekommen, dass das spannend sein könnte. Ich wollte eigentlich immer für Zeitungen schreiben, das war zumindest bis vor ein paar Wochen der Plan.«

»Nun, dann werden wir deinen Plan mal umkrempeln. Ich hab die Artikel gelesen, die du mir geschickt hast. Sie reichen jetzt nicht für den Pulitzer Preis, aber du hast Talent zum Texten. Deine Stimme ist auch gut und mit etwas Training wird sie im Radio super klingen.«

Martin hörte zum ersten Mal, dass er eine gute Stimme hatte, denn eigentlich mochte er sie gar nicht.

»Wir starten mit Radio Alpenglühen im August. Bis dahin müssen wir dich radiotauglich kriegen, bist du dabei?«

»Äh, ja. Ja, natürlich. Aber so schnell geht das?« Er war baff.

»So schnell geht das. Eine Anstellung kann ich dir aber nicht anbieten, zumindest nicht sofort. Du kannst als freier Mitarbeiter anfangen und wirst pro Beitrag bezahlt.«

Das war jetzt ein kleiner Dämpfer.

»Hmmm. Ok. Und was bekommt man da so?«

»Fünfhundert Schilling für einen Beitrag, und ein bis zwei Beiträge am Tag wirst du schaffen.«

»Ok, also kann man zumindest davon leben.«

»Auf jeden Fall. Mach dir deswegen keine Sorgen.«

»Aber ich brauche vermutlich auch noch eine Wohnung.«

»Nicht unbedingt. Unser Studio wird in Wörgl sein, das ist ja nicht so weit weg von dir daheim.«

Es war trotzdem eine knappe Stunde Autofahrt, aber besser als eineinhalb Stunden, dachte sich Martin. Sie plauderten noch eine Weile, über den künftigen Radiosender. Raimund wollte vor allem mit Schlagern bei der Hörerschaft punkten, was sich Martin beim Namen des Senders schon gedacht hatte. Er gab Martin noch die Telefonnummer einer Sprechertrainerin, die seine Aussprache und seine Stimme ausbilden sollte.

Während des Gesprächs hatte Martin geglaubt, dass er vor dem Fenster kurz eine pinke Daunenjacke gesehen hätte. Das versetzte ihn zusätzlich in Aufregung, wobei er sich dann selbst dachte, dass wohl niemand bei so frühlingshaften Temperaturen mit einer Winterjacke herumlaufen würde, wohl nicht einmal Niki. Nach einer knappen Stunde war der Termin mit Raimund zu Ende. Martin hatte den Job. Er war in Hochstimmung, und jetzt würde er sich Niki holen.

Es waren ja nur ein paar Schritte vom Gasthof bis vor das Goldene Dachl, das in der Sonne glänzte. Er hatte noch Zeit und schlenderte über den Platz. Hinter dem Goldenen Dachl blendete ihn das Weiß, der noch immer verschneiten Nordkette. Schließlich war der vereinbarte Zeitpunkt gekommen. Niki verspätete sich, oder er hatte sie nur in der Menschenmenge noch nicht erspäht. Sein Herz machte einen sprichwörtlichen Hüpfer, als er sie endlich einige Meter weiter vorn entdeckte. Doch als sie sich umdrehte, war sie nur eine Blondine mit einer ähnlichen Frisur.

Er wartete eine Stunde, doch Niki kam nicht. Zunächst überlegte er, ob sie sich in der Zeit geirrt haben konnte. Doch irgendwann musste er einsehen, dass es für ihn unter dem Goldenen Dachl kein Happy End geben würde. Er hatte diesen Platz immer gemocht, nun verabscheute er ihn. Er versuchte, seine Enttäuschung runterzuschlucken, denn ansonsten würde er mitten in der Stadt einen Heulkrampf bekommen, und dieses unwürdige Schauspiel wollte er der Innsbrucker Bevölkerung ersparen.

Er suchte sein Auto und fand es zunächst nicht, weil er kaum einen klaren Gedanken fassen konnte. Er hatte sich um zwei Quergassen vertan und fand seinen Corsa nach längerer Suche doch noch in einer Allee, deren Bäume gerade die ersten zarten grünen Blätter austrieben. Er hatte keinen Blick für die Schönheit der Natur. Martin setzte sich ins Auto und klammerte sich ans Lenkrad, als bräuchte er einen festen Halt, um nicht in seinem Strudel aus Liebeskummer zu ertrinken. Niki ist weg, Niki ist weg, Niki ist weg, dachte er in Dauerschleife, ehe er spontan einen neuen Gedanken fasste. Er hatte doch ihre Adresse und könnte zu ihr hinfahren.

Er suchte am Stadtplan von Innsbruck den Weg nach Neu-Rum und wollte schon losfahren. Doch bevor er den Schlüssel ins Zündschloss steckte, wurde ihm bewusst, dass Niki ihn vielleicht für einen Psychopathen halten könnte. Er war verzweifelt und spielte das Szenario mehrere Male durch. War es romantisch, wenn er plötzlich vor ihrer Tür auftauchte, oder würde sie sich erst recht von ihm abwenden? Hatte er noch eine kleine Chance, wenn er sie nicht bedrängte, oder hatte er schon nichts mehr zu verlieren? Wäre er Andie MacDowell vor Hugh Grants Tür oder wäre er dann Julia Roberts, deren bester Freund nichts von ihr wissen wollte. Seine Gedanken drehten sich im Kreis. Er beschloss dann, nicht zu ihr nach Hause zu fahren.

Vielleicht gab es ja noch einen anderen Grund, warum sie nicht aufgetaucht war, oder sie brauchte eben noch Zeit. Er war jetzt in der Phase, in der sein Kampfgeist wieder erwachte. »Du bist jetzt ein Mann«, sagte er zu sich selbst im Auto, »du bist selbstbewusst und du wirst um diese Frau kämpfen. Aufgegeben wird ein Brief!« Und einen solchen wollte er ihr mit aller Hingabe noch einmal schreiben, wenn er daheim war.

Er startete den Wagen und fuhr aus der Stadt raus über die Autobahn. Als er ungefähr auf der Höhe von Neu-Rum war, schwenkte er kurz den Kopf nach links und seufzte. Es war nun tatsächlich die längste und schrecklichste Autofahrt seines Lebens. Er vergaß sogar, das Autoradio anzustellen und radelte im Stillen Kilometer für Kilometer herunter. Es war schon beinahe finster, als er endlich in Nuarach ankam, und er musste dringend mit jemandem reden. Seine Eltern wussten zwar von dem Treffen, aber er wollte seine Liebesangelegenheiten nicht weiter vor ihnen ausbreiten. Also fuhr er an der Zufahrt zu seinem Elternhaus vorbei und auf gut Glück zu Rosi.

Die Familie Kramer war gerade beim Abendessen und Martin kam sichtlich ungelegen, zumindest in den Augen von Rosis Mutter. Doch Rosi meinte, sie hätte ohnehin keinen Hunger mehr, und nahm Martin mit auf ihr Zimmer. Sie bekam erneut die Anweisung, die Tür offen zu lassen. Wäre Martin in besserer Laune gewesen, hätte er gefragt, was sie sich zuschulden hatte kommen lassen. Aber er konnte es sich auch so denken, dass es wohl etwas mit Tom zu tun hatte. Rosi schloss trotzdem hinter Martin die Tür und schubste ihn auf die Couch.

»Ich weiß, was passiert ist«, sagte sie und blickte ihn traurig an, »wir haben am Nachmittag telefoniert.«

Also war es kein Versehen. Martin schluckte.

»Warum ist sie nicht gekommen?«

»Sie war da. Sie war sogar zwei Stunden früher da, weil sie so aufgeregt war. Und sie hat wohl geschwitzt wie ein Schwein, weil sie ihre komische Winterjacke angehabt hat. Das ist euer Insiderschmäh, ich weiß.«

Also hatte er sich doch nicht getäuscht, dass er vor dem Fenster den pinken Parka gesehen hatte. Doch das war jetzt nebensächlich.

»Komm bitte zum Punkt«, mahnte er.

»Der Punkt ist, sie hat Panik gekriegt. Sie wollte dich unbedingt sehen und hat es dann aber mit der Angst zu tun bekommen. Sie war sich nicht sicher, ob es so leicht zwischen euch sein würde, wie es einmal war. Oder ob es eine tonnenschwere Enttäuschung werden würde, und diese Vorstellung hat sie nicht ertragen.«

»Also hat sie sich entschieden. Sie will mich doch nicht.«

»Sie liebt dich, das hat sie mir gesagt, aber sie traut sich nicht.«

»Was soll ich jetzt tun?«

»Abwarten. Mehr kannst du nicht tun. Vielleicht schreibst du ihr doch noch einen Brief, Monsieur de Bergerac.«

»Daran hab ich auch schon gedacht. Ich war übrigens kurz davor, dass ich zu ihr nach Hause gefahren bin.«

»Oh Gott, das hast du hoffentlich nicht gemacht.«

»Nein.«

»Gut so, sonst hätte sie dich sicher für einen Stalker gehalten.« Es entstand eine Pause, Martin stand auf, um zu gehen. »Was ist mit dem Job?«, wollte Rosi noch wissen.

»Hab ihn«, murmelte er.

»Glückwunsch, dann ist wenigstens nicht alles blöd gelaufen.«

Daheim musste er zunächst vor allem Fragen zum Radio-Job beantworten. Seine Eltern waren vorsichtig optimistisch, dass das etwas werden könnte. Nicht einmal seine Mutter wollte ihm den Job ausreden, obwohl er keine Anstellung bekam, sondern als Freiberufler beginnen musste. Zur Feier des Tages, wollten seine Eltern sogar eine Flasche Sekt aufmachen, doch ihm war nicht danach. Stattdessen setzte er sich nach dem Kreuzverhör an den Schreibtisch, um einen weiteren Brief an Niki zu schreiben. Es wurde ein kurzer, aber wie er fand, sehr eindringlicher Text.

Liebste Niki,
ich will Dir keine Vorwürfe machen, dass Du heute nicht vor dem Goldenen Dachl warst. Ich habe mit Rosi geredet und weiß, dass Du Panik bekommen

hast. Ich bitte Dich nur um zwei Dinge. Erstens: Hab keine Angst vor einem Uns, wir würden alles schaffen! Und zweitens (ich weiß, ich wiederhole mich): Hör bitte auf Dein Herz, bevor Du mir Lebewohl sagst!

Ich liebe Dich, Dein Martin

Diesmal hatte er sich viele Worte gespart und dafür mit der Liebesbekundung seine letzten Pfeile verschossen. Er hoffte, dass einer davon ins Ziel treffen würde. Er malte sogar ein pinkes Herz unter seine Unterschrift und schämte sich dafür nicht einmal. Er packte den Brief in einen Umschlag und legte sich dann aufs Bett, ohne sich umzuziehen. Er schlief auf der Stelle ein.

Er wartete jeden Tag auf eine Antwort, doch es kam kein Brief mehr zurück und es gab auch keinen Anruf. Langsam fand er sich mit der traurigen Gewissheit ab, dass Niki eben einfach nicht mit ihm zusammen sein wollte. Nichte einmal Rosi hatte noch etwas von ihr gehört. Sie reagierte nicht auf Rosis Anrufe und meldete sich auch selbst nicht mehr. Seine Freunde trösteten ihn, so gut sie es konnten, und versuchten ihn abzulenken. Schließlich schaffte er es, »den Blick nach vorn zu richten«, wie Rosi es wieder einmal altklug formulierte. Er begann damit, sich auf seinen neuen Job zu freuen, und er würde sich eben auf die Arbeit konzentrieren, bis die Liebe doch wieder bei ihm anklopfen sollte.

Seine erste Stunde bei der Sprechertrainerin hatte er bereits hinter sich, und sie attestierte ihm ebenfalls, eine radiotaugliche Stimme zu haben. Es waren also die kleinen Schritte und Erfolge, die ihn wieder aufbauten. Und wenn er trotzdem dazwischen wieder ein Tief hatte, dann hörte er sich eben Liebesschnulzen in Dauerschleife an.

Am Ostersonntag wurde beim Feiertagsfrühstück vor allem über Martins neuen Job geredet und über den alten bei der Rundschau.

»Was hat der Prechtl gesagt, dass du bei ihm aufhörst?«, wollte sein Vater wissen, während er sein Ei schälte.

»Er hat ein bisschen gejammert. Er hat gemeint: Jetzt wo du richtig gut wirst, hörst du bei uns auf. Er hat sich dann aber trotzdem für mich gefreut, und ich hab ihm versprochen, dass ich noch bis August für ihn schreibe und auch noch ein paar Inserate verkaufe.«

»Ich vermute mal, das wirst du nicht vermissen«, lächelte seine Mutter mit der Gewissheit, ihren Sohn zu kennen.

»Das Anzeigenverkaufen ganz bestimmt nicht. Diese Keilerei ist nichts für mich. Aber das Schreiben wird mir schon ein bisschen fehlen. Es war irgendwie lustig.«

Es läutete an der Tür.

»Da ist ja endlich deine Tante. Immer kommt sie zu spät, wenn sie eingeladen ist«, mokierte sich seine Mutter über ihre unpünktliche Schwester.

»Ich geh schon«, sagte Martin und bewegte sich flott zum Eingang, um die schwere Haustür aus Eichenholz zu öffnen.

»Mum ist schon sauer auf …«

Er stockte. Vor ihm stand Niki in ihrem pinken Parka, mit einem schüchternen Blick und lächelte vorsichtig.

»Entschuldigung. Es hat ein bisschen gedauert. Aber ich hab auf mein Herz gehört.«